W0205488

Fay Weldon

Die Teufelin

Fay Weldon

Die Teufelin

Roman

Deutsch von Werner Waldhoff

Süddeutsche Zeitung Bibliothek

Bibliografische Information der Deutschen Nationalbibliothek
Die Deutsche Nationalbibliothek verzeichnet diese Publikation in der Deutschen Nationalbibliografie.
Detaillierte bibliografische Daten sind im Internet über http://dnb.d-nb.de abrufbar.

Der vorliegenden Ausgabe liegt die Textfassung der 2006 im Verlag Antje Kunstmann GmbH erschienenen deutschsprachigen Ausgabe zugrunde.
Lizenzausgabe der Süddeutschen Zeitung GmbH, München
für die Süddeutsche Zeitung Bibliothek des Humors, 2011
© der deutschsprachigen Originalausgabe:
Verlag Antje Kunstmann GmbH, München 1987
© der Originalausgabe: Fay Weldon 1983
Die Originalausgabe erschien unter dem Titel »The Life and Loves of a She-Devil« bei Hodder and Stoughton, London 1983.

Gestaltung: Stefan Dimitrov
Titelillustration: Oliver Weiss
Autorenfoto: SZ Photo/Horst Tappe
Projektleitung: Marion Meyer, Michaela Adlwart
Produktmanagement: Felix Scheuerecker
Redaktion: Harald Eggebrecht
Satz: HJR, Jürgen Echter, Manfred Zech
Herstellung: Thekla Licht, Hermann Weixler
Druck und Bindung: CPI – Ebner & Spiegel, Ulm
Printed in Germany
ISBN 978-3-86615-925-9

1

Mary Fisher lebt in einem Turm am Meer, am Rande der Steilküste; in ihren Büchern geht es hauptsächlich um Liebe. Sie erzählt Lügengeschichten.

Mary Fisher ist dreiundvierzig Jahre und an Liebe gewöhnt. Stets war ein Mann um sie herum, der sie liebte, manchmal sogar verzweifelt, und gelegentlich erwiderte sie sogar diese Liebe, aber niemals, glaube ich, heftig und mit Verzweiflung. Sie schreibt romantische Liebesgeschichten. Sie belügt sich und die Welt.

Mary Fisher hat 754 300 US-Dollar auf einem Bankkonto in Zypern, wo die Steuergesetze günstig sind. Das entspricht 502 867 £ Sterling, 1 931 009 D-Mark, 1 599 117 Schweizer Franken, 185 055 050 Yen und so weiter; im Grunde spielt es keine Rolle. Das Leben einer Frau ist auf der ganzen Welt gleich. Und es bleibt gleich, wo immer man auch hingeht – wer hat, wie beispielsweise Mary Fisher, dem wird gegeben, und wer nichts hat, wie beispielsweise ich, dem wird selbst das weggenommen, was er haben sollte.

Mary Fisher hat sich ihr ganzes Geld selbst verdient. Jonah, ihr erster Mann, hatte gesagt, Kapitalismus ist unmoralisch, und sie, von Natur aus sanft und nachgiebig, hatte ihm geglaubt. Andernfalls besäße sie jetzt bereits einen ansehnlichen Stapel Wertpapier. Tatsächlich besitzt sie vier Häuser, die, je nach der Entwicklung des Immobilienmarktes, zwischen einer halben und einer Million Dollar wert sind. In rein finanzieller Hinsicht hat ein Haus natürlich nur dann einen gewissen Wert, wenn es jemand kaufen oder man selbst es verkaufen möchte. Ansonsten ist ein Haus lediglich ein Ort, wo man wohnt oder wo jemand wohnen kann, der einem nahesteht. Bestenfalls bringt einem solch ein Grundbesitz einen gewissen Seelenfrieden, schlimmstenfalls Ärger und Kummer. In Sachen Eigentum wünsche ich Mary Fisher alles Pech der Welt.

Mary Fisher ist zierlich und hübsch, mit sanften Kurven an den richtigen Stellen; sie fällt gern in Ohnmacht, vergießt Tränen und schläft mit Männern, während sie gleichzeitig so tut, als würde sie so was nie tun. Mary Fisher wird von meinem Mann geliebt, der ihr die Bücher führt.

Ich liebe meinen Mann und hasse Mary Fisher.

2

Jetzt. Draußen dreht sich die Erde; die Flut steigt zu Füßen von Mary Fishers Turm an den Klippen hoch und fällt wieder. In Australien weinen sich die gewaltigen Eukalyptusbäume die Borke vom Stamm; in Kalkutta steigen Myriaden Funken an menschlicher Energie auf, flackern kurz und erlöschen wieder; in Kalifornien verschmelzen die Seelen der Surfer mit der Gischt und schießen in die Ewigkeit davon; in den großen Städten der Welt knüpfen Dissidentengruppen ihre finsteren Netze der Unzufriedenheit und treiben die Wurzeln des Umsturzes durch die schwarze Krume unserer irdischen Existenz. Und ich sitze hier fest, eingesperrt in meinen Körper, und hasse Mary Fisher. Das ist alles, was ich tun kann. Der Haß wird zur Besessenheit und verändert mich, er ist meine einzige Eigenschaft. Das habe ich erst vor kurzem entdeckt.

Haß ist besser als Kummer. Ich singe das Loblied des Hasses und der mit ihm verbundenen Energie. Ich singe eine Hymne auf den Tod der Liebe.

Fährt man von Mary Fishers Turm aus landeinwärts, den weiten Bogen der gekiesten Auffahrt hinunter (der Gärtner erhält 110 Dollar die Woche, was nicht gerade viel ist, egal in welcher Währung) durch die Allee windgezauster, dahinsiechender Pappeln (vielleicht ist das seine Rache), verläßt dann ihren Besitz und fährt auf der Hauptstraße weiter durch sanft gewelltes Hügelland, hinab zu der großen Weizenebene, immer weiter, so ungefähr hundert Kilometer, dann gelangt man in die Vorstädte, wo ich wohne: zu dem kleinen grünen Garten, in dem meine und Bobbos Kinder spielen. Im Osten, Norden, Westen und Süden gibt es Tausende solcher Häuser, alle mehr oder weniger gleich: Wir liegen in der Mitte, haargenau in der Mitte einer Vorstadt, die sich Eden Grove nennt. Nicht Stadt, nicht Land: ein Zwitter. Grün, belaubt, blühend und, wie manche behaupten, wunderschön. Zugegeben, es lebt sich hier besser als auf der Straße in Bombay.

Ich weiß, daß ich mich genau im Zentrum dieses Ortes ohne Zentrum befinde, weil ich mich viel mit Landkarten beschäftige. Ich muß über die geographischen Einzelheiten meines Unglücks Bescheid wissen. Die Entfernung zwischen meinem Haus und Mary Fishers Turm beträgt 108 Kilometer oder 67 Meilen.

Von meinem Haus bis zum Bahnhof sind es 1250 Meter, bis zu den Einkaufsläden 660 Meter. Anders als die große Mehrzahl meiner Nachbarinnen fahre ich keinen Wagen. Mein Koordinationsvermögen ist anscheinend weniger ausgeprägt als bei ihnen. Viermal bin ich durch die Fahrprüfung gefallen. Aber schließlich kann ich genausogut auch laufen; hier gibt es ja kaum was zu tun, wenn man erst mal an diesem Ort, der als Paradies gedacht war, die Ecken gefegt und die Oberfläche poliert hat. Wie wunderbar, so durch den Himmel zu schlendern, sage ich, und das glauben sie mir.

Bobbo und ich wohnen Nightbird Drive Nr. 19, eine gute Straße im besten Teil von Eden Grove. Das Haus ist vollkommen neu; wir sind die ersten Bewohner. Bobbo und ich haben zwei Badezimmer und Panoramafenster; wir warten darauf, daß die Bäume wachsen: Bald haben wir dann sogar Privatsphäre!

Eden Grove ist ein freundlicher Ort. Meine Nachbarinnen und ich, wir geben abwechselnd Dinnerparties. Wir diskutieren über Sachen, nicht über Ideen; wir tauschen Informationen aus, keine Theorien; wir bewahren unser seelisches Gleichgewicht, indem wir über das Besondere nachdenken. Das Allgemeine ist zu erschreckend. Wer zu tief in der Vergangenheit wühlt, verliert den Boden unter den Füßen, wer sich zu weit in die Zukunft vorwagt, ebenfalls. Die Gegenwart ist ein Balanceakt. Zur Zeit werden zum Essen tollkühn Spareribs auf chinesische Art serviert, mit Papierservietten und Fingerschälchen. Das schmeckt nach Veränderung. Die Männer nicken und lachen; die Frauen erbeben und lächeln und lassen Geschirr fallen.

Es ist ein gutes Leben. Bobbo sagt mir das immer wieder. Er kommt jetzt nicht mehr so oft heim, deswegen sagt er es auch seltener.

Liebt Mary Fisher meinen Mann? Erwidert sie seine Liebe? Schaut sie ihm tief in die Augen und spricht wortlos mit ihm?

Einmal wurde ich auf einen Besuch zu ihr mitgenommen und stolperte über den Teppich – einen echten Kaschmir im Wert von 2540 Dollar –, als ich auf sie zuging. Ich bin einen Meter achtundachtzig groß, für einen Mann eine angenehme Größe, aber nicht annehmbar für eine Frau. So wie Mary Fisher der helle Typ ist, bin ich der dunkle Typ, mit jener vorspringenden Kinnpartie, wie man sie bei großen dunklen Frauen häufig sieht, tiefliegenden Augen und einer Hakennase. Meine Schultern sind breit und knochig, meine Hüften breit und fleischig, und meine Beinmuskeln sind gut entwickelt. Meine Arme, das kann ich beschwören, sind zu kurz für meinen Körper. Mein Wesen und mein Aussehen passen nicht zusammen. Bei dem großen Lotteriespiel – und nichts anderes ist das Leben der Frauen nun mal – bin ich etwas zu kurz gekommen.

Als ich über den Teppich stolperte, verzog Mary Fisher schadenfroh das Gesicht, und ich bemerkte den blitzschnellen Blick, den sie mit Bobbo wechselte, als hätten sie diese Szene bereits geahnt.

»Erzählt mir von deiner Frau«, hatte sie womöglich gemurmelt, nachdem sie sich geliebt hatten.

»Plump«, dürfte er geantwortet haben, und wenn ich Glück gehabt habe, hat er noch dazu gesagt: »Keine Schönheit, aber eine brave Seele.« Ja, ich glaube, das könnte er gesagt haben, und wäre es nur, um sich zu rechtfertigen und mich zu verleugnen. Man kann von einem Mann nicht erwarten, daß er einer wunderbaren Mutter und braven Ehefrau treu ist – da fehlt es hinten und vorn an Erotik.

Ob er wohl auch noch in schuldbewußter erregter Heiterkeit bemerkt hatte: »Am Kinn hat sie vier Warzen, auf dreien wachsen Haare?« Ich glaube schon; wer könnte so einer Versuchung widerstehen, wenn man kichernd und herumalbernd im Bett liegt, nachdem man miteinander geschlafen hat?

Ich bin mir ziemlich sicher, daß Bobbo gelegentlich mal im Stil aller Ehemänner gesagt hat: »Ich liebe sie. Ich liebe sie, bin aber nicht in sie *verliebt*. Jedenfalls nicht so, wie ich in dich verliebt bin. Verstehst du?« Und Mary Fisher hat wahrscheinlich sehr verständnisvoll dazu genickt.

Ich weiß, wie das Leben ist, ich weiß, wie die Menschen sind. Wir stecken alle unter einer Decke, wenn es um Selbsttäuschung und Wunschdenken geht, ganz besonders natürlich ehebrecherische Liebespaare. Ich habe genügend Zeit, darüber nachzudenken, wenn das Geschirr abgewaschen ist und es im Haus ganz still wird und das Leben vorübertickt und ich nichts weiter zu tun habe, als mich zu fragen, ob Bobbo und Mary Fisher zusammen sind, *jetzt, jetzt* – wie seltsam die Zeit erscheint! Und ich denke und denke und spiele beider Rollen nach, manchmal seine, manchmal ihre. So fühle ich mich als Teil des Ganzen, ich, die nirgendwo dazugehört. Und dann ruft Bobbo an und sagt, daß er nicht heimkommt, und die Kinder kehren aus der Schule zurück, und eine merkwürdig vertraute Stille senkt sich über das Haus, eine dicke weiße, erstickende Decke, die über unser Leben geworfen wird; und selbst wenn die Katze eine Maus fängt, scheint das Quietschen aus weiter Ferne, aus einer anderen Welt zu mir zu dringen.

Bobbo ist ein gutaussehender Mann, und ich bin glücklich, daß ich ihn habe. Die Nachbarinnen machen oft Bemerkungen in dieser Richtung. »Nein, was haben Sie doch für ein Glück, jemanden wie Bobbo zu haben.« Wundert uns nicht, sagen ihre Blicke, daß er ziemlich oft weg ist. Bobbo ist ein Meter achtundsiebzig, zehn Zentimeter kleiner als ich, aber fünfzehn Zentimeter größer als Mary Fisher, die Schuhgröße 36 hat; im vergangenen Jahr gab sie für Schuhe 1200,50 Dollar aus. Ganz gleich – bei mir im Bett hat Bobbo keine Potenzprobleme. Er macht die Augen zu. Vielleicht macht er auch bei ihr im Bett die Augen zu, aber ich glaube es nicht wirklich. So stelle ich es mir nicht vor.

Ich denke, daß die anderen Frauen hier in Eden Grove einfach mehr Talent haben, sich selbst was vorzumachen. Ihre eigenen Ehemänner sind oft genug weg. Wie anders als durch Selbsttäuschung könnten sie am Leben bleiben, ihre Selbstachtung bewahren? Natürlich bieten manchmal auch Lügen keinen ausreichenden Schutz. Dann findet man sie in der Garage, mit einem Strick um den Hals, oder sie liegen im Ehebett, kalt, mit einer Überdosis im Bauch. Die Liebe, auch dann noch tödlich, wenn sie in ihren letzten Zuckungen liegt, giftig und beißend, hat sie umgebracht.

Und wie überleben insbesondere häßliche Frauen, die, die von aller Welt bemitleidet werden? Kröten, wie sie uns nennen. Sie leben wie ich, sie starren der Wahrheit ins Gesicht, sie härten die Haut gegen unablässige Demütigungen, bis sie so zäh und kalt wie die Haut eines Krokodils ist. Und wir warten darauf, daß das Alter alles ausgleicht. Als alte Frauen sind wir Klasse.

Meine Mutter war recht hübsch; sie schämte sich wegen mir, das konnte ich an ihren Augen ablesen. Ich war ihr ältestes Kind. »Ganz der Vater«, pflegte sie zu sagen. Da war sie selbstverständlich schon zum zweitenmal verheiratet. Meinen Vater hatte sie schon lange verlassen, hatte ihn voller Verachtung weit hinter sich zurückgelassen. Meine beiden Halbschwestern waren ganz die Mutter, zierlich und zerbrechlich. Ich mochte sie. Sie wußten, wie man jemandem bezaubert, sie bezauberten sogar mich mit ihrem Charme. »Häßliches kleines Entlein«, sagte meine Mutter, den Tränen nahe, einmal zu mir und strich mein widerspenstiges Haar glatt. »Was sollen wir nur mit dir anfangen? Was soll bloß aus dir werden?« Ich glaube, sie hätte mich vielleicht geliebt, wäre sie dazu fähig gewesen. Aber häßliche, unharmonische Dinge stießen sie ab; sie konnte nichts dafür. Sie sagte das oft genug, natürlich nicht speziell auf mich gemünzt, aber ich kannte ihre Gedankengänge, ich wußte, was sie damit meinte. Manchmal glaube ich, daß ich mit auf der Haut offen liegenden Nerven geboren wurde, die ständig zuckten und bebten. In dem Bemühen, sie mit einer Schutzschicht zu überziehen, entwickelte ich mich zu einem schwerfälligen, linkischen Wesen.

Und ich brachte es nie fertig, nicht mal meiner Mutter zuliebe, einfach nur zu lächeln und den Mund zu halten. Mein Verstand schlug Noten an, als würde jemand auf einem fürchterlich verstimmten, nie verstummenden Klavier ziellos klimpern. Sie taufte mich auf den Namen Ruth, vermutlich von dem Wunsch beseelt, mich schon in den ersten Tagen, so gut es ging, zu vergessen. Ein kurzer, unbedeutender, trauriger Name. Meine Halbschwestern bekamen die Namen Jocelyn und Miranda. Beide haben gut geheiratet und sind aus meinem Blickfeld verschwunden; beide baden ohne jeden Zweifel sehr zufrieden in der allgemeinen Bewunderung der Welt.

3

Oh, Mary Fisher, die du im luftigen Turm wohnst! Was gibt es heute zum Abendessen? Vielleicht weißt du es gar nicht. Vielleicht überläßt du das dem Personal. Und wer leistet dir Gesellschaft? Vielleicht hast du noch andere Liebhaber zur Auswahl, die mit dir durch Spiegelglasfenster hinaus auf Hafen und Meer schauen; die mit dir zusammen beobachten, wie der Mond aufgeht und der Himmel sich verfärbt? Vielleicht kommst du gar nicht zum Essen und bist in Gedanken schon bei den dir bevorstehenden Liebesfreuden? Du Glückliche! Aber egal, wen sonst, Bobbo wirst du heute abend nicht bei dir haben. Heute abend ißt Bobbo bei mir.

Ich werde die Flügeltüren vom Speisezimmer zum Garten hin öffnen, das heißt, falls kein Wind aufkommt. An der Garagenwand ranken sich hübsche Pflanzen hoch, die abends sehr gut duften.

Im vergangenen Monat hat Mary Fisher allein fürs Fensterputzen 295,75 Dollar ausgegeben. Die Summe wurde von der Bank in Zypern auf Mary Fishers Haushaltskonto überwiesen. Wenn Bobbo mal zu Hause ist, dann bringt er recht häufig Mary Fishers Abrechnungen mit. Ich schlafe nicht viel in den Nächten, die er bei mir ist. Ich steige still und leise aus dem Bett, gehe in sein Arbeitszimmer und schaue Mary Fishers Leben durch. Bobbo schläft tief und fest. In Wahrheit kommt er heim, um auszuspannen und um verlorenen Schlaf nachzuholen.

Ich putze unsere Fenster selber; manchmal ist es durchaus ein Vorteil, groß zu sein.

Heute abend gibt es im Haus Nightbird Drive Nr. 19 Pilzsuppe, mit Hühnerragout gefüllt Vol-au-vents und Mousse au chocolat. Bobbos Eltern kommen zu Besuch. Er will sie nicht aufregen, also wird er den braven Vorstadtgatten spielen und ausnahmsweise mal wieder am Kopfende der Tafel sitzen. Er wird hinausschauen zu Kletterpflanzen, Stockrosen und Geißblatt. Mir macht die Gartenarbeit Spaß. Ich liebe es, die Natur zu beherrschen und die Dinge zu verschönern.

Bobbo kommt recht gut voran in dieser Welt. Er hat Erfolg. Früher bekleidete er eine untergeordnete Stellung beim Finanzamt, aber die gab er dann auf, riskierte ohne Rücksicht auf Verluste seine Pension und fing als Steuerberater an. Jetzt verdient er eine Menge Geld. Es passt ihm gut in den Kram, daß ich in Eden Grove praktisch aus dem Weg bin. Bobbo unterhält in der City ein hübsches Apartment, fünfzehn Kilometer östlich von Mary Fisher, wo er gelegentlich Parties für seine Klienten gibt; hier sah er Mary Fisher das erste Mal von Angesicht zu Angesicht, hier übernachtet er, wenn dringende Geschäfte anstehen. Zumindest sagt er das. Ich besuche Bobbos Wohnung oder sein Büro nur äußerst selten. Ich lasse durchblicken, daß ich zuviel zu tun habe. Für Bobbo wäre es peinlich, wenn mich seine schicken neuen Kunden zu Gesicht bekämen. Das wissen wir beide. Bobbos reizlose Frau! Für einen kleinen Steuerbeamten mag sie passen, aber nicht für einen selbständigen Finanzexperten auf dem Weg nach oben.

Mary Fisher, ich hoffe, du ißt heute abend eingedosten roten Lachs, der schon schlecht ist, und bekommst Fischvergiftung. Doch derartige Hoffnungen sind vergeblich. Mary Fisher ißt frischen Lachs, abgesehen davon, daß ihr empfindlicher Gaumen sofort jedes Gift entdecken würde, auch wenn es für andere, gröbere Gaumen absolut nicht feststellbar wäre. Wie vornehm, wie geschwind sie den vergifteten Bissen ausspucken und sich so retten würde!

Mary Fisher, ich hoffe, heute abend tobt ein solcher Sturm um deinen Turm, daß die Spiegelglasfenster bersten und die Wasserwogen hereinbrechen und du weinend und schreckensstarr ertrinkst.

Ich mache Blätterteig für die Pasteten, und nachdem ich mit einem Weinglas den Teig ausgestochen habe, nehme ich die dünnen Reststreifen und knete sie zu einem Figürchen, das eine gewisse Ähnlichkeit mit Mary Fisher besitzt, stelle den Backofen auf höchste Leistung und röste das Figürchen, bis die Küche von einem solchen Gestank erfüllt ist, daß nicht einmal mehr der Rauchabzug damit fertig wird. Gut.

Ich hoffe, der Turm verbrennt und Mary Fisher mit ihm, so daß der Geruch brutzelnden Fleisches aufs Meer hinauszieht. Ich würde das Ding selbst anzünden, aber ich kann ja nicht Auto fahren. Zum Turm komme ich nur, wenn Bobbo mich hinfährt, und das tut er nicht mehr. Hundertacht Kilometer. Das ist, so sagt er, viel zu weit.

Bobbo, der Mary Fishers glatte glänzende Schenkel spreizt, dann, wie es seine Gewohnheit ist, seinen Finger dort einführt, wohin sein eigentliches konzentriertes Selbst bald folgen wird.

Ich weiß, daß er es bei ihr genauso macht wie bei mir, weil er es mir erzählt hat. Bobbo glaubt an Ehrlichkeit. Bobbo glaubt an die Liebe.

»Hab' Geduld«, sagt er. »Ich habe nicht die Absicht, dich zu verlassen. Es ist einfach so, daß ich im Augenblick in sie verliebt bin und mich dementsprechend verhalten muß.« Liebe, sagte er! Liebe! Bobbo redet viel über Liebe. Mary Fisher schreibt über nichts anderes als über Liebe. All you need is love. Ich nehme an, ich liebe Bobbo, weil ich mit ihm verheiratet bin. Aber Liebe ist, verglichen mit Haß, ein farbloses Gefühl. Sie macht kribbelig und rastlos und elend.

Meine Kinder kommen aus dem sommerlichen Garten ins Haus. Ein Geschwisterpaar. Der Junge ähnelt ein bißchen meiner Mutter, und genau wie sie jammert er ganz gern. Das Mädchen, groß und plump wie ich, ist von einer Rachsucht, hinter der sich die Verzweiflung von zuviel Gefühl verbirgt. Hund und Katze folgen den beiden. Das Meerschweinchen raschelt und schnüffelt in seiner Ecke herum. Gerade eben habe ich seinen Käfig saubergemacht. Die Schokolade für die Mousse blubbert und schmilzt in der Kasserolle. Das ist das Glück, die Vollkommenheit des häuslichen Lebens in der Vorstadt. Damit sollten wir zufrieden sein: Das ist unser Schicksal. Aus der Gosse ungezügelter Begierden auf den glatten Rasen ehelicher Liebe.

Das sagen *Sie*, hörte ich meine Mutter antworten, als ihr der Priester auf dem Sterbebett das ewige Leben in Aussicht stellt.

4

Bobbos Mutter Brenda schlich außen um das Haus ihres Sohnes, Nightbird Drive Nr. 19, herum. Sie neigte zu neckischen Streichen, eine Veranlagung, die sie ihrem Sohn nicht vererbt hat. Brenda wollte Ruth überraschen, indem sie plötzlich ihre Nase gegen das Küchenfenster drückte. »Huhu, da bin ich«, würden ihre Mundbewegungen durch das Glas hindurch ausdrücken. »Das Monster, die Schwiegermutter!« So konnte sie gleich den Stachel ziehen, was ihre problematische Rolle in der Familie anbelangte, und, wie sie glaubte, dem Abend zu einem guten Start verhelfen; jede eventuell vorhandene Spannung würde sich in Gelächter auflösen.

Brendas kleine Absätze bohrten sich in die gepflegte Rasenfläche, was beiden nicht bekam. Das Gras war frisch gemäht. Ruth machte es Spaß, den Rasen zu mähen. Mit kräftiger Hand konnte sie den Rasenmäher schieben; die Arbeit war rasch und mühelos getan, während ihre kleineren Nachbarinnen schwitzten und jammerten und sich mit Gras abplagten, das sie aus dem allwöchentlich widerlegten Glauben heraus, Rasenmähen sei Männersache, hatten zu hoch wachsen lassen.

Bobbos Mutter spähte durch das Küchenfenster, wo die dampfende Pilzsuppe auf einen Schuß Sahne und Sherry wartete, und nickte beifällig. Sie mochte es, wenn ordentliche Arbeit geleistet wurde – solange es ein anderer tat. Sie schaute durch die offenen Verandatüren ins Speisezimmer, wo der Tisch für vier Personen gedeckt war und die Kerzen in ihren Haltern steckten, wo das Silberbesteck poliert und die Anrichte abgestaubt war, und seufzte vor Bewunderung. Ruth verstand sich aufs Putzen. Sie brauchte nur mit ihren kraftvollen Fingern einmal drüberzureiben, und schon verschwanden alle Flecken. Brenda war auf eine elektrische Zahnbürste angewiesen, wenn sie ihr eigenes Silber auf Hochglanz bringen wollte – eine langwierige, ermüdende Sache –, und das war vielleicht auch das einzige, worum sie Ruth beneidete: ihr Geschick im Silberputzen.

Bobbos Mutter beneidete Ruth nicht um deren Ehe mit Bobbo. Brenda liebte Bobbo nicht, hatte ihn nie geliebt. Sie mochte Bobbo ganz gern, mochte auch ihren Gatten ganz gern, aber auch da waren ihre Gefühle recht flüchtiger Natur.

Die Luft war angefüllt vom Duft der Nachtschattengewächse.

»Wie hübsch sie alles macht«, sagte Bobbos Mutter zu ihrem Mann Angus. »Bobbo hat wirklich Glück gehabt!«

Angus war auf dem Weg stehengeblieben und wartete darauf, daß sich die neckische Laune seiner Frau legen und sie aufhören würde, in Fenster zu spähen. Brenda trug ein beiges Seidenkleid und goldene Armreifen und gab sich gerne zeitlos. Angus trug einen bräunlich karierten Anzug, ein ockerfarbenes Hemd und eine Krawatte mit blauen Punkten. Ganz gleich, wie reich oder arm sie gerade sein mochten, Brenda sah stets eine Spur zu elegant und Angus ein bißchen absurd aus. Brenda hatte eine kleine Stupsnase und weit auseinanderstehende Augen, Angus eine große fleischige Nase und eng zusammenstehende Augen.

Bobbo trug graue Anzüge und weiße Hemden und farblose Schlipse, stets darauf bedacht, ernsthaft und neutral zu wirken, seine Zeit abzuwarten und seine Macht zu verbergen. Seine Nase war gerade und kräftig, und seine Augen hatten genau den richtigen Abstand.

Brenda schaute in das Wohnzimmer, wo die beiden Kinder vor dem Fernsehapparat saßen. Die Reste eines frühen Abendessens standen auf dem Tisch. Die Kinder waren gewaschen, gekämmt und bereit fürs Bett. Sie schienen glücklich, aber reizlos, doch was konnte man bei einer Mutter wie Ruth schon erwarten?

»Sie ist eine so gute Mutter«, flüsterte Brenda und winkte Angus näher heran, damit er die Kinder ebenfalls bewundern konnte. »Man muß einfach Respekt vor ihr haben.«

Brenda streifte die Erde von ihren Absätzen und ging zur Waschküche herum, wo Bobbo gerade ein gebügeltes gefaltetes Hemd von einem ordentlichen Stapel nahm. Er stand in Unterhemd und Unterhose da, aber hatte Brenda ihn nicht oft genug gebadet, als er noch ein kleiner Junge war? Kann eine Mutter vor der Blöße ihres Sohnes zurückschrecken?

Die hübschen kleinen Bißwunden am Oberarm ihres Sohnes bemerkte Brenda nicht, oder vielleicht tat sie es und hielt sie für Insektenstiche. Ganz sicher konnten sie nicht von Ruths Zähnen stammen, die groß, schwer und regelmäßig waren.

»Sie ist so eine gute Ehefrau«, sagte Bobbos Mutter, fast zu Tränen gerührt. »Sieh nur, wie sie gebügelt hat!« Bobbos Mutter bügelte nur im äußersten Notfall. In guten Zeiten lebten sie und Angus gern in Hotels, aus dem schlichten Grund, weil es dort einen umfassenden Service gab. »Und was für ein guter Ehemann Bobbo doch geworden ist!« Falls sie ihren Sohn für narzistisch hielt, weil er so lange in den Spiegel starrte, so behielt sie das für sich.

Doch Bobbo schaute in den Spiegel, betrachtete seine klaren, edlen Augen, seine intelligente Stirn und die leicht zerbissenen Lippen, ohne sich selbst wirklich wahrzunehmen: Er sah nur den Mann, den Mary Fisher liebte.

Während Bobbo sich ankleidete, arbeitete er in seinem Kopf eine Geldskala für den Liebesakt aus. Er fühlte sich wohler, wenn er einen finanziellen Maßstab an die Dinge anlegen konnte. Nicht, daß er geizig gewesen wäre: Er gab mit Vergnügen Geld aus. Er hatte lediglich das Gefühl, daß Leben und Geld ein und dieselbe Sache waren. Sein Vater hatte ihm das oft genug zu verstehen gegeben.

»Zeit ist Geld«, pflegte Angus zu sagen und trieb seinen Sohn aus dem Haus in die Schule. »Leben ist Zeit, und Zeit ist Geld.« Manchmal mußte Bobbo laufen, weil das Geld für den Bus fehlte. Manchmal fuhr er im Rolls-Royce mit Chauffeur.

Im Laufe von Bobbos Kindheit hatte Angus zwei Millionen verdient und drei verloren. Ein Leben voller Höhen und Tiefen für einen heranwachsenden Knaben! »In der Zeit, die du dafür brauchst«, pflegte er zu dem Kleinen zu sagen, der sich mit ungeübten Fingern abmühte, seine Schnürsenkel zu binden, »könnte ich tausend Pfund verdienen.«

Wollte man die Liebe geldmäßig erfassen, dachte Bobbo, so müßte man die Summe der durch Liebe verlorengegangenen Arbeitszeit plus verbrauchte Energie dem genossenen Vergnügen plus erneuerte Kreativität gegenüberstellen. Der Koitus eines Kabinettsministers, wie mickrig auch immer, konnte sich auf ungefähr 200 Dollar belaufen, während eine Hausfrau es, ganz gleich, wie energiegeladen sie zu Werke ging, lediglich auf kümmerliche 25

Dollar bringen würde. Ein Schäferstündchen mit Mary Fisher, die nicht nur gut verdiente, sondern auch eine leidenschaftliche Geliebte war, wäre ungefähr 500 Dollar wert. Mit seiner eigenen Frau ließ es sich auf 75 Dollar einstufen, aber da es relativ häufig dazu kam, ergab sich unglücklicherweise eine Wertminderung. Je öfter man mit einer bestimmten Person ins Bett ging, so glaubte Bobbo, desto weniger war es wert.

Bobbos Mutter zog erneut ihre Absätze aus dem gepflegten Rasen, winkte ihrem Gatten und machte sich mit ihm zusammen zum Hauseingang auf. Sie warf einen Blick in den Salon und erblickte Ruths mächtigen Rücken über einen Plattenspieler gebeugt; sie stellte gerade eine Auswahl an Musik für die Zeit vor und nach dem Essen zusammen.

Ruth richtete sich auf und knallte mit dem Kopf gegen den Eichenbalken über dem Kamin. Das Haus war für kleinere Bewohner entworfen worden.

Gerade als Ruths Schwiegermutter ihre Nase gegen die Scheibe pressen und ihr Späßchen treiben wollte, drehte sich Ruth um. Selbst durch die verzerrende Fensterscheibe hindurch konnte man deutlich erkennen, daß sie geweint hatte. Ihr Gesicht war aufgedunsen und ihre Augen verschwollen. »Der Vorstadt-Blues!« murmelte Brenda Angus zu. »Selbst die Glücklichsten leiden darunter!« Sie beobachteten, wie Ruth die Hände heftig ringend gen Himmel hob, als flehe sie irgendeine furchtbare Gottheit an, durch die seegrüne Zimmerdecke herniederzusteigen.

»Ich glaube, sie ist ein bißchen aufgeregter als sonst«, sagte Bobbos Mutter missbilligend. »Hoffentlich behandelt Bobbo sie gut.« Und damit setzten sie und Bobbos Vater sich auf die niedrige Bank vor dem Haus, starrten in die über Nightbird Drive hereinbrechende Nacht und unterhielten sich ziellos über ihr eigenes und anderer Leute Leben.

»Lassen wir ihr Zeit, sich zu beruhigen«, sagte Bobbos Mutter. »Dinnerparties können, auch wenn bloß Familienmitglieder dabei sind, ganz schön anstrengend sein!«

Bobbos Mutter hatte für jeden Anlaß ein paar beruhigende, beschwichtigende Worte und Gedanken parat. Kein Mensch konnte begreifen, woher Bobbos rastloses, ehrgeiziges, wehleidiges Wesen stammte. Bobbos Vater teilte die Fähigkeit seiner Frau zu positivem Denken; zu 66,66 Prozent war eine solche Denkweise auch durchaus berechtigt. Die Dinge wenden sich oft genug zum Guten, wenn man nur fest daran glaubt; man mußte nur alles seinen gerechten Gang gehen lassen, ohne einen Finger zu rühren. Doch anders als seine Eltern überließ Bobbo nur äußerst ungern etwas dem Zufall. Bobbos Ehrgeiz lief auf eine hundertprozentige Erfolgsrate im Leben hinaus.

Bobbo kleidete sich fertig an. Für ihn war es selbstverständlich, daß stets sauber gefaltete, gebügelte Kleidung bereitlag. War er bei Mary Fisher, so kümmerte sich der Diener Garcia um diese Dinge; auch das war für Bobbo eine Selbstverständlichkeit.

»Was gibt es wohl bei Mary Fisher zum Abendessen?« fragte sich Bobbo, so wie es seine Frau schon zuvor getan hatte, und wünschte sich, eines jener köstlichen Häppchen zu sein, die seine Geliebte in ihren Mund schob. Ah, völlig verschlungen, einverleibt zu werden! Ein Scheibchen Räucherlachs, ein Stück Orange, ein Schluck Champagner!

Das waren Köstlichkeiten, die Mary Fisher gerne aß. Anspruchsvolle, unmögliche Mary Fisher! »Ein Stückchen Räucherlachs«, pflegte sie zu sagen, »kostet auch nicht mehr als eine große Dose Thunfisch. Und schmeckt wesentlich besser.«

Das war zur Hälfte Lüge, zur Hälfte Wahrheit – wie so vieles andere auch, was Mary Fisher sagte und schrieb.

Bobbo ging in den Salon, wo seine zu groß geratene Frau mit den Händen in der Luft herumfuchtelte.

»Warum heulst du?« fragt er.

»Weil ich mir den Kopf angeschlagen hab'«, sagte sie, und er nahm diese Lüge hin, weil seine Eltern jeden Moment eintreffen konnten; abgesehen davon interessierte es ihn ohnehin kaum noch, was seine Frau sagte oder tat oder weshalb sie weinte. Er vergaß Ruth und fragte sich, wie so oft in letzter Zeit, in welcher Beziehung wohl Mary Fisher zu ihrem Diener Garcia stand. Garcia schnitt den Lachs auf, entkorkte den Champagner und putzte die großen Fenster im Erdgeschoß von innen und außen. Andere untergeordnete Haushaltsarbeiten überließ er den Hausmädchen. Garcia erhielt 300 Dollar die Woche, das Doppelte von dem, was Bobbos andere Klienten für gewöhnlich ihren im Haus lebenden Dienern zahlten. Garcia brachte seiner Herrin kleine Kännchen mit Kaffee, die er auf dem großen Glastisch abstellte, auf dem Mary Fisher ihre Romane schrieb, mit klarer roter Tinte auf sehr, sehr dünnem Papier. Ihre Handschrift war spinnwebfein und winzig. Garcia war groß und muskulös und dunkel und jung; seine Finger waren lang, und manchmal fragte sich Bobbo, wo sie überall herumwanderten. Garcia war fünfundzwanzig, und allein sein Gesichtsausdruck lenkte Bobbos Spekulation in Richtung Sexualität.

»Aber Bobbo«, sagte dann Mary Fisher, »du wirst doch nicht etwa eifersüchtig sein! Garcia ist jung genug, um mein Sohn zu sein.«

»Ödipus war auch ziemlich jung«, lautete Bobbos Antwort, womit er Mary Fisher zum Lachen brachte. Wie hübsch ihr Lachen klang, und wie leicht es ihr über die Lippen kam. Nur er allein sollte dieses Lachen hören, das wünschte er sich. Doch wie konnte er ständig um sie sein? Gewiß gab es keine andere Möglichkeit, sie ganz für sich zu behalten und sich ihre Treue zu sichern, als bei ihr zu bleiben. Doch Bobbo mußte Geld verdienen, mußte arbeiten, seinen Kindern ein Vater sein und seiner Frau, mochte sie auch noch so plump und verheult und langweilig sein, ein Ehemann. Er war eine Ehe eingegangen, er würde es durchstehen. Und weil er dabei litt, sollte auch Ruth leiden.

Seine Frau erschien ihm unermesslich groß, und seit er ihr seine Liebe zu Mary Fisher gestanden hatte, schien sie noch größer geworden zu sein. Er fragte sie, ob sie zugenommen habe, und sie verneinte das und stellte sich zum Beweis dafür auf die Waage. 89 Kilo, sogar ein Pfund weniger als sonst! Dann war es also pure Einbildung, daß sie noch drohender vor ihm aufragte.

Bobbo legte eine Platte auf. Er hoffte, daß darin das Geheul seiner Frau untergehen würde. Er wählte Vivaldi, um sich selbst und sie zu beruhigen. »Die vier Jahreszeiten«. Er wünschte, sie würde nicht weinen. Was erwartete sie von ihm? Er hatte nie behauptet, sie zu lieben. Oder doch? Er konnte sich nicht mehr recht daran erinnern.

Ruth verließ den Raum. Er hörte, wie sie den Backofen öffnete. Ein kleiner Aufschrei, ein Knall. Sie hatte sich die Finger verbrannt. Die Vo-au-vents lagen auf dem Fußboden, das wußte er. Dabei war es doch wirklich nur ein kleines Stückchen vom Ofen zum Tisch!

Bobbo stellte den Plattenspieler lauter und ging in die Küche, wo sich Huhn, Sahnesauce und Pasteten auf den Linoleumfliesen mischten; Hund und Katze machten sich bereits darüber her. Er scheuchte die Tiere in den Garten, stieß Ruth auf einen Stuhl und schärfte ihr ein, die Kinder nicht aufzuregen, die durch ihr Verhalten ohnehin schon aufgeregt genug waren. Dann kratzte er alles so methodisch und hygienisch wie nur irgend möglich zusammen; auch wenn es ihm nicht gelang, einzelne Pasteten nachzuformen, so gelang ihm doch die Andeutung einer einzigen großen, mit Hühnerfleisch gefüllten Form. Der Hygiene halber ließ Bobbo eine dünne Essensschicht auf dem Fußboden zurück, deren Wert er mit ungefähr zwei Dollar veranschlagte.

Er brauchte Hund und Katze, um die Schicht aufzulecken, doch die schmollten beide draußen und wollten nicht mehr hereinkommen. Statt dessen setzten sie sich auf das Mäuerchen, dicht neben seine Eltern, und warteten genau wie jene auf einen häuslichen Stimmungsumschwung.

»Hör endlich auf zu weinen«, bat Bobbo in der Küche. »Weshalb machst du wegen allem und jedem so ein Theater? Schließlich kommen bloß meine Eltern zum Essen. Sie erwarten keinen solchen Aufwand. Mit einer einfachen Mahlzeit wären sie vollkommen zufrieden.«

»Wären sie nicht. Aber deswegen wein' ich auch gar nicht.«

»Weshalb dann?«

»Das weißt du ganz genau.«

Ah, Mary Fisher. Das wußte er in der Tat. Er versuchte es mit Vernunftgründen.

»Als ich dich heiratete, hast du doch nicht erwartet, daß ich mich nie in irgendeine andere Frau verlieben würde?«

»Genau das hab' ich erwartet. Jede Frau erwartet das.«

Sie fühlte, daß sie betrogen worden war.

»Aber du bist nicht wie andere Frauen, Ruth.«

»Du meinst, ich bin ein Monster.«

»Nein«, sagte er vorsichtig, freundlich. »Ich meine, wir sind alle Individuen.«

»Aber wir sind verheiratet, wir sind ein Fleisch.«

»Wir haben doch wohl mehr aus Bequemlichkeit geheiratet, meine Liebe. Ich denke, das war uns beiden damals klar.«

»Bequem für dich.«

Er lachte.

»Worüber lachst du?«

»Du denkst und redest nur in Klischees.«

»Mary Fisher vermutlich nicht?«

»Natürlich nicht. Sie ist eine kreative Künstlerin.«

Die Kinder, Andy und Nicola, tauchten in der Küchentür auf, er klein und schmal, sie breit und groß. Genau verkehrt herum. Er erschien mädchenhafter als sie. Bobbo gab Ruth die Schuld daran, daß sie die Kinder in falscher Reihenfolge zur Welt gebracht hatte. Er hatte das Gefühl, sie habe es absichtlich getan. Sein Herz blutete für die Kleinen. Kinder haben empfindliche Nerven, die sie sich jeden Tag schmerzhaft anstoßen. Obwohl er sie liebte, wünschte er, sie wären nie geboren worden. Sie standen zwischen ihm und Mary Fisher, und er träumte seltsame Träume, in denen sie ein trauriges Ende fanden.

»Kann ich einen Krapfen haben?« fragte Nicola.

Auf häusliche Krisen reagierte sie, indem sie nach Essen verlangte. Sie hatte reichlich Übergewicht. Die zu erwartende Antwort »Nein« erzeugte bereits beim Aussprechen einen Gegenreiz und ersparte so ihren Eltern weiteren Kummer. Sie wären dann so beschäftigt, sie auszuschimpfen, daß sie ganz vergaßen, sich gegenseitig zu beschimpfen; zumindest nahm sie das fälschlicherweise an.

»Ich habe einen Splitter im Fuß«, sagte Andy. »Schaut mal, ich hinke!«

Er führte es vor, marschierte durch die Essensreste auf dem Fußboden, hinkte weiter ins Wohnzimmer, wobei er Sauce in den Teppich trat. Der Teppich war herbstgrün, gut abgestimmt auf die avocadofarbenen Wände und die seegrüne Decke. Bobbo schätzte, die fettigen Tritte würden die Reinigungsrechnung um weitere 30 Dollar erhöhen. Bei der jährlichen Generalreinigung würde der Teppich nun einer Spezialreinigung unterzogen werden müssen.

Draußen entschieden Angus und Brenda, daß Ruth mittlerweile ihre Fassung wiedergewonnen haben mußte. Sie verließen ihr Bänkchen, gingen den Gartenweg hoch und klingelten an der Haustür. Ding-dong!

»Bitte erspare mir jede Peinlichkeit in Gegenwart meiner Eltern«, bat Bobbo, worauf Ruth um so heftiger zu weinen begann. Sie stieß gewaltige würgende Schluchzer aus, wobei ihre gigantischen Schultern zuckten. Selbst ihre Tränen wirkten größer und wasserhaltiger als die anderer Leute. Mary Fisher, dachte Bobbo, vergießt niedliche kleine Tränen, die eine höhere Oberflächenspannung haben als die seiner Frau und die auf dem offenen Heiratsmarkt sicherlich höher eingestuft wurden. Gäbe es so was, er würde Ruth, ohne zu zögern, sofort auf den Markt werfen.

»Kommt rein«, sagte er an der Haustür zu seinen Eltern. »Kommt nur rein! Wie schön, euch zu sehen! Ruth hat Zwiebeln geschält. Ich fürchte, sie sieht noch ein bißchen verheult aus.«

Ruth rannte hoch in ihr Zimmer. Wenn Mary Fisher rannte, dann waren ihre Schritte leicht und beschwingt. Ruths Gewicht schwankte von einem massigen Bein aufs andere; jedes Mal wurde das Haus erschüttert, wenn sie aufstampfte. Die Häuser in Eden Grove waren nicht nur für kleinere, sondern auch für leichtere Personen gedacht.

5

In Mary Fishers Romanen in rosa und goldenen Umschlägen, die zu Hunderttausenden verkauft werden, blicken tapfere kleine Heldinnen zu gutaussehenden Männern auf und gewinnen sie für sich, indem sie sie freigeben. Kleine Frauen können zu Männern aufschauen. Aber Frauen von über einsachtzig haben da so ihre Probleme.

Ich will Ihnen eines sagen: Ich bin eifersüchtig! Ich bin eifersüchtig auf jedes kleine hübsche Frauchen, das seit Anbeginn der Welt jemals gelebt und zu einem Mann aufgeschaut hat. Tatsächlich bin ich von Eifersucht förmlich zerfressen, ein durchaus hübsches, lebendiges, hungriges Gefühl. Sie wollen wissen, *weshalb* mir das was ausmacht? Weshalb ich nicht einfach in mir selbst ruhe, diesen Teil meines Lebens vergesse und zufrieden bin? Habe ich nicht ein Heim und einen Ehemann, der die Rechnungen bezahlt, und Kinder, um die ich mich kümmern muß? Ist das nicht genug? Die Antwort heißt »Nein«! Ich verzehre mich danach, ich sterbe fast vor Sehnsucht, zu dieser anderen, vor Erotik, Begierde und Lust pulsierenden Welt zu gehören. Was ich will, ist nicht Liebe, so einfach ist das nicht. Ich will nicht mehr und nicht weniger als alles nehmen und nichts dafür geben. Was ich will, ist Macht über Herzen und Brieftaschen der Männer. Mehr Macht können wir nicht an uns reißen, hier unten in Eden Grove, im Paradies, und selbst das bleibt mir verwehrt.

Ich stehe in meinem Schlafzimmer, unserem Schlafzimmer, Bobbos und meinem Schlafzimmer und bringe mein Gesicht in Ordnung, um so schnell wie möglich zu meinen häuslichen, ehelichen, mütterlichen Pflichten und meinen Schwiegereltern zurückkehren zu können.

Zu diesem Zweck sage ich mir die Litanei vom braven Eheweib vor. Sie lautet folgendermaßen:

Ich muß so tun, als wäre ich glücklich, wenn ich unglücklich bin, zum Wohle von allen.

Ich darf mich nicht über mein Leben beschweren, zum Wohle von allen.

Ich muß für das Dach über meinem Kopf und das Essen auf meinem Tisch dankbar sein und das auch dadurch zum Ausdruck bringen, daß ich den lieben langen Tag putze und koche und beim geringsten Anlaß von meinem Stuhl aufspringe, zum Wohle von allen.

Ich muß die Eltern meines Mannes dazu bringen, daß sie mich mögen, und meine Eltern, daß sie ihn mögen, zum Wohle von allen.

Ich muß mich dem Prinzip unterwerfen, daß derjenige, der außerhalb des Hauses am meisten verdient, auch innerhalb des Hauses am meisten verdient, zum Wohle von allen.

Ich muß das sexuelle Selbstvertrauen meines Mannes stärken; ich darf weder insgeheim noch öffentlich für andere Männer sexuelles Interesse zeigen; ich muß die Art und Weise ignorieren, wie er mich herabsetzt, indem er öffentlich andere Frauen preist, die jünger, hübscher und beruflich erfolgreicher sind als ich und mit denen er, falls möglich, heimlich schläft, zum Wohle von allen.

Ich muß ihn bei all seinen Unternehmungen moralisch unterstützen, wie unmoralisch sie auch sein mögen, um unserer Ehe willen. Stets und ständig muß ich so tun, als wäre ich ihm in jeder Hinsicht unterlegen.

Ich muß ihn lieben, in guten wie in schlechten Tagen, in Reichtum und in Armut, und darf in meiner Loyalität niemals schwankend werden, zum Wohle von allen.

Aber diesmal funktioniert die Litanei nicht. Sie beschwichtigt nicht, sie macht mich wütend. Ich schwanke! Meine Loyalität schwankt! Ich schaue in mein Inneres! Ich finde Haß, jawohl, Haß auf Mary Fisher, heiß, stark und süß, aber kein Fitzelchen Liebe, nicht einmal eine dünne, sich windende Faser. Ich liebe Bobbo nicht mehr! Treppauf lief ich weinend und voller Liebe, treppab werde ich trockenen Auges und ohne eine Spur von Liebe gehen.

6

»Aber warum hat sie denn geweint?« wollte Brenda von Bobbo wissen, als Ruth die Treppe hochpolterte und das Haus erbebte. »Hat sie ihre kritischen Tage?«

»Ich denke schon«, sagte Bobbo.

»Welch eine Plage für eine Frau«, sagte Brenda, und Angus hüstelte bei dieser Wendung des Gesprächs leicht verlegen.

Kurz darauf kam Ruth lächelnd herunter und servierte die Suppe.

Bobbo hatte Ruth vor nun mehr als zwölf Jahren kennengelernt. Sie war eine von Angus' Schreibkräften. Angus war in der Papierbranche tätig und arbeitete gerade auf seine zweite Million hin, die später durch die Einführung der Vermögenssteuer wie Schnee in der Sonne dahinschmolz. Angus und Brenda lebten ausnahmsweise mal in einem Haus und nicht in einem Hotel, was Bobbo zu schätzen wußte, obwohl er auswärts studierte. Die Examen für Buchprüfer ziehen sich über viele Jahre hin, was den Sohn (üblicherweise ist es ein Sohn) ungewöhnlich lange vom Vater abhängig macht.

Ruth war ein hilfsbereites, anstelliges Mädchen, das sich konzentrieren konnte und nicht ständig in den Spiegel schaute. Wenn möglich, vermied sie sogar den Blick in den Spiegel. Sie war noch keine zwanzig, wohnte aber nicht mehr zu Hause. Ihr Schlafzimmer war für die Modelleisenbahn ihres Stiefvaters benötigt worden. Aufgrund ihrer Ungeschicklichkeit und der Empfindlichkeit der Ausrüstung konnten sie und die Eisenbahn nicht gefahrlos ein Zimmer teilen. Einer von ihnen mußte gehen, und Ruth ließ sich leichter abschieben. Es kann Monate dauern, eine Gleisanlage richtig und auf Dauer aufzubauen und einzurichten; eine junge Frau kann sich überall niederlassen.

So war Ruth schließlich in einer Art Studentenheim untergekommen, das hauptsächlich von Verkäuferinnen bewohnt wurde, einer besonders schmalen, eleganten Sorte junger Frauen. Die Gürtel, die ihre Wespentaillen einschnürten, hätten nicht einmal Ruths Oberschenkel umspannt.

Der Auszug aus dem Heim ihrer Kindheit war ohne große Emotionen verlaufen; allen Beteiligten, Ruth eingeschlossen, war klar, daß sie diesem Ort entwachsen war. Sie mochte kein großes Theater. Sie hatte eine Klosterschule besucht, die von Nonnen der abergläubischen und nicht der intellektuellen Art geleitet wurde. Hier konzentrierte man sich darauf, die Mädchen auf ihre künftige Rolle als Frau und Hausmütterchen vorzubereiten; abgesehen von Schreibmaschine und Kurzschrift mußten keine Prüfungen abgelegt werden. Diese Ausbildung förderte Stoizismus und unterdrückte selbstsüchtige Regungen und Aufmerksamkeit heischende Tränen.

Ruths Halbschwestern zeichneten sich in St. Martha besonders im griechischen Tanz aus, was sie dann auch am Ende eines jeden Schuljahrs ganz liebreizend zur Schau stellten. Auch Ruth machte sich bei derartigen Anlässen nützlich – als Kulissenschieberin. »Seht ihr«, sagten die Nonnen, »jeder Mensch hat seinen Wert. In Gottes wunderbarer Schöpfung ist Platz für alle.«

Kurz nachdem Ruth in das Heim umgezogen war, verließ auch ihre Mutter das Zuhause. Vielleicht fühlte auch sie sich von der stetig wachsenden Eisenbahnanlage in die Ecke gedrängt oder war von dem Mangel an sexueller Begeisterung enttäuscht, der oft von Männern gezeigt wird, die diesem lohnenden Hobby verfallen; vielleicht aber war es auch bloß – wie Ruth sich einbildete – die plötzliche Abwesenheit ihrer Tochter, die der Mutter die Freiheit bescherte. Jedenfalls brannte Ruths Mutter mit einem Bergwerksingenieur nach Westaustralien durch, zusammen mit Miranda und Jocelyn, und Ruths Stiefvater tröstete sich kurz darauf mit einer weniger anspruchsvollen Frau, die keinen Anlaß sah, daß Ruth sie besuchen sollte. Schließlich war Ruth keine Blutsverwandte, ja, es bestand nicht einmal eine entfernte Verwandtschaft.

Brenda, die durch Angus von diesen Umständen erfuhr, bemitleidete das Mädchen.

»Sie braucht jemanden, der ihr ein bißchen unter die Arme greift!« sagte Brenda.

Ruth saß stets in der Telefonvermittlung, wenn Brenda früh, spät oder in der Mittagszeit anrief, immer höflich, ruhig und ungemein tüchtig. Die anderen Mädchen machten immer gerade irgendwelche Einkäufe, kleine Halstücher, Ohrringe, Lidschatten und ähnliches, und all das während der von Angus bezahlten Bürozeit (kein Wunder, daß er so oft bankrott war); Ruth tat so etwas nie.

»Ich war auch mal ein häßliches Entlein«, sagte Brenda zu Angus. »Ich weiß, wie das ist.«

»Sie ist kein häßliches Entlein«, sagte Angus. »Häßliche Entlein verwandeln sich in Schwäne.«

»Ich glaube«, sagte Brenda, »das Mädchen braucht jetzt, an diesem entscheidenden Punkt in ihrem Leben, ein richtiges Zuhause. Sie könnte bei uns wohnen. Ich könnte ihr helfen, daß sie was aus sich macht, und sie könnte dafür als Gegenleistung abends nach der Arbeit ein bißchen kochen und putzen. Und fürs Bügeln brauche ich wirklich jemand. Natürlich würde sie auch Miete zahlen. Sie ist ein sehr stolzes Mädchen. Sagen wir, so ungefähr ein Drittel ihres Gehalts.«

»Wir haben keinen Platz«, sagte Angus. Das Haus, in dem sie wohnten, war sehr klein, der einzige Grund, weshalb sie sich darin wohl fühlten. Doch Brenda meinte, Bobbos Zimmer würde während des Semesters sowieso leer stehen.

»Es ist nicht richtig«, sagte sie. »Ein leeres Zimmer ist einfach nicht *richtig*.«

»Du hast schon in so vielen Hotels gewohnt«, sagte er, »daß du anfängst, wie ein Hotelmanager zu denken. Aber ich verstehe, was du meinst.«

Brenda und Angus hatten beide das Gefühl, ohne es laut aussprechen zu wollen, daß Bobbos Kindheit und Abhängigkeit nun lange genug gedauert hatte, zu lange, um genau zu sein.

Sein Zimmer sollte mittlerweile wirklich frei sein, damit sie es nach eigenem Belieben verwenden konnten.

Elternschaft konnte nicht ewig dauern. Und wenn sie das Zimmer voll haben wollten, dann wäre es mit Ruth mehr als voll. »Bobbo kann ja jederzeit auf dem Sofa schlafen«, sagte Brenda. »Es ist sehr bequem.«

Bobbo war überrascht und verärgert, als er Weihnachten heimkam und man ihm das Sofa als Bett anbot. Seine alten Schulbücher waren aus dem Regal verschwunden, um für Ruths flache, ausgetretene Schuhe Platz zu machen.

»Betrachte Ruth als Schwester«, sagte Brenda. »Die Schwester, die du nie gehabt hast!«

Aber Bobbo war, wie es bei Einzelkindern häufig der Fall ist, vom Gedanken an Inzest unter Geschwistern fasziniert, nahm die Worte seiner Mutter als Rechtfertigung für die Erfüllung seiner Phantasien und kroch mitten in der Nacht in das Bett, das schließlich trotz allem sein Bett war. Ruth war warm und weich und breit, und das Sofa war kalt und hart und schmal. Er mochte sie. Sie lachte ihn nie aus oder äußerte sich verächtlich über seine sexuellen Darbietungen, wie Audrey Singer, das Mädchen, in das Bobbo gerade verliebt war. Bobbo fand, es geschah Audrey recht, daß er Ruth, diesen gewaltigen, willigen Berg, verführt hatte. Es war sexueller Selbstmord der dramatischsten Art.

»Sieh nur, was du getan hast!« sagte er in seinem Herzen zu Audrey. »Sieh nur, wohin du mich getrieben hast! Zu Ruth!« »Sieh nur«, sagte er in seinem Herzen zu seiner Mutter, gleich ein paar Fliegen mit einer Klappe schlagend, »sieh nur, was geschieht, wenn du mich aus meinem eigenen Zimmer wirfst, aus meinem eigenen Bett. Ich steig' einfach trotzdem rein, ganz egal, wer drinnen liegt.«

Ruth war mit der neuen Situation durchaus zufrieden. Sie trug das Wissen um ihre geheime Liebe tief in ihrem Herzen verborgen und fühlte sich mit der Welt versöhnt; sie war einfach nur größer als andere, was aber schließlich nicht mehr auffiel, wenn sie sich hinlegte. Als die neue Frau ihres Stiefvaters zu Weihnachten anrief, um sich nach ihrem Befinden zu erkundigen, konnte sie wahrheitsgemäß antworten, daß es ihr sehr gut ginge, was es dem zuvor schuldbewußten Pärchen ermöglichte, sie ganz zu vergessen. Kurz darauf schrieb Ruths Mutter, dies wäre der letzte Brief, den sie ihr jemals schreiben würde, da ihr neuer Ehemann wünschte, sie solle ihre Vergangenheit endgültig hinter sich lassen, und außerdem gehörten sie beide nun einer wunderbaren neuen Religionsgemeinschaft an, die von der Ehefrau absoluten Gehorsam ihrem Mann gegenüber forderte. Diese Hingabe, so schrieb Ruths Mutter, bringt Frieden. Sie gab ihr ihren Segen (und auch den des Meisters, denn ihr war gestattet worden, ihn persönlich wegen Ruth um Rat zu fragen; der Meister war der Repräsentant der Großen Einheit auf dieser Erde, so wie die Frau die Repräsentantin des Mannes war) und brachte ihre Dankbarkeit zum Ausdruck, daß Ruth nun erwachsen war und sich um sich selbst kümmern konnte. Größere Sorgen bereiteten ihr Miranda und Jocelyn, die noch so jung waren, doch der Meister hatte ihr gesagt, daß alles gut werden würde. Der Brief war ein letzter, endgültiger, liebevoller Abschiedsgruß.

»Unsere Eltern«, sagte Bobbo, »sind gesandt, um uns in Versuchung zu führen!« Er genoß Ruths Abhängigkeit von ihm, die Art und Weise, wie der Blick ihrer dunklen, tiefen, leuchtenden Augen ihm durch das Zimmer folgte. Er schlief gern mit ihr. Sie war eine warme, dunkle, immerwährende Zufluchtsstätte, und wenn Licht war, konnte er immer noch die Augen schließen.

»Vielleicht heiraten sie«, sagte Brenda zu Angus, »und ziehen beide aus.«

Ruth verbrauchte mehr heißes Wasser, als Brenda erwartet hatte, vor allem im Bad. In Hotels ist das heiße Wasser umsonst.

»Ich glaube kaum«, sagte Angus. »Ein Junge wie Bobbo muß eine kluge Wahl treffen, was seine zukünftige Frau anbelangt, mit einem Blick für Geld und Beziehungen.«

»Ich hatte weder das eine noch das andere«, sagte Brenda, »und trotzdem hast du mich geheiratet!« Und sie küssten sich, voller Sehnsucht, endlich wieder allein zu sein, ohne die jüngere Generation.

Bobbo ging zurück aufs College, bestand seine letzten Buchprüferexamen und holte sich eine Leberentzündung. Ruth stellte fest, daß sie schwanger war.

»Heiraten!« sagte Bobbo entsetzt.

»Sie ist eine Perle unter den Frauen«, sagte Brenda. »Ich weiß nicht, wie dein Vater ohne sie auskommen soll. Sie ist tüchtig und pflichtbewusst und *gut.*«

»Aber was werden *die Leute sagen?*«

Brenda tat so, als hätte sie nichts gehört, und bot das Haus zum Verkauf an. Sie und Angus zogen wieder ins Hotel, jetzt, wo Bobbo auf eigenen Beinen stehen konnte. Audrey Singer gab ihre Verlobung mit einem anderen bekannt. Bobbo trank eine halbe Flasche Whisky, erlitt einen bösen Rückfall und heiratete Ruth, als diese im fünften Monat schwanger war. Hepatitis ist eine deprimierende, schwächende Krankheit, und Bobbo kam es zu der Zeit so vor, als hätte seine Mutter recht, und eine Frau wäre wie die andere. Ruths großer Vorteil war, daß sie *da* war.

Auf dem Gang zum Standesamt trug Ruth ein Hochzeitskleid aus weißem Satin, und Bobbo erkannte, daß er sich womöglich geirrt hatte. Zwischen den einzelnen Frauen konnte es beträchtliche Unterschiede geben. Er glaubte, die Leute hämisch kichern zu hören. Kaum war das Baby geboren, da ging sie mit dem nächsten schwanger.

Danach bestand Bobbo darauf, daß Ruth eine Spirale trug, und sah sich nach geeigneteren Empfängerinnen seiner Zuneigung und sexuellen Energie um. Er fand sie problemlos, als erst mal die Auswirkungen seiner Hepatitis nachgelassen hatten. Er verabscheute Unehrlichkeit und Heuchelei und teilte Ruth stets mit, was geschehen war und was demnächst geschehen würde, wenn es sich einrichten ließ. Er sagte ihr, daß auch sie frei für sexuelle Experimente ihrerseits war.

»Wir werden eine moderne, offene Ehe führen«, hatte er ihr erklärt, bevor sie heirateten. Sie war im vierten Monat, und es ging ihr ziemlich schlecht.

»Natürlich«, sagte sie. »Was bedeutet das?«

»Das bedeutet, daß wir beide unsere Leben voll ausleben und stets ehrlich zueinander sein müssen. Die Ehe muß unsere Leben wie ein schützender Mantel umhüllen und darf sie nicht beschneiden. Wir müssen das als Startpunkt betrachten, nicht als Ziellinie.«

Sie hatte zustimmend genickt. Manchmal presste sie, um ihre Übelkeit zurückzudrängen, ihren Mund mit den Fingern zusammen. Das tat sie auch jetzt, während er über seine persönliche Freiheit sprach. Er wünschte, sie würde es nicht tun.

»Wahre Liebe ist nicht besitzergreifend«, erklärte er ihr. »Nicht unsere Art häusliche, dauerhafte Liebe. Eifersucht ist, wie jedermann weiß, ein gemeines, niedriges Gefühl.«

Sie hatte ihm beigepflichtet und war ins Badezimmer gerannt.

Bald stellte er zu seiner Bestürzung fest, daß sich sein Vergnügen an sexuellen Experimenten durch das Wissen steigerte, daß er es schließlich seiner Frau erzählen würde. Als Zeuge erotischer Ereignisse stand er außerhalb seines eigenen Körpers. Die Erregung wurde größer und die Verantwortung geringer, da er alles mit Ruth teilen konnte.

Ihnen war beiden klar, daß die Schuld an allem Ruths Körper trug. Er hatte diesen Leib notgedrungen und irrtümlicherweise geheiratet und würde ihm gegenüber seine grundsätzlichen Pflichten erfüllen, aber nie würde er sich mit diesen gewaltigen Ausmaßen abfinden; Ruth wußte das nur zu gut.

Lediglich seine Eltern schienen zu erwarten, daß er sich wie ein treuer, netter Ehemann verhielt, so wie sich Angus Brenda und Brenda Angus gegenüber benahm. Sie behandelten Bobbo und Ruth wie einen richtigen Ehemann und eine richtige Ehefrau und nicht wie ein Paar, das versehentlich geheiratet hatte.

Ruth hatte die Babys im Kinderwagen durch den Park geschoben und sich mit Süßigkeiten und romantischen Liebesromanen – darunter die von Mary Fisher – getröstet, während Bobbo in der Welt vorangekommen war.

Kurz nachdem sie nach Eden Grove gezogen waren, hatte Bobbo auf einer seiner Partys in einem überfüllten

Raum Mary Fisher gesehen, und sie hatte ihn gesehen und zu ihm gesagt: »Ich möchte Klientin von Ihnen werden.«

Und er hatte gesagt: »Sofort.«

Und die Vergangenheit verblaßte für Bobbo, einschließlich der Leiden und Ekstasen, die er bei Audrey Singer kennengelernt hatte, und die Gegenwart wurde übermächtig, und die Zukunft verwandelte sich in ein wunderbares gefährliches Mysterium.

So begann die Affäre. Bobbo und Ruth fuhren Mary Fisher von der Party nach Hause. Um sich unverzüglich ins Vergnügen stürzen zu können, hatte Mary Fisher ihren Rolls-Royce voller Ungeduld leider sehr unglückselig geparkt, denn sie behinderte eindeutig den Verkehr; während sie mit dem Gastgeber flirtete, schleppte die Polizei ihren Wagen ab.

Sie würde, so sagte sie, am Morgen ihren Diener Garcia schicken, um das alberne Vehikel abzuholen. Doch jetzt, sagte sie, könnten Bobbo und Ruth sie auf der Heimfahrt mitnehmen?

»Selbstverständlich!« rief Bobbo. »Selbstverständlich.«

Ruth hatte angenommen, daß Mary Fisher gemeint hatte, *sie selbst* sollte auf dem Heimweg abgesetzt werden, doch als Bobbo an der Ecke Eden Avenue und Nightbird Drive stoppte, erkannte sie ihren Irrtum.

»Begleite sie wenigstens bis zur Tür«, protestierte Mary Fisher, ein Akt der Herablassung, den Ruth ihr nie verzieh, doch Bobbo meinte nur lachend:

»Irgendwie glaube ich nicht, daß Ruth so leicht das Opfer einer Vergewaltigung werden könnte, oder, Darling?« Und Ruth erwiderte loyal: »Das macht mir absolut nichts, Miss Fisher. Wir wohnen in einer Sackgasse, da ist das Wenden in der Dunkelheit so schwierig! Und wir haben die Kinder ohne Babysitter gelassen. Ich muß wirklich so schnell wie möglich heim.«

Aber niemand hörte ihr zu, also stieg sie hinten aus – Mary Fisher saß vorn, neben Bobbo –, und noch bevor die Tür zufiel, hörte sie Mary Fisher sagen: »Du wirst mir nie verzeihen. Ich wohne so weit draußen. Fast an der Küste. Genaugenommen, direkt an der Küste.« Und Bobbo entgegnete: »Glaubst du, ich weiß das nicht?«, und dann schlug die Tür zu, und Ruth stand im Dunkeln, während die kräftigen roten Rücklichter des Wagens in der Finsternis davonschossen. Mit ihr fuhr Bobbo nie so: Rrrum, rrrum! Und sie bat Bobbo nie um einen Gefallen, fragte nie, ob er sie mal mitnehmen oder was für sie besorgen könnte; stets machte er ein Riesentheater, wenn sie es tat. Wie konnte Mary Fisher es wagen? Und wieso bezauberte ihn ihre Anmaßung, anstatt ihn abzustoßen? Eine Fahrt bis zur *Küste,* während Ruth lieber durch den Regen lief, bloß um Bobbo nicht fünfzehn Sekunden lang aufzuhalten.

Sie ging nach Hause und dachte darüber nach und lag die ganze Nacht lang wach. Selbstverständlich kam Bobbo nicht heim, und am Morgen schrie Ruth die Kinder an, bevor sie sich klarmachte, daß es nicht fair war, ihren Kummer an ihnen auszulassen; sie riß sich zusammen und aß vier getoastete Brötchen mit Aprikosenmarmelade, als das Haus still und sie alleine war.

Bobbo kam sehr müde heim, ließ das Abendessen ausfallen, ging sofort zu Bett und fiel in tiefen Schlaf, aus dem er erst am nächsten Morgen gegen sieben Uhr erwachte. Er sagte: »Jetzt weiß ich, was Liebe ist«, und stand auf und zog sich an, wobei er sich im Spiegel anstarrte, als würde er dort etwas vollkommen Neues sehen. Auch die nächste Nacht blieb er weg und danach jede Woche zwei oder drei Nächte.

Manchmal erklärte er, er hätte noch spät zu arbeiten und würde in der Stadt übernachten; gelegentlich jedoch, wenn er sehr müde oder sehr aufgekratzt war, gestand er ein, daß er bei Mary Fisher gewesen war, und er erzählte von den Dinnergästen – berühmte Leute, reiche Leute, von denen selbst Ruth schon gehört hatte – und was es zu essen gegeben und was für geistreiche, bezaubernde, schlimme Sachen Mary Fisher gesagt und was für ein Kleid sie getragen hatte, und wie es dann hinterher gewesen war, als er ihr endlich das Kleid ausziehen konnte.

»Ruth«, pflegte er zu sagen, »du bist mein Freund. Du mußt mir in dieser Angelegenheit alles Gute wünschen. Das Leben ist so kurz. Mißgönne mir dieses Erlebnis, diese Liebe nicht. Ich werde dich nicht verlassen, du mußt dir deswegen keine Sorgen machen. Du hast es nicht verdient, verlassen zu werden. Du bist die Mutter meiner Kinder. Sei geduldig, es wird vorübergehen. Wenn es dich verletzt, so tut es mir leid. Aber laß es mich wenigstens mit dir teilen.«

Ruth lächelte, hörte zu und wartete, und es ging nicht vorüber. An den stillen Tagen dachte sie über die Natur der Frauen nach, die so wenig Rücksicht auf Ehefrauen nahmen.

»Eines Tages«, sagte sie, »mußt du mich mal zum Essen in ihren Turm mitnehmen. Finden die Leute es nicht merkwürdig, daß deine Frau nie dabei ist?«

»Das sind keine Leute wie du«, sagte Bobbo. »Nur Schriftsteller und Künstler und so was. Und niemand, der was ist, heiratet heutzutage noch.«

Doch er mußte ihre Bemerkung Mary Fisher weitererzählt haben, denn kurz darauf wurde Ruth in den Turm eingeladen. Es waren lediglich zwei weitere Gäste anwesend: der örtliche Anwalt mit Frau, beide schon etwas bejahrt. Mary Fisher erklärte, die anderen hätten im letzten Moment abgesagt, doch Ruth glaubte ihr nicht.

Bobbo hatte sein Bestes getan, um Mary Fisher davon abzuhalten, Ruth einzuladen, hatte aber keinen Erfolg gehabt.

»Wenn sie Teil deines Lebens ist, Darling«, sagte Mary Fisher, »dann möchte ich, daß sie auch Teil meines Lebens ist. Ich möchte sie richtig kennenlernen, nicht bloß als eine Person, die du mitten in der Nacht an einer Straßenecke abgesetzt hast. Keine meiner Heldinnen würde das zulassen! Ich sag dir, was ich machen werde. Wir machen eine jener Dinnereinladungen daraus, die Pflicht und nicht Vergnügen sind.«

Bobbo fragte manchmal Mary Fisher, warum sie ihn liebte. Mary Fisher sagte, weil er Geliebter und Vater war, das Verbotene und das Erlaubte, alles in einer Person, und außerdem war die Liebe sowieso eine geheimnisvolle Sache, und Amor war nun mal eigensinnig, und warum wollte er das überhaupt wissen, konnte er es denn nicht einfach *hinnehmen*?

Bobbo nahm es hin. Ruth kam zum Essen. Sie stolperte und errötete, und die Haare auf ihrer Oberlippe und an ihrem Kinn glänzten im Lichtschein; sie hatte Wein aufs Tischtuch gegossen und die falschen Dinge zu den falschen Leuten gesagt und alles durcheinandergebracht.

»Glauben Sie nicht auch«, hatte sie zu dem Anwalt gesagt, »daß es um so mehr Verbrechen gibt, je mehr Polizei es gibt?« »Sie meinen«, hatte er freundlich erwidert, »je mehr Polizei, desto weniger Verbrechen. Gewiß doch.«

»Nein, ganz gewiß nicht«, sagte Ruth aufgeregt, während ihr der Spinat über das Kinn lief, und Bobbo mußte sie mit einem Tritt unter dem Tisch zum Schweigen bringen.

Manchmal dachte Bobbo, Ruth wäre verrückt. Sie sah nicht nur nicht so aus wie andere Leute, man konnte sich auch nicht darauf verlassen, daß sie sich so wie andere Leute benahm.

Bobbo befürchtete, daß Mary sich ihm gegenüber etwas kühler verhielt, seit sie Ruth kennengelernt hatte. Niemandem tat es gut, in enger Beziehung zu unglücklichen und glücklosen Leuten zu stehen. Liebe, Erfolg, Energie, Gesundheit, Glück drehten sich in engem Kreis, trieben sich aus eigener Energie an, befanden sich jedoch gleichzeitig in einem höchst labilen Gleichgewicht. Ein Körnchen Sand im Getriebe, und die ganze Maschinerie konnte zum Stillstand kommen. Glück und Segen verwandeln sich nur zu leicht in Unheil! Und jetzt liebte er Mary Fisher und liebte sie und liebte sie, und seine Eltern waren zum Dinner gekommen, und seine Frau hatte geweint und eine Szene gemacht und das Essen auf den Boden geworfen, und er hatte nicht das Geringste für sie übrig. Ruth stand zwischen ihm und dem Glück, unverrückbar! Hatte es in der ganzen Geschichte der Ehe jemals solche Unverrückbarkeiten gegeben?

Bobbo hatte zu Mary Fisher gesagt: »Mary, empfindest du keine Schuldgefühle, weil du eine Affäre mit einem verheirateten Mann hast?«

Und Mary hatte erwidert: »Ist das, was wir haben, eine Affäre?« Sein Herz hatte entsetzt zu hämmern begonnen, bis sie hinzugefügt hatte: »Ich dachte, es wäre mehr. Es *fühlt* sich an, als wäre es mehr! Es fühlt sich an, als wäre es für immer.« Die Freude hatte ihn zum Schweigen gebracht, und sie hatte weitergesprochen: »Schuldgefühle? Nein. Liebe entzieht sich unserer Kontrolle. Wir verlieben uns. Niemand trägt daran Schuld. Du nicht. Ich nicht. Und ich vermute, weil Ruth nie etwas erwartet, wird sie auch nie etwas bekommen. Wir können unser Leben nicht verderben, weil sie fast ohne Freude geboren wurde. Es war ein Akt der Freundlichkeit deinerseits, als du sie geheiratet hast, und ich liebe dich deswegen, aber jetzt, mein Liebster, sei gut zu mir. Lebe mit mir. Hier, jetzt, für immer!«

»Und die Kinder?«

»Sie sind Ruths Krone und ihre Juwelen. Sie sind ihr ganzer Trost. Sie kann sich so glücklich schätzen. Ich habe keine Kinder. Ich habe niemanden außer dir.«

Sie sagte das, was er hören wollte. Es war hinreißend. Und nun saß er hier an einem Vorstadttisch, zusammen mit seiner Mutter, seinem Vater und seiner Vergangenheit, und dachte an Mary Fisher und wie sehr sie ihn brauchte und sehnte sich nach einer gemeinsamen Zukunft, und dann kam Ruth endlich mit der Suppenterrine herein.

Ruths tapferes Lächeln geriet über der Suppe ins Schwanken. Ihre Schwiegereltern starrten sie in ruhiger, freundlicher Erwartung an. Und Ruth schaute auf die drei Hundehaare, die in dem grauen Schaum der durch Sahne verdickten köstlichen Pilzsuppe schwammen.

Der Hund hieß Harness. Bobbo hatte ihn Andy zu dessen achten Geburtstag gekauft. Ruth kümmerte sich um ihn. Harness mochte Ruth nicht. Für ihn war sie eine Riesin, ein Affront gegen die natürliche Ordnung der Dinge. Er akzeptierte das Essen, das sie ihm gab, schlief aber dort, wo sie es ihm verboten hatte, quetschte sich unter Schränke und schnappte nach suchenden Händen, nagte die Polster an und machte gewaltigen Radau, wenn man ihn irgendwo zurückließ, wo er nicht sein wollte. Er haarte, klaute Essen, fraß pfundweise Butter (wenn er welche auftreiben konnte) und kotzte sie sofort wieder aus. An den paar Sonntagen, an denen Bobbo zu Hause war, ging er gern mit Harness im Park spazieren, zusammen mit Andy; Vater und Sohn fühlten sich dann glücklich und wohl. Ruth blieb allein zurück, entfernte mit einem speziellen kleinen, batteriebetriebenen Staubsauger Haare von irgendwelchen Polsterungen und Bezügen. Sie mochte Harness nicht.

»Laß die Suppe nicht kalt werden, Ruth«, sagte Bobbo, als wäre das eine ihrer üblichen Angewohnheiten.

»Haare!« Das war alles, was Ruth hervorbrachte.

»Es ist ein hübscher, sauberer Hund«, sagte Brenda. »Uns stört das nicht, oder, Angus?«

»Natürlich nicht«, sagte Angus, den es durchaus störte. Als Kind hatte Bobbo immer einen Hund haben wollen, was Angus stets verhindert hatte.

»Kannst du nicht mal den Hund von der Suppe fernhalten?« fragte Bobbo. Es war falsch, das zu sagen, und er wußte es, kaum daß er es ausgesprochen hatte. Er versuchte, bei Ruth die Formulierung »Kannst du nicht mal ...« zu vermeiden, aber es rutschte ihm heraus, wann immer er sich über sie ärgerte, was in letzter Zeit immer häufiger vorkam.

Tränen traten in Ruths Augen. Sie hob die Suppenterrine hoch. »Ich gieß sie durchs Sieb«, sagte sie.

»Das ist eine gute Idee!« sagte Brenda. »Da kann nichts passieren.«

»Bring sofort die Suppe zurück«, rief Bobbo. »Sei nicht albern, Ruth. Das ist schließlich keine Katastrophe. Nichts weiter als drei Hundehaare. Fisch sie einfach raus.«

»Aber vielleicht sind sie vom Meerschweinchen«, sagte Ruth. »Es rannte vorhin über die Anrichte.« Das Meerschweinchen konnte sie von allen Haustieren der Kinder am wenigsten ausstehen. Seine Schultern waren krumm, und seine Augen lagen zu tief. Es erinnerte sie an sich selbst.

»Du bist müde«, sagte Bobbo. »Du mußt müde sein, sonst würdest du nicht solch einen Unsinn reden. Setz dich.«

»Laß sie doch die Suppe durchsieben, Lieber«, sagte Brenda, »wenn ihr das am Herzen liegt.«

Ruth kam bis zur Tür. Dann drehte sie sich um. »Es ist ihm egal, ob ich müde bin oder nicht«, sagte Ruth. »Er denkt gar nicht mehr an mich. Er denkt nur noch an Mary Fisher, wißt ihr, die Schriftstellerin. Sie ist seine Geliebte.«

Bobbo war entsetzt über diese Indiskretion, dieses unloyale Verhalten, gleichzeitig aber auch dankbar. Ruth konnte man nicht trauen. Schon immer hatte er das gewusst.

»Ruth«, sagte er, »es ist meinen Eltern gegenüber äußerst unfair, sie in unsere Familienprobleme zu verwickeln. Sie haben nichts damit zu tun. Hab' ausnahmsweise mal Mitleid mit unbeteiligten Außenstehenden.«

»Aber ich *hab'* damit was zu tun«, sagte Brenda.

»Dein Vater hat sich niemals so benommen. Ich weiß gar nicht, von wem du das hast.«

»Sei so nett und respektiere meine Intimsphäre, Mutter«, sagte Bobbo. »Das ist das mindeste, was du nach der Kindheit, die ich hatte, tun kannst.«

»Und was hattest du für eine Kindheit?« wollte Brenda wissen und verfärbte sich rosa.

»Deine Mutter hat recht«, sagte Angus. »Ich denke, du solltest dich bei ihr entschuldigen. Aber was fair ist, muß fair bleiben, Brenda. Ich meine, du solltest es den jungen Leuten selbst überlassen, mit ihren Problemen fertig zu werden.«

»Vater«, sagte Bobbo, »es war genau diese Haltung von dir, die mir eine der schrecklichsten Kindheiten verschaffte, die ein Kind nur haben kann.«

Erst kürzlich hatte ihn Mary Fisher über die Ursachen, weshalb er so unglücklich war, aufgeklärt.

»Ich habe deine Mutter niemals unglücklich gemacht«, sagte Angus. »Du kannst über mich sagen, was du willst, aber ich habe einer Frau nie absichtlich weh getan.«

»Dann kann ich nur sagen«, erklärte Brenda, »daß du es zufällig getan hast.«

»Frauen bilden sich immer alle möglichen Sachen ein«, sagte Angus.

»Vor allem Ruth«, sagte Bobbo. »Mary Fisher ist eine meiner besten Klienten. Ich kann mich glücklich schätzen, sie in meinen Büchern zu haben. Ganz sicher habe ich Achtung vor ihr als kreativer Persönlichkeit – sie ist bemerkenswert talentiert –, und ich würde mich sehr gern als ihr Freund bezeichnen, aber ich fürchte, unsere Ruth hat ein äußerst mißtrauisches Gemüt.«

Ruth schaute von ihrem Schwiegervater zu ihrer Schwiegermutter und zurück, sah dann ihren Mann an und ließ die Terrine mit der Pilzsuppe fallen, die über den Metallrand schwappte, wo die Kacheln aufhörten und der Teppich begann; vom Klang der neuen Katastrophe angelockt, kehrten Kinder und Tiere zurück. Ruth glaubte, daß Harness lachte.

»Vielleicht sollte sich Ruth einen Job suchen«, sagte Angus.

Er kniete auf dem Boden und löffelte die Suppe zurück in die Schüssel, allerdings langsamer, als der Teppich sie absorbierte, so daß er den Löffel fest in den Flaum pressen mußte, damit er die kostbare graue Flüssigkeit schöpfen konnte. »Wer beschäftigt ist, kommt nicht auf dumme Gedanken.«

»Es *gibt* keine Jobs«, erklärte Ruth.

»Unsinn«, sagte Angus. »Wer wirklich arbeiten will, findet auch was.«

»Das stimmt nicht«, sagte Brenda. »Bei dieser Inflation, Rezession und was weiß ich noch ... Du meinst doch nicht im Ernst, daß wir das *essen* sollen, Angus, oder?«

»Verschwendung zahlt sich nicht aus«, sagte Angus.

Bobbo wünschte sich weit, weit weg, wünschte sich, bei Mary Fisher zu sein, um ihr perlendes Lachen zu hören, ihre blasse Hand zu halten und ihre kleinen Finger einen nach dem anderen in seinen Mund nehmen zu können, bis ihr Atem schneller ging und sie ihre Lippen mit ihrer rosigen, ach so rosigen Zunge befeuchtete.

Nicola trat die Katze, die Mercy genannt wurde, aus dem Weg, und die Katze flitzte zum Kamin und hockte sich dort rachesinnend nieder, und Brenda fing an zu jammern und deutete auf die Katze, und Harness geriet in übergroße Erregung und sprang Andy in einem halbsexuellen Angriff an, und Ruth stand einfach nur so da, eine Riesin, und tat gar nichts, und Bobbo verlor die Beherrschung.

»Seht ihr, wie ich leben muß!« brüllte er. »Immer ist es so. Meine Frau erzeugt nur Chaos und Zerstörung, wo sie auch ist; sie vernichtet jedermanns Glück.«

»Warum liebst du mich nicht?« jaulte Ruth.

»Wie kann man was lieben«, schrie Bobbo, »was durch und durch unliebenswürdig ist?«

»Ihr seid beide durcheinander«, sagte Angus und überließ dem Teppich die restliche Suppe. »Ihr habt zu hart gearbeitet.«

»Es ist schwer für eine Frau«, sagte Brenda. »Zwei heranwachsende Kinder! Und mit dir hatte man es auch nie leicht, Bobbo, nicht mal als kleiner Junge.«

»Mit mir hatte man es furchtbar leicht«, kreischte Bobbo. »Dir war nur jeder Augenblick zuwider, den du mit mir verbringen mußtest.«

»Wir gehen, Brenda«, sagte Agnus. »Je weniger man sagt, desto leichter läßt es sich wieder kitten. Wir gehen essen.«

»Eine großartige Idee«, brüllte Bobbo, »da meine Frau eure Hauptmahlzeit bereits auf den Boden geworfen hat.«

»Nur keine Aufregung«, sagte Brenda. »In Los Angeles bauen sie Häuser ohne Küchen, weil sich niemand mehr die Mühe macht zu kochen. Und recht haben sie.«

»Aber ich hab' den ganzen Tag damit zugebracht«, schluchzte Ruth. »Und niemand will es essen.«

»Weil es ungenießbar ist!« brüllte Bobbo. »Warum bin ich immer von Frauen umgeben, die nicht kochen können?«

»Ich ruf dich morgen früh an, Liebes«, sagte Brenda zu Ruth. »Gönn dir ein gemütliches Bad und schlaf dich richtig aus. Dann wirst du dich gleich besser fühlen.«

»Nie werde ich dir verzeihen, daß du zu meiner Mutter so unhöflich warst«, sagte Bobbo kalt zu Ruth, laut genug, daß seine Mutter es hören konnte.

»Gib bloß ihr nicht die Schuld«, sagte Brenda schlau. »Du warst unhöflich, nicht sie. Ich bin eine ausgezeichnete Köchin, ich hab' bloß keine Lust zu kochen.«

»Eine Ehe ist keine leichte Sache«, bemerkte Angus und zog seinen Mantel an. »Das ist wie Elternschaft, manchmal muß man daran arbeiten. Natürlich bleibt oft genug mehr an dem einen Partner als an dem anderen hängen.«

»Ganz sicher ist das so!« sagte Brenda bedeutungsvoll und zog ihre Handschuhe an. Sie stand schief da; sie hatte vergessen, Deodorant unter ihren rechten Arm zu tun, und ihre hübsche braune Bluse begann einen sich vergrößernden Fleck unter dem Arm zu zeigen.

»Siehst du, was geschieht?« Bobbo wandte sich Ruth zu. »Du hast es sogar geschafft, daß meine Eltern sich streiten! Wenn du irgendwo Glück siehst, mußt du es zerstören. Genau die Sorte Frau bist du.«

Brenda und Angus verließen das Haus. Sie gingen nebeneinander den Weg hinunter, jedoch ohne sich zu berühren. Häuslicher Krach wirkt ansteckend. Glückliche Paare tun gut daran, die Gesellschaft unglücklicher Paare zu meiden.

Ruth ging ins Badezimmer und schloß die Tür hinter sich ab. Andy und Nicola holten die Mousse au chocolat aus dem Kühlschrank und teilten sie sich.

»Würde dir ganz recht geschehen, wenn ich jetzt zu Mary fahr«, sagte Bobbo durch das Schlüsselloch. »Du hast heute abend nichts als Unheil angerichtet! Du hast meine Eltern aufgeregt, du hast deine Kinder aufgeregt, und du hast mich aufgeregt. Selbst die Tiere hatten darunter zu leiden. Endlich hast du mir dein wahres Gesicht gezeigt. Du bist eine drittklassige Person. Du bist eine schlechte Mutter, eine noch schlimmere Ehefrau und eine fürchterliche Köchin. In Wirklichkeit bist du gar keine Frau. Ich glaube, du bist ein Teufel, genau, eine Teufelin!«

Als er das sagte, schien es ihm, als würde sich das Schweigen, das auf der anderen Seite der Tür herrschte, verändern; er dachte, vielleicht hatte er sie so erschreckt, daß sie bereit war, sich zu entschuldigen und zu unterwerfen. Doch obwohl er klopfte und gegen die Tür hämmerte, kam sie nicht heraus.

7

Ach so, verstehe. Ich dachte, ich wäre eine ordentliche Ehefrau, die vorübergehend über die Grenzen des Erträglichen hinaus belastet wurde, aber nein. Er sagt, ich bin eine Teufelin.

Vermutlich hat er recht. Da er sich in dieser Welt so gut zurechtfindet und ich mich so schlecht, muß ich davon ausgehen, daß er recht hat. Ich bin eine Teufelin.

Aber das ist wundervoll! Das muntert auf! Als Teufelin kriegt man sofort einen klaren Kopf. Die Lebensgeister werden wach. Es gibt keine Scham mehr, keine Schuldgefühle, kein ermüdendes Streben danach, gut zu sein. Im Endeffekt existiert nur noch das, was du *willst*. Und ich kann mir nehmen, was ich will. Ich bin eine Teufelin!

Aber was will ich? Das könnte natürlich ein Problem sein. Schwankendes, zögerndes Verhalten in diesem besonderen Punkt kann ein Leben lang dauern – was bei den meisten Leuten gewöhnlich auch der Fall ist. Aber das trifft ganz sicher nicht auf weibliche Teufel zu. Die Guten werden von Zweifeln befallen, nicht die Bösen.

Ich will Rache.

Ich will Macht.

Ich will Geld.

Ich will geliebt werden, ohne zurückzulieben.

Ich will dem Haß freien Lauf lassen. Ich will, daß der Haß die Liebe vertreibt, und ich will wildem Haß folgen, wohin er mich führt; und dann, wenn ich mit ihm getan habe, was ich will – keine Minute früher –, werde ich ihn beherrschen.

Im Badezimmerspiegel betrachte ich mein Gesicht. Ich möchte irgendeine Äußerung entdecken.

Ich ziehe meine Kleider aus. Nackt stehe ich da. Ich schaue. Ich möchte mich verändern.

Nichts ist unmöglich, nicht für weibliche Teufel.

Streif die Ehefrau ab, die Mutter, suche die Frau, und da kommt die Teufelin zum Vorschein.

Ausgezeichnet!

Glitzer-glitzer. Sind das meine Augen? Sie strahlen so hell, daß sie das ganze Badezimmer erleuchten.

8

Nachdem Angus und Brenda in der herabsinkenden Dämmerung mit den kümmerlichen Überresten ihrer heimeligen fröhlichen Stimmung verschwunden waren, die Kinder die Mousse au chocolat runtergewürgt und die Katze Mercy den suppengetränkten Teppich abgeleckt hatte, nachdem der Hund Harness die Avocadosoße unter dem Küchentisch aufgeschlabbert und Ruth sich im Badezimmer eingesperrt hatte, wo sie ihr innerstes Wesen veränderte, packte Bobbo seinen vornehmen Handkoffer. Er war aus echtem, rötlichbraunem Leder mit Messingbeschlägen und unnötig schwer.

»Wohin gehst du?« fragte Ruth, aus dem Badezimmer kommend.

»Ich verlasse dich und ziehe zu Mary Fisher«, sagte Bobbo, »bis du gelernt hast, dich besser zu benehmen. Ich ertrage das nicht, all diese Szenen und die schlechte Laune wegen nichts und wieder nichts.«

»Für wie lange?« erkundigte sich Ruth nach kurzer Pause, aber Bobbo machte sich nicht die Mühe, zu antworten. »Und warum?« fragte sie. »Ich meine, warum *wirklich*?« Aber sie wußte die Antwort auch so. Weil Mary Fisher einssechzig war, selbständig, ohne Kinder, ohne Haustiere, mit Ausnahme eines Kakadus oder so was in der Art, weil sie nicht die Hände rang und man mit ihr überall hingehen konnte, ohne sich schämen zu müssen. Und bei dieser Aufzählung fehlte noch die geheimnisvolle Macht der Liebe, die die ungezogene kleine Mary Fisher in Bobbos Brustkorb entfacht hatte.

»Und was ist mit mir?« fragte Ruth. Die Worte ergossen sich ins Universum, um sich mit Myriaden von »Und was ist mit mir?«, ausgestoßen von Myriaden anderer Frauen, die an diesem Tag von ihren Männern verlassen wurden, zu vereinen. Frauen in Korea und Buenos Aires und Stockholm und Detroit und Dubai und Taschkent, allerdings nur selten in China, wo das Verlassen eine strafbare Handlung darstellt. Klangwellen sterben nicht. Sie sind für immer und ewig unterwegs. All unsere Sätze sind unsterblich. Unser nutzloses Blöken umkreist das Universum bis in alle Ewigkeit.

»Was mit *dir* ist?« sagte Bobbo, eine Frage, auf die es ohnehin keine Antwort gab. Bobbo war allerdings freundlich genug hinzuzufügen: »Ich schicke dir Geld«, während er seine Hemden packte. Sie waren gebügelt und so ordentlich gefaltet, daß er damit keinerlei Schwierigkeiten hatte. »Du wirst den Unterschied gar nicht merken, ob ich hier bin oder nicht. Du beachtest mich so gut wie gar nicht, wenn ich hier bin, und die Kinder überhaupt nicht.«

»Die Nachbarn werden es mitkriegen«, sagte Ruth. »Sie werden mit mir noch weniger sprechen, als sie es ohnehin schon tun. Sie halten Unglück für ansteckend.«

»Hier handelt es sich genaugenommen nicht um Unglück«, sagte Bobbo, »sondern lediglich um die Konsequenzen deiner Handlungen. Wie auch immer, ich rechne sowieso damit, bald wieder zurück zu sein.«

Sie glaubte das nicht, denn er nahm auch den großen grünen Segeltuchkoffer mit, und die Krawatten, die er nur bei speziellen Anlässen trug.

Dann verließ er das Haus, und Ruth blieb allein zurück, auf dem herbstgrünen Teppich zwischen den avocadofarbenen Wänden. Und am Morgen ging die Sonne auf und warf ihre schrägen Strahlen durch die Panoramafenster, wobei deutlich wurde, daß diese geputzt werden mußten und Ruth sie nicht putzen würde.

»Mama«, sagte Nicola, »die Fenster sind dreckig.«

»Wenn dir das nicht gefällt«, sagte Ruth, »dann putz sie halt.«

Nicola putzte sie nicht. Mittags rief Bobbo vom Büro aus an und teilte ihr mit, daß er Mary Fisher einen Antrag gemacht und sie ihn angenommen hatte. Er würde also nicht zurückkommen. Er meinte, Ruth sollte Bescheid wissen, damit sie eigene Pläne machen könnte.

»Aber –«, sagte Ruth. Er hatte aufgelegt. Die Scheidungsgesetze waren erst kürzlich liberalisiert worden, so daß es nicht mehr nötig war, daß beide Ehepartner ihre Zustimmung zu der Trennung geben mußten. Einer genügte.

»Mama«, sagte Andy, »wo ist Papa?«

»Weg«, sagte Ruth, und Andy gab dazu keinen Kommentar ab. Das Haus lief auf Bobbos Namen. Der Kauf war ohnehin nur möglich gewesen, weil Angus und Brenda Hilfestellung geleistet hatten. Ruth war mit leeren Händen in die Ehe gegangen. Sie hatte lediglich ihre Größe und ihre Kraft mitgebracht, und diese Dinge besaß sie immer noch.

»Wo ist das Abendessen?« erkundigte sich Nicola kurz darauf, aber da war kein Abendessen. Also strich sie Erdnußbutter auf Brotscheiben und reichte sie herum. Sie benutzte das Brotmesser, um die Erdnußbutter aus dem Glas zu kratzen, und schnitt sich dabei in den Finger, wobei Blut auf die geschmierte Brotscheibe tropfte, aber niemand sagte etwas deswegen.

Schweigend aßen sie.

Nicola, Andy und Ruth verzehrten ihr Essen vor dem Fernseher. Kleine Grüppchen essen so, Frauen und Kinder, wenn die Welt auseinanderbricht.

Schließlich murmelte Ruth irgendwas.

»Was hast du gesagt?« fragte Nicola.

»Auf den Müll geworfen«, sagte Ruth. »Das passiert schlichten, tugendhaften Gemütern. Sie werden auf den Müll geworfen.«

Nicola und Andy verdrehten die Augen und schauten gen Himmel.

Sie hielten sie für verrückt. Oft genug hatte ihr Vater gesagt: »Eure Mutter ist verrückt.«

Am Morgen gingen Nicola und Andy in die Schule.

Einige Tage später rief Bobbo an und teilte mit, daß er Ruth und den Kindern erlauben würde, erst einmal weiter in dem Haus zu wohnen, obwohl die Räumlichkeiten ganz offensichtlich zu groß für sie wären. In einer kleineren Wohnung würden sie sich wesentlich wohler fühlen.

»Was meinst du mit ›erst einmal‹?« fragte sie, aber er gab darauf keine Antwort. Er sagte, er würde ihr bis auf weiteres 52 Dollar pro Woche zahlen, was 20 Prozent über dem legalen Minimum läge. Dank der neuen Gesetzgebung, durch die Zweitfrauen fairer behandelt wurden, mußte er lediglich seine Kinder unterstützen. Von gesunden Frauen aus erster Ehe konnte man erwarten, daß sie sich auf eigene Beine stellten.

»Ruth«, sagte Bobbo, »du hast sehr gute, sehr solide Beine. Du wirst schon durchkommen.«

»Aber das Haus samt Haushalt kostet mindestens 165 Dollar die Woche«, sagte Ruth.

»Eben deswegen muß es ja auch verkauft werden«, sagte Bobbo. »Aber vergiß nicht, daß sich die Kosten durch meine Abwesenheit senken. Frauen und Kinder verbrauchen nicht annähernd soviel wie Männer. Die Statistiken beweisen das. Abgesehen davon, jetzt, wo die Kinder in der Schule sind, wo sie eigentlich schon fast erwachsen sind, kannst du ruhig wieder arbeiten gehen. Es ist nicht gut für eine Frau, wenn sie zu Hause vermodert.«

»Aber die Kinder werden auch mal krank, das halbe Jahr über sind Schulferien, und außerdem *gibt* es keine Arbeit.«

»Für diejenigen, die arbeiten wollen, gibt es immer Arbeit«, sagte Bobbo. »Das weiß doch jeder.«

Er telefonierte vom Turm aus. In einer Ecke des großen Raumes neigte Mary Fisher ihren hübschen Nacken und schrieb süße Worte über die Natur der Liebe nieder.

»Ganz plötzlich bewegten sich seine Finger, und sie spürte, wie seine Fingerspitzen provozierend über ihre Haut strichen, auf die bebenden zarten Konturen ihres Mundes zu«, schrieb Mary Fisher, und dann legte Bobbo den Telefonhörer und sie ihre Feder nieder, und sie besiegelten ihre gemeinsame Zukunft mit einem Kuß.

9

Mary Fisher lebt mit meinem Mann Bobbo in ihrem Turm und schreibt über die Natur der Liebe und sieht keinen Grund, weshalb nicht jeder glücklich sein sollte.

Weshalb sollte sie einen Gedanken an uns verschwenden? Wir sind machtlos und arm und ohne jede Bedeutung. Dieses »Jeder« schließt uns nicht mal ein.

Ich wage zu behaupten, daß Bobbo manchmal nachts aufwacht, und sie fragt dann, was los ist, und er sagt, ich denke an die Kinder, und sie sagt, besser so, wie es jetzt ist, ein klarer Bruch, und du siehst sie gar nicht mehr, und er glaubt ihr, weil Andy und Nicola nicht zu den Kindern gehören, die einem das Herz bluten lassen, schon gar nicht einem, dessen haarige Beine gerade mit Mary Fishers kleinen seidigen Beinchen verschlungen sind.

Und sollte er jemals sagen: »Ich frag mich, wie Ruth zurechtkommt«, dann wird sie ihm den Mund mit einem Scheibchen Räucherlachs und einem Schluck Champagner stopfen und sagen: »Ruth wird ihren eigenen Weg in dieser Welt gehen. Schließlich hat sie Kinder. Ich Ärmste, ich habe keine! Alles, was ich habe, bist du, Bobbo.«

Meine beiden Kinder kommen und gehen, nehmen Nahrung auf, wollen sich hätscheln lassen, aber ich habe ihnen nichts zu geben. Wie könnte ich? Weibliche Teufel haben vertrocknete Zitzen. Es dauert eine Weile, bis man sich ganz und gar zu einem weiblichen Teufel entwickelt hat. Anfangs fühlt man sich total erschöpft, das kann ich Ihnen sagen. Die Wurzeln der Selbstvorwürfe und des guten Benehmens sitzen tief im lebendigen Fleisch. Man kann sie nicht sanft herausziehen, man muß sie herausreißen, und da bleiben so einige Fleischfetzen hängen. Manchmal schreie ich nachts so laut, daß ich die Nachbarn wecke. Die Kinder lassen sich durch nichts aus dem Schlaf schrecken.

Zum Schluß saugte ich Energie aus der Erde. Ich ging in den Garten, grub die Erde mit einem Spaten um, und machtvolle Kraft stieg durch meine Zehen in meine kompakten Waden und nistete sich in meinen teuflischen Lenden ein: Drang und Reiz zugleich. Es sagte mir, daß das Warten nun ein Ende haben mußte, die Zeit des Handelns war gekommen.

10

Carver hauste in einer Hütte unten am Sportplatz von Eden Grove, wo er als eine Art Verwalter tätig war. Er war über sechzig, stoppelbärtig, mit verrunzelter Haut, aber mit strahlend hellen Augen. Die Haut seiner Arme war rot und wie gegerbt, aber über seinem Bauch spannte sie sich weiß und dünn. Die Hütte stand dort, wo Tennisplätze und Aschenbahn aneinanderstießen; eigentlich sollte Carver dort die Rasenmäher und Walzen aufbewahren und von hier aus seinen täglichen Aufsichtspflichten nachkommen. Nun aber blieb er auch über Nacht hier, lag unter einer schmutzigen Decke auf einer Schaumgummimatratze, manchmal schlafend, meistens jedoch nicht. Er war bei der Stadt angestellt – zur Hälfte ein Wohltätigkeitsfall, zur Hälfte machte er sich nützlich. Er meldete Bienenschwärme und vertrieb Kinder und Liebespärchen.

Es hieß, Carver hätte ein Kind an irgendeinem fernen Strand vor dem Ertrinken gerettet und dabei einen Gehirnschaden erlitten. Aus diesem Grund forderten die Damen von Eden Grove, als sie eine Petition zu seiner Entlassung vorlegten, lediglich seine vorzeitige Pensionierung, anstatt fristlose unehrenhafte Entlassung. Frauen und Mütter, die auf ihrem Weg zu den Geschäften und der Schule an der Sportstätte vorbei mußten, eilten gesenkten Blickes vorüber. Manchmal starrte Carver nur lüstern; manchmal entblößte er sich. Obwohl das niemand tatsächlich gesehen hatte, kannte jeder irgend jemand, der es gesehen hatte.

Carver beobachtete, wie Ruth die Straße entlangging. Er mochte das Blitzen ihrer dunklen Augen, ihren schwerfälligen Gang. Sie trippelte nicht wie andere Frauen und Mütter auf kleinen Absätzen daher. Ihre Schuhe waren flach, vielleicht weil ihre Füße zu groß waren, um in etwas anderes zu passen. Carver wußte sehr wohl, daß sie eines Tages auf eine Tasse Tee zu ihm hereinschauen würde. Er wußte stets im voraus, wer in intime Beziehung zu ihm treten würde und daß er, nachdem er eine zukünftige Partnerin erkannt hatte, nichts weiter zu tun hatte – wie alle anderen auch –, als zu warten. Liebe, das war ihm schon immer klar gewesen, war nichts als das vorherige Wissen um Glück oder Schmerz.

Carver wußte, wie man etwas begehrte, aber nicht zu sehr begehrte; er wußte, wie man hoffte, aber nicht zu ungestüm; wie man wartete, aber nicht zu lange. Carver ließ sich gern im Strom des Schicksals treiben, mit einer leichten Drehung hier und da, einer beiläufigen Wendung, ausgelöst durch Willen und Hoffnung, ein Fisch im Strom der Zeit.

»Komm rein und trink eine Tasse Tee«, sagte er, dicht am Zaun des Tennisplatzes stehend, als sie vorüberging. Sie kam herein.

Ruth trank ihren Tee aus einer Tasse mit einem Sprung. In einem Eisenofen brannte ein Holzfeuer, obwohl Sommer war. Dicht aneinandergedrängt, setzten sie sich davor, als ob Winter wäre. Zeitungen lagen als Teppich auf dem Boden. Man hätte aus ihr zwei von seiner Sorte machen können, aber das schien keine Rolle zu spielen. Ihre Augen glitzerten. Er machte eine Bemerkung in dieser Richtung.

»Sie glitzern, wenn ich weiß, was ich will«, sagte sie.

»Und was willst du?«

Es konnte nur Geld oder Sex sein, das wußte er; das waren die beiden wichtigsten Dinge im Leben.

»Dich«, sagte sie. Sein Arm glitt um ihre Schulter. Sein mageres Gesicht neigte sich ihr zu. Altersschwere Augen starrten in die ihren. Er verstand eine gewisse Sorte Frauen, hatte zu seiner Zeit in seinem Schuppen am Ende des Tennisplatzes mehr als genug mit ihnen zu tun gehabt. Brave Vorstadtfrauen, ordentlich gekleidet und sauber gewaschen, die etwas jenseits von jeglicher Erniedrigung suchten, so daß es ans Mystische grenzte, waren in seinen Schuppen getrippelt gekommen. Männer und Frauen, in unerlaubter vorübergehender Liebe, die sich durch die Flüsse der Zeit wanden und schlängelten. Daran war nichts Falsches. Doch die hier war anders; sie besaß andere Gründe, die er nicht verstand.

Aus den Muttermalen an ihrem Kinn sprossen Haare. Nun, ihm wuchsen Haare aus den Nasenlöchern. Ihre Brüste waren wie Kissen. Er legte seinen alten Kopf darauf. Sie lächelte. Er machte sich keine Sorgen über seine sexuellen Möglichkeiten. Um Erektionen konnten sich junge Männer sorgen; falls notwendig, würden Finger und Hände auch für sie reichen. Doch als es dann soweit war, zitterte und weinte er, der geladene Gast, ausgesperrt durch eigene Schuld, draußen in der Kälte stehend, während drinnen alles warm und weich war.

»Ich kann nicht«, sagte er. »Irgend etwas stimmt nicht. Warum bist du gekommen?«

»Dies war der erste Schritt«, sagte sie. »Das Brechen der ersten Regel.«

»Was für eine Regel?« Er kannte sich aus mit Regeln. An jedem Eingang der Sportstätte hing ein mit Vorschriften übersätes Brett. Carver hatte Schwierigkeiten mit dem Lesen. Früher mal hatte er es gekonnt, jetzt nicht mehr.

»Diskriminierung.« Sie hatte ein leises dunkles Lachen; er mochte es und lachte ebenfalls.

Carver hatte eine Vision: Durch sich auftürmende Wolken schoß Carver hinaus in den Raum. Er sah Ruth in der Mitte eines anderen Universums stehen, nackt, mit herrlichen Gliedern, und um sie herum tanzten in langsamem Rhythmus neue Sterne. Er saugte an ihrem Ursprung, ihrer Quelle, das begriff er; er vergrub seinen Kopf im Fleisch, und es duftete nicht nach den natürlichen Säften der Schöpfung, sondern nach der Existenz an sich. Dafür war er nicht stark genug. Er war für die alte Welt gemacht, nicht für die neue.

Er war ein armer alter Mann; er bebte vor Liebe und Lust; seine Augen verdrehten sich weißlich, elektrische Entladungen knisterten durch sein Hirn, schwächten es, wie sie es von Anfang an stets getan hatten. Visionen erschöpfen altes Fleisch. Er sank auf die Knie. Er fiel.

Ruth betrachtete voller Erstaunen den auf dem Boden liegenden Körper. Carver hatte einen Anfall; er tat ihr leid, aber sie konnte etwas für ihn tun.

Ruth war sehr mit sich zufrieden. Sie und dieser sich windende Alte hatten zusammen ein Kreuzfundament geschaffen, auf dem sie ihr neues Leben errichten würde, so wie eine Polsterung auf ihrem Maschennetz ruht. Das Netz bestand aus Schmerz und Vergnügen, Demütigung und Triumph, Verklärung und Erniedrigung, ordentlich ineinander verwoben: Die Konstruktion würde ein erstaunliches Gewicht, erstaunliche Belastungen auszuhalten haben. Hier und da gab es immer noch kleine Lücken, durch die sie rutschen konnte. Sie mußte vorsichtig sein.

Das Schäumen und Zucken hörte auf. Carver lag in der Wärme seiner Exkremente und schlief ruhig und fest. Ruth nahm die Zigaretten aus dem offenen Päckchen auf dem Tisch, steckte sie in die Tasche und marschierte auf die Hauptstraße zu, um Erdnußbutter und einige Mehrfachzwischenstecker einzukaufen und ein Taxi für den nächsten Morgen zu bestellen; eine große schlichte Frau in vernünftigen Schuhen mit einem Einkaufskorb in der Hand, von der man erwartete, daß sie dankbar war für das, was sie hatte.

11

Na schön! Mit wie vielen hatte Mary Fisher in ihrem Turm schon geschlafen? Wahrscheinlich waren es gar nicht so viele. Sie ist zu wählerisch. Bestimmt nicht mit dem Gärtner, sonst wären dessen Finger grüner, seine Lohntasche dicker.

In der Vergangenheit vielleicht ein paar Millionäre, hin und wieder mal ein Verleger, Leute, die ihr behilflich waren weiterzukommen. Sie werden ihre ergrauenden mächtigen Häupter neben ihr Köpfchen auf die Gänsedaunenkissen gelegt haben.

Mit Garcia war es etwas anderes. Ich glaube, er macht es ihr, wenn die Nächte dunkel und einsam sind oder wenn der Strom der Kreativität austrocknet und die Sätze nur noch zögernd und mühsam aus ihrer Feder fließen. Dann, so glaube ich, gleitet er in ihr Bett und in sie hinein. Als ich über den Teppich stolperte, sah ich gemeinsames Verständnis zwischen den beiden aufblitzen, eine Art Komplizenschaft. Bobbo kommt zuerst, aber dann kommt gleich Garcia. Bobbo wird das ganz und gar nicht gefallen.

Ich wünsche Bobbo Impotenz und Garcia, und auch dem Gärtner, der nicht einmal dafür sorgen kann, daß so ein schlichter Baum wie eine Pappel gerade und stark heranwächst. Der Apfel fällt nicht weit vom Stamm: Vielleicht ist mein Wunsch überflüssig.

Ich wünsche Mary Fisher die Fäule an den Hals, um nicht aus der Übung zu kommen. Vielleicht kann ich ihr einen Moniliasud ins Zentralheizungssystem schmuggeln, damit es überall in die Luft geblasen wird; wenn sie dann engumschlungen mit Bobbo auf dem langen weißen Sofa liegt, warten die Bakterien schon auf sie. Soll sie doch Eiterbeulen kriegen, soll sie verrotten. Ich habe Sex lediglich mit zwei Männern erlebt: Bobbo und Carver. Ich ziehe Carver vor. Bobbo hat mir meine Kraft geraubt, aber ich habe Carvers Kraft gestohlen.

Ich habe Angst. Ich gehöre nirgendwohin, weder in die Reihen der Anständigen noch in die Reihen der Verdammten. Selbst Huren müssen heutzutage schön sein. Als Frau ist mein physisches Pendant ein alter, epileptischer, leicht schwachsinniger Mann. Und ich nehme das hin und habe damit meinen Platz verloren, meinen Stuhl am Rande des großen Ballsaals, wo die Millionen und Abermillionen von Mauerblümchen sitzen, schon seit Anbeginn aller Zeiten, immer nur zuschauend und bewundernd, ohne sich je dem Tanz anzuschließen, ohne je Forderungen zu erheben, stets nur darauf bedacht, Demütigungen zu vermeiden, aber immer voller Hoffnung.

Eines Tages, das ist uns vage und verschwommen bewußt, wird ein Ritter in glänzender Rüstung vorbeigaloppieren und durch alles hindurch die Schönheit der Seele erkennen, und er wird die Maid in den Sattel heben und ihr eine Krone aufsetzen, und sie wird Königin werden.

Aber in meiner Seele wohnt keine Schönheit, jetzt nicht mehr, und ich habe auch keinen Platz mehr, also muß ich mir meinen eigenen Platz schaffen; und da ich die Welt nicht ändern kann, muß ich mich eben selbst ändern.

Ich fühle mich gestärkt und belebt. Selbsterkenntnis und Einsicht fließen durch meine Adern: das kalte, langsam strömende Blut einer Teufelin.

12

Am Sonntagmorgen bereitete Ruth für Andy und Nicola ein anständiges Frühstück. Sie verbrauchte alle Eier, die bis Donnerstag hätten reichen sollen – der Tag, an dem der örtliche Laden seine Frischeilieferung bekam – und sämtlichen Speck im Haus. Sie fand Weißbrotscheiben am Grunde der Kühltruhe – deren Inhalt seit Bobbos Abschied immer tiefer abgesunken war – und machte Toast. Sie stellte Butter statt Margarine auf den Tisch und forderte die Kinder auf, einen halben Topf Honig leer zu machen. Die Kinder schauten sie vorsichtig und mißtrauisch an und aßen.

Ruth selbst hatte jeglichen Appetit verloren. Sie trank frischen schwarzen Kaffee, aus den Bohnen gemacht, die sie von der Eisschicht am Boden der Kühltruhe gekratzt hatte.

Sie gab Harness ein ganzes Pfund Butter zu fressen und verfolgte ihn anschließend nicht durchs Haus, um zu sehen, wohin er kotzte. Vermutlich unter das Doppelbett, in dem sie oft alleine lag. Sie hatte die Schlafzimmertür offen gelassen, was sie normalerweise aus Furcht vor Harness und Mercy niemals tat. Sie gab Mercy zwei volle Sardinenbüchsen, die ursprünglich nicht für sie gedacht waren.

Richard, dem Meerschweinchen, gab sie nichts. Er hatte zu viele Löcher in zu viele Pullover genagt, sie konnte einfach keinen fürsorglichen Gedanken mehr für ihn aufbringen. Warum sollte Richard umsorgt werden, wenn sich niemand um sie kümmerte?

Nach dem Frühstück ließ Ruth den Abwasch stehen und forderte die Kinder auf, das Haus nach Geld zu durchsuchen. Sie schauten unter den Teppich und in die Ritzen, wo der Herd gegen den Kühlschrank stieß, durchwühlten ihre Spielzeugkisten und suchten in den Regalen hinter den Büchern, zwischen den Stapeln kindlicher Kunstwerke oben auf den Schränken, zwischen den Kleidern und natürlich in den Ritzen der Sofas und Sessel. Alles in allem fanden sie Münzen im Werte von 6 Dollar 23.

»Und jetzt«, sagte Ruth, »geht ihr zu McDonald's und kauft, was ihr wollt: Big Macs, Super Macs, Fischhäppchen, Apfelkuchen und so viele Milchshakes, wie ihr wollt, unter der Bedingung, daß ihr genau Punkt elf wieder hier seid. Nicht früher, nicht später.«

»Das Geld reicht nicht«, sagte Nicola.

»Das ist alles, was ich hab'«, sagte Ruth, »ich habe euch alles gegeben, was ich zu geben hab', vergesst das nicht. Und ich hatte nie etwas anderes als Bruchstücke und Reste.«

Sie begriffen es nicht, noch kümmerten sie sich darum, sondern gingen, sich lauthals beklagend, zu McDonald's.

Der Sommer war lang und heiß gewesen. Die Sonne stand jetzt schon hoch und hatte das bißchen Feuchtigkeit, das die Nacht übriggelassen hatte, aufgesogen. Aber es wehte ein angenehmes Lüftchen.

Ruth ging durch das Haus und öffnete, wie jede anständige Hausfrau bei einem solchen Wetter, sämtliche Fenster. Sie ging in die Küche und goß eine ganze Flasche Öl in die Fritteuse, so daß sie randvoll war, und drehte das Gas darunter auf kleine Flamme. Sie schätzte, es würde ungefähr zwanzig Minuten dauern, bis das Öl den Siedepunkt erreicht hatte. Sie zog die Küchenvorhänge zurecht, so daß sie so hingen, wie es der Architekt geplant hatte, Seite an Seite mit dem Herd. Sie schaltete alle Elektrogeräte des Hauses ein – mit Ausnahme der Lampen, die vielleicht die Aufmerksamkeit der Nachbarn erregen könnten –, wobei sie die Mehrfachstecker benutzte, die sie extra zu diesem Zweck gekauft hatte. Geschirrspülmaschine, Waschmaschine, Trockner, Luftabzug, Klimaanlage, drei Fernsehgeräte, vier Elektronikspiele, zwei Heizgeräte, eine Hi-Fi-Anlage, Nähmaschine, Staubsauger, drei elektrische Heizdecken (eine davon sehr alt) und das Dampfbügeleisen. Alle Geräte stellte sie auf höchste Leistung. Das ganze Haus summte und dröhnte, und bald schon hing ein leichter Geruch von verbranntem Gummi in der Luft. Solche Geräusche und Gerüche waren an einem Sonntagmorgen in Eden Grove alles andere als ungewöhnlich, sie zogen lediglich etwas intensiver als sonst durch den Nightbird Drive.

Ruth ging zurück in die Küche und drehte das Gas im Ofen auf, kniete dann nieder und drückte den Zünder hinunter, der den elektrischen Funken abgab. Wenn man diesen Zünder neun oder zehn Sekunden niederdrückte, heizte er eine Metallspule bis zur Rotglut auf, die dann das Gas im Ofen aufflammen ließ. Es war schon immer eine ärgerliche Vorrichtung gewesen. Heute morgen drückte sie den Zünder nur für acht Sekunden. Dann ließ sie los und schloß die Backröhre, ohne zu kontrollieren, ob das Gas aufgeflammt war.

Sie ging in Andys Zimmer. Er hatte gezeichnet; auf dem Boden lagen annähernd sechzig Blatt Papier herum und dreißig Filzstifte, die meisten ohne Kappen. Sie zog sein Schaumkissen, mit Polystyrol gefüllt, ganz dicht vor den elektrischen Ofen, den er gern in kalten Nächten kurz vor dem Schlafengehen anstellte. Die Wände waren mit Postern und Wimpeln bedeckt.

Bobbos Arbeitszimmer im hinteren Teil des Hauses, wo es nicht so von den Nachbarn eingesehen werden konnte, war mit Papieren übersät. Ruth hatte die Schubladen durchgesehen und in dem Versuch, ihre Leben zu trennen, seine und ihre Besitztümer aussortiert. Zwei große Papierkörbe quollen über, und zwei Plastikbeutel – die billige Sorte, die leicht zerreißt –, die mit überholten Dokumenten, Rechnungen und Briefen vollgestopft waren, lehnten am Schreibtisch und warteten darauf, aus dem Hause geschafft zu werden. Ruth zog die Vorhänge zu, um das Sonnenlicht abzuschirmen, setzte sich an Bobbos Schreibtisch und rauchte eine der Zigaretten, die sie von Carvers Tisch mitgenommen hatte. Sie tat es recht ungeschickt, da sie sonst nicht rauchte und auch nicht viel dafür übrig hatte. Dann drückte sie die halbe Zigarette aus und warf sie in den Papierkorb unter dem Vorhang. Sie drückte die Zigarette ziemlich achtlos aus, und sie glimmte weiter. Woher sollte sich ein Nichtraucher da auskennen? Die meisten Feuer, hatte man sie erst einmal erstickt, gingen aus und blieben aus.

Dann verließ Ruth das Zimmer, die Tür hinter sich offen lassend. Ein kühler Wind blies hindurch. Sie ging zurück in die Küche, wo das Öl anfing zu blubbern, und rief nach kurzem Überlegen vergeblich nach Harness und Mercy, die über diese Aufmerksamkeit dermaßen erschraken, daß Harness unter dem Doppelbett im Schlafzimmer seines Herrn Zuflucht suchte und Mercy obendrauf sprang, in ihrer üblichen Mischung aus Rachsucht und Furcht.

Ruth ignorierte Bisse und Kratzer und entfernte beide Tiere aus dem Haus. Das Meerschweinchen vergaß sie; das Meerschweinchen hatte verdient, daß es vergessen wurde. Sie zerrte die Doppelmatratze vom Bett, stemmte sie über das Balkongeländer vor dem Schlafzimmer und ließ sie in den seitlichen Garten fallen, den ihre Nachbarin Rosemary einsehen konnte.

Ruth begann die Matratze abzuspritzen. Von nebenan schaute Rosemary über den niedrigen Zaun. Sie trug Lokkenwickler im Haar.

»Was machst du da, Ruth?« erkundigte sie sich.

»Es sind die Tiere«, sagte Ruth. »Entweder abspritzen oder eine neue Matratze kaufen. Du weißt ja, wie Katzen sind.«

»Wenn man sie nicht sterilisiert«, sagte Rosemary und ging wieder ins Haus. Kurz darauf tauchte sie wieder auf und sagte. »Riecht es hier nicht verbrannt?«

»Nein«, sagte Ruth. »Falls was riecht, dann diese Matratze.«

Rosemary ging wieder hinein und kam kurz darauf erneut heraus.

»Bist du sicher, daß es nicht irgendwie brennt?« sagte sie. »Ist das hinten im Haus nicht Rauch?«

»Guter Gott«, sagte Ruth. »Ich glaub', du hast recht.«

In diesem Augenblick explodierte die Küche. Es war genau zehn Uhr morgens. Die beiden Frauen rannten los, um vom Telefon in Rosemarys Haus die Feuerwehr und die Polizei zu alarmieren.

»Gott sei Dank sind die Kinder außer Haus!« sagte Rosemary. »Wo sind sie denn?«

»Bei McDonald's«, sagte Ruth, und Rosemary murmelte selbst in diesem Moment etwas Missbilligendes.

Ruth heulte und jammerte und klammerte sich an ihre Nachbarin, und die schwarzen Rauchwolken von dem brennenden Polystyrol hinderten die Feuerwehrmänner daran, rechtzeitig Richard, das Meerschweinchen, zu retten. Der schlaffe Körper, zu spät aus dem schwelenden Heu geholt, wurde herausgebracht. »Er hat nicht gelitten«, sagte ein Feuerwehrmann. »Der Rauch hat ihn davor erledigt.«

»Aber ich liebte ihn, ich liebte ihn«, rief Ruth weinend, und der Polizeichef dachte, arme Riesenlady, irgendwas mußte sie ja lieben, und jetzt hat sie gar nichts mehr.

»Diese neuen Schaumkissen gehören verboten«, sagte der Feuerwehrmann. »Ständig passiert was. Eben noch steht ein Haus da, im nächsten Moment ist es abgebrannt.«

Diese Tatsache schien sie zu befriedigen. Ihre Löschschläuche schienen die ganze Sache nur noch zu verschlimmern. Rauchwolken türmten sich über Eden Grove und verdrängten den Sonnenschein über dem Nightbird Drive. Nachbarinnen, viele mit Lockenwicklern, drängten sich zusammen und unterhielten sich flüsternd.

»Ein Unglück kommt selten allein«, sagten sie. »Arme Ruth, was soll sie jetzt anfangen? Keinen Mann, kein Zuhause, und das Meerschweinchen ist auch tot!«

Doch tief in ihren Herzen waren sie froh, daß Ruth verschwinden würde. Sie hatte hier nie richtig hineingepasst. Wenn sie Essenseinladungen gegeben hatte, war immer irgendwas schiefgegangen, und Andy schaute den kleinen Mädchen unter die Röcke, und über Nicola ging das Gerücht um, sie würde klauen. Die Nachbarinnen boten den Feuerwehrmännern Tee an, die ihre Stiefel auszogen und ihre Helme abnahmen und dann ihre verrauchten stattlichen Erscheinungen auf die Schaumstoffsofas platzierten; in einigen Fällen, wo Kinder und Ehemänner abwesend waren, machten sie sogar noch einen kleinen Umweg durch die Schlafzimmer. Feuer und Gefahr und Katastrophen sind starke Aphrodisiaka.

»Sie sind also die Dame des Hauses«, sagte der Versicherungsmann. Er erschien um zehn Uhr fünfundfünfzig auf dem Schauplatz, um alles in Augenschein zu nehmen und um Verantwortung und Schuld zuzuteilen. Die Polizei hatte ihm von dem Feuer berichtet. Sie gaben sofort alle brennenden Häuser durch. In letzter Zeit hatten zu viele gebrannt.

»Das war ich«, sagte Ruth durch ihre Tränen hindurch.

»Das ist die richtige Einstellung! Vergessen Sie nicht, wir sind hier, um Ihnen zu helfen. Ein Totalschaden, würde ich sagen. Aber keine Verluste an Leben, das ist die Hauptsache.«

»Das Meerschweinchen ist tot«, jammerte Ruth.

»Wir sind Ihnen beim Kauf eines anderen behilflich«, sagte er. »Auf jeden Fall zu sechzig Prozent. Außer natürlich, es handelte sich um grobe Fahrlässigkeit. Ich habe noch schnell einen Blick in Ihre Akte geworfen, bevor ich herkam.« Er bot ihr eine Zigarette an.

»Rauchen Sie?«

Sie nahm eine.

»Danke. Seit mich mein Mann verlassen hat, habe ich viel geraucht. Sie wissen ja, wie's ist. Die Nerven.«

»Vielleicht war das die Ursache? Eine Zigarette im Papierkorb? Nicht richtig ausgedrückt? Das geht ja so schnell.«

»Könnte sein«, sagte Ruth. »Jetzt, wo ich drüber nachdenke, fällt mir ein, daß ich in Bobbos Zimmer Papiere sortierte und dann anfing zu weinen – oh!« Sie schlug sich mit der Hand auf den Mund. »Was habe ich nur gesagt?«

»Die Wahrheit ist immer am besten«, sagte er, eifrig mitschreibend.

»O nein, nein, nein!« jammerte Ruth. »Was wird der arme Bobbo nur dazu sagen?«

Um elf Uhr kamen Andy und Nicola zurück, sehr zufrieden mit ihrem zweiten Frühstück und der eigenen Pünktlichkeit, und das Taxi fuhr ebenfalls vor. Ruth, in der Hand einen schwarzen Plastikbeutel mit geretteten Habseligkeiten, schob die Kinder auf den Rücksitz und stieg dann vorn neben dem Fahrer ein. Er befürchtete, ihre mächtigen Schenkel würden ihm den Zugriff zur Handbremse blockieren. Sie bot einen merkwürdigen Anblick – mit ihrem rauchgeschwärzten Gesicht und den glitzernden Augen.

»Wir fahren zur Küste«, erklärte sie den Kindern. »Wir besuchen Daddy.«

Der Fahrer betrachtete die dunkle Hülle ihres einst so hübschen Heimes. »Hat das Ihnen gehört?« fragte er ehrfürchtig. Die Kinder weinten hinten auf dem Rücksitz, waren aber so mit Hamburgern vollgestopft, daß ihr Kummer mehr gespielt war; wie sie es vorausgesehen hatte, war ihnen jeglicher Schock erspart geblieben.

»Fahren Sie los«, bat Ruth. »Für die Kinder ist es nicht gut, wenn sie das hier sehen müssen. Das Ende des Lebens, wie sie es bis jetzt gekannt haben.«

Gehorsam beschleunigte er den Wagen. Als das Taxi den Hügel hinaufgeklettert war, blickte Ruth sich um und sah Nightbird Drive Nr. 19, das wie ein ausgerissener Zahn wirkte, ein schwarzer leerer Sockel in einem ansonsten strahlenden lächelnden Mund; sie war von ganzem Herzen froh.

»Was ist mit Harness, was ist mit Mercy?« fragten die Kinder weinend. Das Meerschweinchen erwähnten sie nicht, und sie machte sie nicht darauf aufmerksam.

»Sie sind am Leben«, sagte Ruth. »Ich bin sicher, die Nachbarn werden gut für sie sorgen. Sie haben Tiere doch so gern!«

»Unsere Bücher, unser Spielzeug?« heulten sie weiter.

»Verbrannt, alles verbrannt«, sagte sie. »Aber ich bin sicher, euer Vater wird euch neue Sachen kaufen.«

»Wohnen wir jetzt wieder mit ihm zusammen?«

»Wo sollt ihr denn sonst wohnen, meine Lieben.«

»Du auch?«

»Nein«, sagte Ruth. »Euer Vater lebt jetzt mit einer anderen Frau zusammen, das läßt sich nicht ändern. Aber ich bin sicher, sie wird sehr glücklich sein, euch bei sich zu haben, so sehr liebt sie ihn.«

13

Mary Fisher lebt in ihrem hohen Turm. Sie liebt es, hier zu leben. Hatte es je eine bezauberndere Adresse gegeben? Der hohe Turm, der alte Leuchtturm, am Ende der Welt? Als Mary Fisher das Anwesen vor fünf Jahren gekauft hatte, war es eine Ruine gewesen. Nun ist es das äußere sichtbare Zeichen ihres Erfolgs. Sie liebt die Art und Weise, wie die Strahlen der Abendsonne über das Meer nach dem alten Gestein greifen und alles in ein warmes, sanftes Gelbrosa tauchen. Wer braucht eine rosa Brille, wenn Realität schon so anheimelnd ist? Es ist zu schaffen. Mary Fisher hat es geschafft.

Es ist gefährlich, ein Haus zu lieben, sein Vertrauen auf Gebäude zu setzen.

Wer braucht einen Ritter in glänzender Rüstung, wenn Bobbo da ist, in seinem großartig gebügelten Hemd, in seinem gutgeschnittenen Anzug aus bestem Mohair, vor Bewunderung und Anbetung überquellend? Mary Fisher hat ihre Bücher Wahrheit werden lassen. Es ist zu schaffen. Sie hat es geschafft.

Es ist gefährlich, Männer zu lieben, sein Vertrauen auf die Liebe zu setzen.

Es ist sogar noch gefährlicher, Haus und Mann, beides zugleich zu haben.

Das hätte ich auch Mary Fisher sagen können, aber sie hat mich ja nicht gefragt. Außerdem geben weibliche Teufel keine Ratschläge. Weshalb sollten sie?

Die Flammen waren wunderbar. Sie wärmten mein kaltes Blut.

14

Garcia arbeitete gern im hohen Turm. Er besaß persönlichen Charme, physische Kraft, ein unbekümmertes Naturell und war für seine Arbeit bestens geeignet. Er allein konnte mit den Dobermännern umgehen, die Mary Fishers Besitz bewachten; sie wichen ihm nicht von den Fersen, und so hatte er auch keine Mühe, das restliche Personal – zwei Hausmädchen, einen Koch und einen Gärtner – unter Kontrolle zu halten. Garcia hatte sein eigenes Zimmer mit Blick aufs Meer, das im Winter warm und im Sommer kühl war. Er war jung und gesund. Seinen Lohn schickte er seiner Mutter in Spanien; er wußte nicht, daß sie wieder geheiratet hatte. In seiner Freizeit ging er hinunter ins Dorf und trank. Drei junge Frauen aus dem Dorf und zwei junge Fischer waren in ihn verliebt, weil er schnell und überzeugend reden konnte und über große sexuelle Energien verfügte; seine Verhältnisse störten sich kaum an der Existenz der jeweils anderen. Falls man einen Mann wirklich als glücklich bezeichnen konnte, so war Garcia dieser Mann.

Garcia bewunderte Mary Fisher wegen ihres Stils, ihres Aussehens und ihres Reichtums. Er dachte, sie schwebe hoch über ihm, so wie der leuchtende Mond über der dunklen Erde schwebt, von Natur aus so bestimmt. Während der vier Jahre, die er bei ihr beschäftigt war, hatte er fünfmal mit ihr geschlafen. Er hielt es nur für richtig, daß er taktvoll und unauffällig ihre Bedürfnisse erfüllte. Weinte sie nachts, so ging er zu ihr, und am Morgen danach waren sie wieder Herrin und Diener, so förmlich wie eh und je.

Ihre anderen Liebhaber kamen und gingen, alle reicher, großartiger und mächtiger als er, doch er hatte nichts gegen sie. Warum sollte er auch? Sie besaßen größere Rechte in der Welt als er. Der reiche Mann im Schloß, der arme Mann vor dem Tor. Und sie brauchte ihre Liebhaber – so wie sie auch ihn, Garcia, für ihre Arbeit, für ihre Bücher brauchte. Wie sollte Mary Fisher das Beben des Fleisches, die Sehnsucht des Herzens beschreiben, wenn sie es nicht selbst fühlte? Diese Gefühle sind schnell vergessen, genau wie Kindheitserinnerungen.

Als Bobbo mit seinen zwei Koffern auftauchte, war Garcia anfangs lediglich leicht beunruhigt. Als Mary Fisher in freudiger, rosig überhauchter Erregung Bobbo begrüßte und in ihrem Schrank Platz für seine Kleidung schaffte, war Garcia sehr ungehalten. Falls Mary Fisher jemals ihr Leben mit dem Leben eines Mannes verknüpfen sollte, so hatte er angenommen, dann würde dieser Mann noch reicher und großartiger sein als sie. Sie würde aufhören, der Mond zu sein – sie würde die Sonne werden. Garcia hatte stets angenommen, daß Bobbo in der Rangordnung nur ganz knapp über einem Diener stand, ein berufsmäßiger Ratgeber. Ein Stadtmensch, der nichts von der See oder dem Leben an der Küste verstand, der dicht an den Klippen spazierenging, um seinen Mut zu beweisen, der im Sturm am Strand entlanglief, um zu zeigen, wer der Herr und Meister war, und der nicht begriff, was Salz dem Glas oder dem Holz oder menschlichem Fleisch antun konnte, und deshalb befahl, auch bei kräftigem Wind die Fenster zu öffnen, damit er die Kraft und die Herrlichkeit der Natur besser spüren konnte. Es fehlte ihm nicht nur an Macht, es fehlte ihm auch an Weisheit. Garcia war schlechtgelaunt und schickte eines der Hausmädchen mit dem Morgentee nach oben.

Als Garcia das Taxi die Einfahrt zum Turm hochkommen und Ruth und die Kinder aussteigen sah, fühlte er tiefe Befriedigung. Ruth bedeutete Ärger, das wußte er. Sie war einmal zum Dinner eingeladen gewesen und hatte dabei ein

Loch in einen kostbaren Teppich gerissen und Rotwein über ein weißes portugiesisches Spitzentuch geschüttet; nicht einmal die beste Reinigung hatte den Fleck entfernen können.

Mary Fisher befand sich zusammen mit Bobbo in ihrem Studio, als das Taxi auftauchte. Garcia nahm es auf sich, übers Haustelefon Meldung zu erstatten, aber weder Mary noch Bobbo gingen an den Apparat. Sie waren, so vermutete er, zu emsig damit beschäftigt, sich zu lieben. Er fühlte sich beraubt, war ärgerlich und ratlos zugleich, wie ein Hahn auf dem Bauernhof, wenn eine der Hennen die Nummer zwei vorzieht.

Ruth läutete an der großen Eichentür. Die Dobermänner sprangen von innen wild bellend dagegen, daß die massiven Bohlen erbebten. Er hörte die Geräusche jammernder verängstigter Kinder. Er hielt die Hunde zurück und öffnete die Tür.

»Ich möchte meinen Mann sehen«, sagte Ruth über den Lärm hinweg. »Und die Kinder möchten ihren Vater sehen.«

Sie stand auf den Stufen wie eine aus Stein gehauene Gestalt: eine riesige Schachfigur, ein plumper schwarzer Turm, der gekommen war, um die kleine Elfenbeinkönigin herauszufordern. Die Hunde jaulten und verstummten dann. Garcia dachte bei sich, sie hätte den gleichen Ausdruck in ihren Augen – ein rötliches Glitzern – wie seine Mutter an jenem Tag, an dem sie seinen betrunkenen Vater, der sie dabei leicht hätte erschlagen können, hinausgeworfen hatte. Er bekreuzigte sich. Ruth roch leicht nach Rauch, was ihn unwillkürlich an das Höllenfeuer denken ließ. Er trat beiseite, um sie einzulassen. Er fühlte sich von ihr eingeschüchtert und gleichzeitig herausgefordert. Garcia mit seinen fünf willigen Geliebten, drei weiblich, zwei männlich, glaubte, er könnte auch mit dem Teufel würfeln, wenn ihm danach zumute war. Und warum auch nicht? Ein Mann mußte weiter nichts tun, als der Angst ins Gesicht zu schauen.

»Wo sind sie?« fragte sie, und Garcia deutete nach oben. Er sah keinen Grund, weshalb er Bobbo und Mary vor den Folgen ihres Handelns bewahren sollte. Ruth nickte und ging die steinerne Wendeltreppe hoch, die das Zentrum des Hauses bildete. Die Stufen waren breit und flach – der kalte Stein mit warmem, pinkfarbenem Teppichboden bedeckt. Die Kinder kletterten hinter ihr hoch und beschwerten sich darüber, daß es keinen Lift gab. Ruth bewegte ihren großen Leib mit überraschender Leichtigkeit immer im Kreis herum nach oben. Garcia, der den Abschluß bildete, dachte, er könnte vielleicht mit ihr fertig werden: Sie würde seine drei Freundinnen ersetzen, in einer Person zusammengefasst. Er konnte die Rituale des Liebeswerbens, die die Dorfmädchen verlangten, um zwei Drittel kürzen und trotzdem ausreichend Befriedigung finden.

Ruth erreichte den obersten Treppenabsatz des ehemaligen Leuchtturms. Mary Fishers großes Studio breitete sich unter freigelegten Eichenbalken aus. Das Holz war alt, gehärtet und vom Salzwasser verwittert. Einst hatten diese Balken das Rückgrat elisabethanischer Kriegsschiffe gebildet, zumindest hatte der Architekt das behauptet. Die Kosten, den Leuchtturm in ein bewohnbares Gebäude zu verwandeln, hatten sich auf ungefähr 250 000 Dollar belaufen; viele Leute, aus der näheren und weiteren Umgebung, hatten dadurch Arbeit gefunden. Ruth wußte Bescheid: Sie war mit Mary Fishers Geschäftsbüchern vertraut. Bobbo hatte damit viel Zeit im Haus am Nightbird Drive zugebracht, als könnte er davon im Büro nicht genug kriegen, sondern müßte sie auch noch unbedingt mit nach Hause bringen.

Wie Garcia vermutet hatte, gaben sich Mary Fisher und Bobbo auf dem weißen Sofa gerade der Liebe hin, als Ruth ihr Vergnügen störte.

Bobbo trug sein bestes weißes Seidenhemd und dazu eine graue Jacke und sonst nichts. Mary Fisher hatte überhaupt nichts an. Sie stieß kleine miauende Laute der Lust aus, aber kaum laut genug, dachte Garcia, um das Klingeln des Telefons zu übertönen. Wenn sie es vorzogen, nicht ans Telefon zu gehen, dann konnten sie für die folgenden Ereignisse die Schuld nur bei sich selber suchen. Anfangs bemerkten Bobbo und Mary Fisher weder Ruths

Anwesenheit noch die der Kinder; als es ihnen dann auffiel, wollte Bobbo aufhören und Mary Fisher weitermachen.

Andy und Nicola standen mit offenen Mündern da. Ihre Mutter tat nichts, um ihnen den Anblick ihres Vaters, halb nackt und leidenschaftlich, zu ersparen, als er sich von Mary Fisher löste.

»Bring die Kinder raus«, sagte Bobbo scharf und zog seine Hosen an und vergaß dabei die Unterhose. »Das ist nicht der richtige Ort für sie.«

»Das ist der einzige Ort«, sagte Ruth, »wo sie das Elementarste des Lebens mitkriegen können.«

»Armer Bobbo«, sagte Mary Fisher. »Jetzt verstehe ich, was du meinst. Sie ist unerträglich.« Sie zog sich einen gelben Fransenschal um die Schultern und band die Enden mit einer pinkfarbenen Seidenkordel um ihre Taille zusammen, so daß der Schal wie ein teures Kleid wirkte, unter dem man gelegentlich köstliches Fleisch aufblitzen sehen konnte.

»Garcia«, sagte Mary Fisher, »du hättest diesen Überfall wirklich verhindern müssen.«

»Bedaure, Ma'am«, sagte Garcia und wandte seinen Blick ab, als wäre ihm die Nacktheit seiner Herrin unvertraut. »Sie ließ sich nicht aufhalten.«

»Ich kann es mir gut vorstellen«, sagte Mary verzeihend.

»Nicola und Andy«, sagte Ruth, »ihr befindet euch an einem wunderbaren, interessanten Ort. Es ist ein umgebauter Leuchtturm. Deshalb gibt es auch so viele Treppen. Und dies ist eine sehr berühmte, sehr reiche Dame, die Bücher schreibt. Ihr Name ist Mrs. Fisher, und euer Vater liebt sie sehr, und ihr müßt sie um seinetwillen auch lieben.«

»Miss Fisher«, korrigierte Mary Fisher.

»Ich bin sicher, es wird euch hier gut gefallen«, fuhr Ruth fort. »Schaut doch nur! Draußen vor den Fenstern könnt ihr Möwen sehen, und direkt unter euch gibt es einen in die Felsen geschlagenen Swimmingpool. Ist das nicht herrlich?«

»Ist er geheizt?« fragte Nicola.

»Ich kann da nicht runterschaun«, sagte Andy. »Es macht mich schwindelig.«

»Dann schau da drüben hin, Andy. Direkt aus der alten Steinmauer hat man eine Cocktailbar herausgemeißelt. Da gibt's massenhaft Mixgetränke und Erdnüsse und Chips. Das wird euch gefallen. Ich bin sicher, Mrs. Fisher wird sobald wie möglich auch noch Orangensaft besorgen. Das wird sie doch, oder, Bobbo?«

Bobbo stand zwischen seinen Kindern, als müßte er sie verteidigen, wußte aber nicht genau, gegen wen oder was.

»Garcia«, sagte Mary Fisher, »ich glaube, diese Dame ist ziemlich durcheinander. Bring bitte die Kinder nach unten in die Küche. Fütter sie oder mach mit ihnen, was man sonst mit Kindern macht.«

»Das sind doch keine Bären, Mary«, sagte Bobbo, »an die man Korinthenbrötchen verfüttert.«

Mary Fisher sah aus, als würde sie das bezweifeln.

»Ruth«, sagte Bobbo, »bring bitte die Kinder nach Hause. Wenn du mit mir sprechen willst, dann können wir uns irgendwo in der Stadt zum Lunch treffen. Aber es gibt für uns wirklich nichts zu besprechen.«

»Ich kann nicht nach Hause«, sagte Ruth.

»Sie müssen aber«, sagte Mary und verzog die kleinen Lippen zu einem Schmollmund. »Sie sind hier einfach nicht eingeladen worden. Sie haben unbefugt mein Anwesen betreten. Ich habe Hunde, verstehen Sie. Wenn ich wollte, könnte ich sie auf Sie hetzen. Eindringlinge stehen nicht unter dem Schutz des Gesetzes. Nicht wahr, Garcia?«

»Ma'am«, sagte Garcia, »Ich würde Ihnen abraten, die Hunde auf irgend jemanden zu hetzen. Jedenfalls keine Dobermänner. Heute gehen sie auf Feinde los, morgen auf Sie und mich. Es ist der Geschmack von Blut, wie bei Haien.«

»Selbst dann«, sagte Mary Fisher.

»Mary«, sagte Bobbo, »es hat keinen Sinn, sich aufzuregen. Es ist ganz offensichtlich, daß die Kinder hier nicht bleiben können. Sie müssen nach Hause, wo sie hingehören, zusammen mit ihrer Mutter.«

»Wieso ist das offensichtlich?« fragte Ruth. Nicola raffte an der Bar Erdnüsse an sich, während Andy das kleine tragbare Fernsehgerät ziemlich laut aufgedreht hatte. Sie wußten, daß man es ihnen mitteilen würde, sobald ein Beschluß bezüglich ihrer Zukunft gefasst worden war. Bis dahin fanden sie die Diskussion schmerzlich und langweilig, beides.

»Weil ich mit Kindern so furchtbar schlecht umgehen kann«, sagte Mary Fisher. »Schauen Sie mich an. Erwecke ich den Eindruck, ein mütterlicher Typ zu sein? Außerdem, wenn ich je Kinder wollte, dann bestimmt meine eigenen. Nicht wahr, Bobbo?«

Sie blickte Bobbo liebevoll an, und er blickte liebevoll auf sie herab, und beide sahen sie wie in einer Vision ihre gemeinsamen Kinder, Andy und Nicola so unähnlich, wie nur irgend möglich.

»Dazu kommt noch«, fuhr Mary Fisher fort, »daß dieses Haus einfach nicht für Kinder geeignet ist. Es gibt nur wenige Türen und viele Treppengeländer, über die man stürzen kann, und die Hunde sind reizbar und schnappen leicht zu. Ist es nicht so, Garcia? Der beste Platz für sie ist bei Ihnen, Ruth, in ihrem eigenen Heim, bei ihrer eigenen Mutter. Natürlich sollte Bobbo sie gelegentlich besuchen, und das hat er auch vor, sobald Sie sich wieder beruhigt haben. Sie wissen, wie er Streitereien haßt. Und es wäre nicht gut für Andy und Nicola, mit ansehen zu müssen, wie Sie beide sich in den Haaren liegen. Wir müssen an die Kinder denken.«

»Sobald du in einem kleineren Haus bist, Ruth«, sagte Bobbo, »wirst du dich gleich besser fühlen. Du wirst weniger Arbeit haben und nicht mehr ständig so erschöpft und deprimiert sein. Und ich bin ja nicht unsensibel. Ich begreife durchaus, daß dich das Leben im Nightbird Drive mit all seinen Erinnerungen an das gemeinsame Leben mit mir aufregen muß. Je eher das Haus verkauft ist, desto besser.«

»Ich bin froh, daß es zu diesem Gespräch gekommen ist«, sagte Mary Fisher. »Es reinigt die Luft. Bobbo benötigt Kapital, soviel er nur auftreiben kann. Wir möchten hier ein Büro für ihn bauen; einen Anbau mit freitragenden Balken. Ich weiß, der Turm wirkt groß, aber im Grunde ist es wirklich erstaunlich, wie klein er tatsächlich ist. Mit all der neuzeitlichen Computertechnologie kann er praktisch seine Kanzlei von hier aus führen und muß lediglich zweimal die Woche in sein Stadtbüro. Wir wollen Sie nicht drängen, Ruth, aber je früher das Haus verkauft ist, desto besser. Bobbo möchte seinen Weg mit eigenem Geld machen. Er möchte einfach nicht das Gefühl haben, in meiner Schuld zu stehen. Ich bin sicher, Sie verstehen das.«

»Es ist lediglich so, Mary«, sagte Ruth, »daß es einfach kein Haus mehr gibt, das man verkaufen könnte. Heute morgen ist es abgebrannt. Und es existiert einfach kein Zuhause, in das ich die Kinder bringen könnte, außer wir graben uns in die Asche ein, deshalb werden sie wohl hierbleiben müssen.«

Als Bobbo damit fertig war, Ruth wegen ihrer Nachlässigkeit zu beschimpfen, und Mary Fisher die Polizei und die Feuerwehr angerufen hatte, um sich Ruths Geschichte bestätigen zu lassen, und Andy und Nicola endlich mitbekommen hatten, daß das Meerschweinchen tot war, und der allgemeine Lärm bis auf ein gelegentliches asthmatisches Keuchen von Bobbo verebbt war, sagte Mary Fisher: »Ich glaube, unter den gegebenen Umständen bleiben die Kinder besser ein paar Tage hier, während wir eine vernünftige Lösung ausarbeiten. Garcia, würdest du Mrs. Patchett zum Bahnhof fahren? Sie muß einen furchtbar anstrengenden Tag gehabt haben. Wenn sie jetzt gleich geht, kann sie noch den Abendzug erreichen.«

Und damit verließ sie den Raum, wobei ihr zwischen den gelben Fransen aufblinkender, kleiner weißer Hintern deutlich zum Ausdruck brachte, daß für sie das Gespräch beendet war. Zuvor fiel ihr Blick allerdings noch darauf, wie Nicolas Absatz beiläufig Chips in den Perserteppich malmte und wie Andy Coca-Cola gegen die weißgetünchten Wände spuckte, als er versehentlich niesen mußte.

Ruth bereitete sich zum Aufbruch vor.

»Und was ist mit ihren Sachen?« fragte Bobbo und lief hinter ihr her. »Wo sind ihre Sachen? Unterhosen und Pullover und Spielzeug und Farbstifte und das alles?«

»Alles daheim. Verbrannt. Kauf ihnen neue Sachen.«

»Ich bin doch kein Geldscheißer. Außerdem ist Samstag, und die Läden sind geschlossen, und morgen ist Sonntag.«

»Das passiert recht häufig«, sagte Ruth. »Gerade wenn man was will, sind die Läden geschlossen.«

»Und was ist mit ihrer Schule, Ruth? Sie werden die Schule versäumen.«

»Such eine andere für sie.«

»Hier in der Gegend *gibt* es keine Schulen.«

»Für die, die wirklich eine Schule finden wollen, gibt es immer Schulen«, sagte Ruth.

»Und wo gehst du hin?« fragte er. »Zu Freunden?«

»Was für Freunde?« wollte sie wissen. »Aber wenn du darauf bestehst, bleib ich auch hier.«

»Du weißt, daß das ausgeschlossen ist.«

»Dann geh ich eben.«

»Aber du läßt mir doch deine Adresse da?«

»Ncin«, sagte Ruth. »Ich hab' ja keine.«

»Aber du kannst doch nicht cinfach deine Kinder im Stich lassen!«

»Und ob ich das kann«, sagte Ruth.

Garcia begleitete Ruth zur Haustür. Die Dobermänner hechelten hinter ihr her. Sie verströmte einen neuen Duft: eine Mischung aus Triumph, Freiheit und Furcht. Der Duft stieg den Hunden zu Kopf. Ihre Nasen schnüffelten unter ihrem grünen Rock.

»Die Hunde haben einen guten Geschmack«, sagte Garcia. Er platzierte sie in den Fond des Rolls-Royce. »Wohin möchten Sie?« erkundigte er sich. »Nach Osten oder Westen? Bahnsteig eins oder zwei?«

»Spielt keine Rolle«, sagte sie. »Setzen Sie mich einfach nur in irgendeinen Zug.«

Er merkte, daß sie weinte. Er warf einen Blick nach hinten und sah, daß ihre großen Schultern zuckten.

»Es mußte sein«, sagte sie. »Es gab keine andere Möglichkeit. Entweder sie oder ich.«

»Ich werde ein Auge auf sie haben«, sagte Garcia und meinte es auch so. »Sie können jederzeit anrufen. Ich sag Ihnen dann, was los ist.«

»Danke, Garcia.«

»Wollen Sie ihn zurückhaben?« fragte er. Vermutlich, dachte er. Männern fällt es schwer zu glauben, daß Frauen ohne sie zurechtkommen könnten.

»Ja«, sagte Ruth. »Aber zu meinen Bedingungen.«

»Und was sind das für Bedingungen?«

»Ziemlich spezielle.« Mehr sagte sie nicht.

Sie nahm den Zug Richtung Osten; eine sehr große, sehr kompakte Lady mit schmutzigem Gesicht und rotgeränderten Augen in einem grünen zeltartigen Kleid, die einen schwarzen Müllsack mit persönlichen Habseligkeiten über der Schulter trug.

»Warum schaut die Frau so komisch aus?« fragte ein kleiner Junge, der Ruth im Zug gegenübersaß.

»Psst, psst!« sagte die Mutter und suchte mit ihm einen anderen Platz.

15

Mary Fisher hat ihren Turm um sich herum gebaut, die Steine mit Banknoten zementiert und die Wände innen mit gestohlener Liebe tapeziert, aber noch befindet sie sich nicht in Sicherheit. Sie hat eine Mutter.

Die alte Mrs. Fisher lebt in einem Altenheim. Ich weiß das, weil eine monatliche Zahlung an die Leiterin geht und die Frage ansteht, ob sich die Extras (eine Flasche Sherry pro Woche, vier Pakete Schokoladenkekse) von der Steuer absetzen lassen. Die Akte ist recht umfangreich. In Detailsachen ist Bobbo großartig. Mary Fisher ebenfalls. Bobbo fährt mit seiner Zunge über Mary Fishers linke Brustwarze, schnell, von rechts nach links, und sie stößt einen kleinen Seufzer der Lust aus.

Aber ich brauche ein bißchen Zeit. Bald werde ich genesen sein, aber jetzt bin ich verletzt. Die Teufelin ist verwundet. Sie ist auf ihr Lager zurückgesunken: Der Menschenfresser Mutterschaft marschiert draußen mit schweren Schritten auf und ab.

Ich muß diesen Kummer als physischen Schmerz betrachten. Ich darf nicht vergessen, daß diese psychische Verletzung mit der Zeit genau wie ein gebrochenes Bein heilen wird. Keine entstellende Narbe wird zurückbleiben: Hier handelt es sich um eine innere, nicht um eine äußerliche Wunde.

Ich bin eine Frau, die lernt, ohne ihre Kinder zu leben. Ich bin eine Schlange, die sich häutet. Es spielt keine Rolle, daß es sich bei den Kindern um Andy und Nicola handelt, daß es ihnen an jeglichem Charme fehlt. Ein Kind ist ein Kind, eine Mutter eine Mutter. Ich krümme und winde mich vor Schuldgefühlen und Schmerz, obwohl ich weiß, daß meine Wunde um so schneller heilt, je ruhiger ich mich verhalte, daß ich dann nur noch die alte Haut abzustreifen habe, um rundum erneuert in die Welt zu gleiten.

Ich bin sicher, daß ich sie mehr vermisse als sie mich. Sie waren der Sinn meines Lebens: Ich habe lediglich für ihr Aufwachsen gesorgt, so wie einst die alte Mrs. Fisher für ihre Tochter Mary gesorgt hat.

16

Geoffrey Tuftun stieg in diesem Rasthaus dreimal im Jahr ab; dann besuchte er eine Firma nach der anderen in der Stadt und warb für Neuheiten in der Informationstechnologie. Früher war er in gleicher Sache von Land zu Land geflogen, hatte mit Aufträgen im Werte von Zehntausenden, sogar Hunderttausenden von Dollar zu tun gehabt. Aber irgendwas war schiefgegangen – seine Persönlichkeit hatte nicht ganz in den Rahmen gepasst, oder er hatte vielleicht einmal zu oft ein Geschäft nicht zum Abschluß bringen können, oder vielleicht lag es auch an der Weigerung seiner Frau, sich anzupassen, sich den Firmengeist anzueignen – das ließ sich nicht mit Sicherheit sagen, die Flüge wurden weniger und die Eisenbahnfahrten häufiger, die Beförderungen blieben aus, und die Inflationsrate überholte seine Gehaltserhöhung, und heutzutage war er froh über das Rasthaus und die Drinks an der Bar, die er auf sein Spesenkonto setzen konnte.

Es war sein einundfünfzigster Geburtstag, und er hatte niemanden, mit dem er ihn hätte feiern können – falls solch ein Tag eine Feier verdiente. Er hatte sich gewogen und festgestellt, daß er fast dreizehn Pfund schwerer war, als er gedacht hatte. Schlimmer noch, er hatte eine schmerzhafte Bindehautentzündung in einem Auge: Es juckte, nässte und eiterte. Sein Arzt hatte gemeint, das Leiden wäre psychosomatisch, worauf er sich noch elender fühlte. Er war unansehnlich, übergewichtig und nutzlos. Er setzte sich in eine Ecke der Bar, so daß sein schlimmes Auge der Bar zugewandt war, und trank und sah zu, wie seine Vertreterkollegen die Mädchen abschleppten, die hereinkamen, diskrete Nachtbesucherinnen, und wußte, daß er bei ihnen nicht die geringste Chance hatte. Sein Auge roch geradezu nach Krankheit und Siechtum. Alter oder ein dicker Bauch machten ihnen nichts aus, außer daß sie die Preise hochschraubten, aber Hautkrankheiten, entzündete Augen oder wunde Stellen am Mund machten sie nervös. Und warum auch nicht? Einerseits war er froh darüber, denn er betrog seine Frau nur ungern, obwohl sie an vielen seiner Probleme Schuld trug, allerdings nur die *halbe* Schuld, weil sie vor kurzem selbst einen Job angenommen hatte, bei dem sie mindestens soviel wie er verdiente und ihn damit der einzigen Belohnung beraubte, die das Leben, das er führte, für ihn bereithielt – den Gedanken, daß er sie ernährte.

Er beobachtete, wie Ruth die Bar betrat. Sie mußte ihren Nacken beugen, um unter dem nachgemachten Tudorbogen durchzukommen. Sie trug einen weißen Hosenanzug aus einem glänzenden Material, und alle Blicke richteten sich auf sie; verblüfftes Schnaufen wehte durch die Bar, und eines der Mädchen – sie trug einen Pferdeschwanz, doch ihre Oberarme ließen darauf schließen, daß sie auf die Fünfzig zuging – kicherte laut. Der plumpe Mann, der neben Geoffrey saß, sagte zu ihm: »Für ganz spezielle Geschmäcker, vermute ich.«

Geoffrey tat die unansehnliche Riesin leid. Er schob sich neben sie und bestellte ihr einen Drink, damit sie das Gesicht wahren konnte. Auf Dauer konnte er sein schlimmes Auge nicht vor ihr verbergen.

»Das schaut übel aus«, sagte sie, das Auge näher betrachtend. »Haben Sie mit Gold darübergerieben?«

»Nein«, sagte er überrascht. »Hätte ich sollen?«

»Ja«, sagte sie. »Das heißt, man reibt nicht, man rollt. Man rollt das Böse davon.«

Sie demonstrierte das, indem sie ihren Ehering abzog und ihn über das entzündete Auge rollte. Das Metall fühlte sich überraschend glatt und seidig an, und der Schmerz ließ nach. »Ja, schon«, sagte er, »aber verstehen Sie, ich bin nicht böse. Ich weiß, es schaut böse aus, aber das ist bloß das Auge, nicht ich. In Wirklichkeit bin ich ein ganz netter Bursche.«

»Da gibt es etwas, das Sie nicht sehen wollen, vermute ich«, sagte sie. Ihre eigenen Augen waren glänzend und vollkommen. Sie glitzerten rötlich, eine Reflektion der kleinen roten Satinlampenschirme, wie er annahm. Er betrachtete die anderen Mädchen, die merkwürdig schemenhaft wirkten, als trenne sie nur sehr wenig vom absoluten Nichts, und sah dann wieder Ruth an; sie erweckte den Eindruck, als wäre sie grob aus Granit gehauen und der Bildhauer wäre urplötzlich zum Essen gegangen und nie wieder zurückgekommen, doch er war dankbar für ihre massige körperliche Anwesenheit.

»Ehrlich gesagt«, erklärte er, »kommt mir nie was richtig wirklich vor. Nichts ist das, wofür ich's gehalten hab', und ich werd' heute einundfünfzig. Zu spät, um von vorn anzufangen.«

Sie sagte nichts, gab ihm bloß den Ring.

»Den behalten Sie besser«, sagte sie.

»Aber das ist Ihr Ehering.«

Sie zuckte die Schultern. Er betastete sein Auge. Die Schwellung ging bereits zurück, und das Jucken ließ nach.

»Liegt das am Gold?« fragte er.

»Natürlich.«

Er wußte, daß dem nicht so war, und fühlte sich beschwingt, befreit und dankbar. Er hatte das Gefühl, daß etwas Erstaunliches geschehen war: daß er von einer Krankheit geheilt worden war, von der er nie gewußt hatte, daß er daran litt – dem Verlust des Glaubens.

Er kaufte beim Barmann eine Flasche Champagner und nahm die Frau mit auf sein Zimmer. Ein paar Gäste kicherten, als sie gingen, aber es störte ihn nicht.

»Aufs Aussehen kommt's nicht an«, sagte er.

»O doch«, sagte sie trübe. Sie wollte lieber die Lichter löschen und unter die Decke schlüpfen, und er hatte nichts dagegen. Er und seine Frau hatten die Ehe auch so begonnen, bis seine Frau dann anfing, die besseren Frauenmagazine zu lesen, und zu dem Schluß gelangte, daß Sex, Nacktheit und physische Unvollkommenheit alles Dinge waren, derer man sich nicht zu schämen brauchte. Damals war er der Meinung gewesen, daß es sich dabei um eine unfaire einseitige Entscheidung handelte, hatte aber nichts gesagt. Seine Frau besaß einen guten Körper – er nicht. Seine Frau hatte außerdem, beeinflußt von den gleichen Magazinen, eine Vorliebe für oralen Sex und eigenartige Stellungen entwickelt, was ihn beunruhigte. Ruth mochte es, einfach nur unter ihm zu liegen, was vielleicht das Beste war. Sie erzählte ihm, ihr Mann hätte sich über ihren mangelnden Mut zu Experimenten beklagt, aber was sollte sie tun?

Er blieb eine volle Woche in dem Rasthaus und bezahlte Ruths Rechnung für diese Zeit. Am Montagmorgen war sein Auge vollständig geheilt, und es kam auch anschließend zu keinem Rückfall mehr. Ruth war nachgiebig und fügsam: Sie wirkte wie benommen. Sie erzählte sehr wenig von sich, und er stellte keine Fragen.

Eines Nachts erwachte er durch ihr Weinen.

»Was ist los?« fragte er.

»Ich weine um eine Freundin von mir, eine Nachbarin. Die einzige, mit der ich mich wirklich je verstanden hab'. Sie starb vor drei Jahren. Ich kann sie nicht vergessen. Sie hat sich umgebracht.«

»Warum?«

»Sie hatte Streit mit ihrem Mann. Ihr Name war Bubbles, sie hatte zwei Kinder. Er schlug sie, und sie ließ sich das nicht gefallen. Sie ging heim zu ihrer Mutter und ließ ihn mit den Kindern sitzen. Sie wollte ihm eine Lektion erteilen; jeder fand das richtig, weil er immer besoffen heimkam. Aber gleich am nächsten Tag brachte er seine Freundin ins Haus, die sich um die Kinder kümmern sollte, und schwängerte sie. Als dann Bubbles wieder nach Hause kommen wollte, ging das nicht mehr. Sie trank eine Flasche Whisky und schluckte Tabletten. Ihre Mutter fand sie tot in dem Schlafzimmer, in dem sie aufgewachsen war.«

»Solche Sachen passieren. Niemand ist dran schuld.«

»Egal«, sagte Ruth, »das ist jetzt alles vorbei. Jede Frau muß für sich selbst sorgen. Ich werd' nie wieder heulen. Ich denk', in Wirklichkeit hab' ich um mich geweint.«

Er legte seinen Kopf zwischen ihre großen Brüste und lauschte dem langsamen Schlag ihres Herzens. Niemals, so dachte er, hatte er ein Herz so langsam schlagen hören. Er sagte es ihr.

»Ich habe kaltes Blut«, erwiderte sie. »Es fließt langsam. Und mit jedem Tag wird es kälter.«

Er kam auf den Gedanken, daß sie zusammenbleiben könnten, daß er seine Frau verlassen könnte, was deren Wünschen vielleicht durchaus entgegenkam; dann würden die langen, dunklen, anheimelnden Nächte auf ewig weitergehen, aber sie sagte, sie könne nicht. Sie hätte zuviel zu tun.

»Was hast du denn zu tun? Was hat eine Frau denn schon zu tun?«

Sie lachte und meinte, sie würde gegen Gott höchstpersönlich angehen. Luzifer hatte es versucht und war gescheitert, aber er war männlichen Geschlechts gewesen. Sie als Frau würde es vielleicht besser machen.

17

Am Montagmorgen erhob sich Ruth geheilt von ihrem Bett im Rasthaus, verabschiedete sich für immer von ihrem klaräugigen Liebhaber und begab sich in die Randbezirke der Stadt, wo sie vor der Tür eines großen, abseits stehenden Hauses mit vielen Fenstern anhielt, das mitten in einem feuchten grünen Garten stand. Büsche waren ordentlich gepflanzt worden, eine Sorte, die kaum Pflege benötigte.

Ruth drückte auf die Klingel mit dem Schildchen »Besucher«. Mrs. Trumper war Anfang Sechzig und hatte viele geplatzte Äderchen auf den Wangen. Sie hatte ein Gesicht mit kräftigen Kinnladen, unfreundliche Augen, und ihre Taille wurde allmählich fett und schlaff. Vielen ihrer Hausgäste erschien sie recht gewaltig, doch Ruth kam sie ziemlich klein vor.

»Ja?« erkundigte sich Mrs. Trumper nicht gerade freundlich, aber auch nicht besonders unfreundlich, um keinen Fehler zu machen: Eine ihrer alten Damen war vergangene Woche gestorben, und das dadurch leergewordene Zimmer war noch immer nicht besetzt. Diese große Person mochte einen passenden Elternteil anzubieten haben, möglicherweise sogar von der besten Sorte – eine an vorzeitiger Senilität leidende, aber noch nicht bettnässende Frau. Die Regierungszuschüsse für solche Fälle waren recht ordentlich, da bei der Diagnose »Senilität« automatisch eine Inkontinenz-Beihilfe gezahlt wurde, ganz gleich, ob es nun angebracht war oder nicht.

»Mrs. Trumper?« fragte Ruth.

»Ja?« Mrs. Trumper drückte ihre Zigarette aus, nur für den Fall, die Besucherin käme von der örtlichen Gesundheitsbehörde. Die Frau besaß nicht nur ein großes, dominierendes Kinn, sondern hatte auch ihre im Gesicht aus Muttermalen sprießenden Haare nicht entfernt, was nach Mrs. Trumpers Erfahrung auf eine selbstgerechte Natur schließen ließ. Solche Leute bekamen oft die Aufgabe übertragen, Fehler bei anderen zu suchen.

»Ich hörte, Sie suchen eine Hausangestellte«, sagte Ruth, und Mrs. Trumper inspizierte ihre Zigarette und stellte fest, daß sie sich mit etwas Geschick gerade noch mal anzünden lassen würde. Sie führte Ruth in ihr Büro. Sie hatte immer freie Stellen. Es gibt bei weitem mehr hilflose alte Menschen in der Welt als junge Leute, die bereit sind, sich um sie zu kümmern.

Ruth berichtete, sie stamme aus dem Norden, wäre vor kurzem Witwe geworden und besäße Erfahrung in der Altenpflege.

Mrs. Trumper überprüfte diese Behauptungen nicht zu genau. Die Bewerberin war stark, eine unbedingt notwendige Voraussetzung, und sauber, was Besucher bei Laune hielt. Es spielte keine Rolle, ob sie ehrlich war oder nicht, da die Hausgäste nur über wenig Besitztümer verfügten, die ihnen gestohlen werden konnten. Außerdem bedeutete in ihrem Alter Besitz kaum noch etwas, und was noch wichtiger war, sie lebten in Zimmern, die im Handumdrehen vollgestopft wären, wenn man sie schalten und walten ließ, wie es ihnen passte.

Mrs. Trumper führte Ruth durch das Haus und klärte sie über ihre Pflichten in Haus »Waldfried« – so der Name dieses Etablissements – auf. Vorne im Haus, mit dem Privileg eines eigenen Zimmers und Blick in den Garten, lebten die Verwandten der Reichen. Es gab eine adelige Lady, um die man sich besonders aufmerksam kümmern mußte, denn sie verlieh dem ganzen Anwesen ein gewisses Flair. Sie verfügte sogar über ein eigenes Badezimmer. Hinten hinaus, zu zweit, zu dritt oder zu viert in ein Zimmer gepfercht, hausten die Verwandten der weniger Zahlungskräftigen. In diesem Heim wurde das Dreifache des üblichen Pensionspreises pro Woche berechnet, und das verschaffte ihm eine gewisse Exklusivität.

»Die Alten sind alle gleich«, sagte Mrs. Trumper. »Das Exklusive spielt sich also bloß im Kopf ab! Dulden Sie keinen Unfug, beziehen Sie eine feste Position. Vergessen Sie nicht, die Alten sind wie Kinder. Sind Sie Kinder gewöhnt?«

»Ja«, sagte Ruth.

»Dann werden Sie sich hier wie zu Hause fühlen«, sagte Mrs. Trumper. »Berichten Sie mir sofort, wenn Sie feuchte oder stinkende Betten vorfinden. Und vergessen Sie nicht, sie sind verschlagen; ich habe erlebt, daß sie ganz nasse Matratzen rausgeschmuggelt haben, um mich hinters Licht zu führen. Natürlich komm ich ihnen am Ende immer auf die Schliche.«

»Auf was für Schliche?« fragte Ruth.

»Inkontinenz!« sagte Mrs. Trumper.

»Wenn die Alten anfangen, in die Betten zu machen, dann ist Haus ›Waldfried‹ nicht mehr der richtige Platz für sie«, sagte Mrs. Trumper.

»Sie müssen sehr gern hier sein«, sagte Ruth, »wenn sie sich solche Umstände machen, um bleiben zu können.«

»Oh, das sind sie«, sagte Mrs. Trumper. »Das sind sie. Manchmal seh ich natürlich länger drüber weg, als ich eigentlich sollte. Ich bin weichherziger, als für mich gut ist.«

Ruths Schlafzimmer war klein und das Bett zu kurz; ihr Lohn betrug 85 Dollar die Woche. Mrs. Pearl Fisher, die Mutter von Mary Fisher, teilte sich einen der hinteren Räume mit Ruby Ivan und Ester Sweet.

»Was habt ihr doch alle für hübsche Namen«, sagte Ruth am nächsten Tag, als sie ihnen den Morgentee brachte und die alten Damen aus benommenem Schlaf hochschreckten. Der gelegentlich vorbeischauende Arzt verschrieb in großen Mengen Valium und Mogadon gegen Depressionen und Schlafstörungen. Was sonst hätte er tun können? Seiner Meinung nach war es für die alten Damen um so besser, je weniger sie von Haus »Waldfried« sahen, und an einen anderen Ort konnten sie nicht.

Mrs. Fisher, Mrs. Ivan und Mrs. Sweet schienen erfreut und überrascht über diese Bemerkung und betrachteten Ruth anschließend als Freundin. In ihren Augen war das »Waldfried«-Personal klar in zwei Klassen getrennt – Freunde und Feinde. Mrs. Trumper war ein Feind. Mrs. Trumper lauerte und wartete darauf, daß ihre Hausgäste ins Bett machten: Dann warf sie sie hinaus, lieferte sie wieder den gnadenlosen Händen der Verwandten aus, bis ein ordentliches Pflegeheim mit Möglichkeiten zum Bettlakenwechsel gefunden werden konnte. Und derartige Orte, das wußte jeder, existierten nicht. Hier, am Ende der Straße ihres Lebens, gab es einen Engpaß.

Ruth plauderte und tätschelte und schleppte und kämmte und wischte und verteilte überall Desinfektionsmittel; das ging ungefähr eine Woche so, bis sie schließlich beiläufig zu Mrs. Fisher sagte, sie kenne ihre Tochter Mary, aber Mrs. Fisher schaute sie nur leer an und reagierte nicht. Ruth tauschte ihr Valium gegen Vitamin-B-Tabletten und ihr Mogadon gegen Vitamin C aus und wiederholte die Bemerkung eine Woche später.

»Komisch, daß Sie so was sagen«, entgegnete Mrs. Fisher. »Ich glaub nicht, daß irgend jemand Mary kennt, am wenigsten ihre eigene Mutter, und das bin schließlich ich. Wie geht es ihr?«

»Ausgezeichnet«, sagte Ruth. »Sie hat einen neuen Liebhaber.«

»Ekelerregend«, sagte Mrs. Fisher. »Sie ist keinen Deut besser als eine kleine läufige Katze. War schon immer so. Ich hab' sie von Anfang an durchschaut. Sie gehört in die Gosse, und ich sage das mit Bedacht, denn ich gehöre auch dahin.«

Sie spuckte aus. Sie schwang ihren Kopf herum, sammelte dabei Speichel und spuckte. Sie konnte vom Bettende glatt bis in die weit entfernte Ecke spucken, über die Köpfe von Mrs. Ivan und Mrs. Sweet – beide sanftmütige Seelen – hinweg. Sie schauten deprimiert drein. Ruth wischte den kleinen Klumpen Speichel weg, der dünn und wässrig war, wie das Weiße eines alten weichgekochten Eies.

»Sie hat mir übel mitgespielt«, bemerkte Mrs. Fisher. »Hat mir meinen Mann gestohlen. Er hatte auch Geld. Ich war halb so alt wie er, aber sie war viertel so alt, also hat sie ihn doppelt so schnell fertiggemacht. Geiler alter Bock. Geschieht ihm recht. Sozialist war er auch noch.«

Ruth ermutigte Mrs. Fisher, aus dem Bett zu steigen und mit Hilfe ihrer metallenen Gehstütze zu laufen. Gegen Ende des Monats konnte Mrs. Fisher ohne Stütze laufen, und nach sechs Wochen schaffte sie ganz allein die Treppen.

»Das müssen Sie selbst verantworten«, sagte Mrs. Trumper. »Macht allerdings den Besuchern gegenüber einen guten Eindruck, das muß ich zugeben. Eine unserer Bettlägerigen springt plötzlich auf und hüpft herum. Andererseits machen sie einem im Bett weniger Ärger als draußen, das müssen Sie zugeben.«

Ruth gab Mrs. Fisher Bohnen und Äpfel und Krautsalat und braunen Reis, und die bohrenden Schmerzen in deren Magen ließen nach. Sie hickste und furzte viel, und Mrs. Ivan und Mrs. Sweet wurden nervös und störrisch.

»Sie brauchen ein Zimmer für sich allein«, sagte Ruth. »Sie sind nicht bettlägerig, Sie haben Anspruch auf persönlichen Freiraum.«

Das Prinzip des letzteren hatte sie Mrs. Fisher erklärt. Daß Individuen Rechte besaßen, hatte Mrs. Fisher nie zuvor begriffen. Sie hatte schlicht vorausgesetzt, daß die Leute einfach an sich rafften, was sie kriegen konnten, in einer grundsätzlich feindseligen Welt. Voller Eifer nahm sie die neue Doktrin auf.

»Ich habe ein Recht auf zwei Scheiben Schinken«, sagte Mrs. Fisher überall. »Ein Mensch hat ein Recht darauf, nicht hungern zu müssen.« Oder: »Ich werd' zweimal die Woche baden, wenn ich will; ich habe ein Recht darauf.« Oder: »Nach allem, was ich für mein Land getan habe, besitze ich das Recht auf einen Gummiring, der meinen Arsch die ganze Nacht hindurch bequem liegen läßt.« Oder: »Eine Mutter hat ein Recht darauf, zu spucken, zu furzen oder sich die Nase mit den Fingern zu schnäuzen, wann immer ihr danach zumute ist.« Und zustimmendes Grunzen und Ächzen schallte aus den Schlafzimmern und sogar aus dem Gemeinschaftsraum, in dem die Ambulanten in Plastikstühlen an der Wand saßen und Fernsehprogramme anglotzten, die sie nicht verstehen konnten.

Anstatt fügsam und dankbar zu sein, begannen Besucher, nach zusätzlichen Kissen und Tassen mit Untertassen zu fragen und zu verlangen, daß das Wasser in den Vasen häufiger gewechselt wurde, vor allem in der Dahliensaison.

»Warum kümmern sie sich nicht selbst um ihre Verwandtschaft, wenn sie so pingelig sind«, murmelte Mrs. Trumper in ihr Ginglas hinein, »anstatt mir das zu überlassen?«

Mrs. Trumper war ziemlich sicher, daß der ganze Ärger mit Ruth begonnen hatte, und war zwischen dem Wunsch, sie zu feuern, und der Sorge, wie sie jemanden ersetzen sollte, der so stark, sauber und willig war, hin und her gerissen. Außerdem fürchtete sie sich vor Ruth; Ruth war zu gewaltig. Sie könnte Mrs. Trumper zwischen Daumen und Zeigefinger zerquetschen. Ihre Augen glitzerten.

Mrs. Fisher verlangte ein eigenes Zimmer. »Und wo wollen Sie das Geld dafür auftreiben?« fragte Mrs. Trumper. »Ihre Tochter gibt uns wenig genug. Aus den Augen, aus dem Sinn, so ist es nun mal, wenn es um alte Damen geht, Mrs. Fisher. Ich habe es oft genug erlebt! Natürlich bekommen die Leute das Lebensende, das sie verdienen. Anfangs ist alles nur Glückssache, am Ende siegt die Gerechtigkeit. Sie, Mrs. Sweet und Mrs. Ivan haben einander verdient.«

Sie trieb gern ihre kleinen Scherze mit den Patienten, die sie ohnehin nur äußerst selten verstanden. Manchmal fühlte sich Mrs. Trumper sehr allein.

»Ich werd selber an meine Tochter schreiben«, sagte Mrs. Fisher.

»Das können Sie gar nicht«, sagte Mrs. Trumper, »weil Sie die Adresse nicht haben.«

»Und ob ich die habe«, sagte Mrs. Fisher, »also zum Teufel mit Ihnen!« In Wirklichkeit benutzte sie einen weitaus groberen Ausdruck, da sie, wie sie Ruth erzählt hatte, aus der Gosse kam.

Mrs. Fisher schrieb an ihre Tochter. Ruth diktierte den Brief.

Meine liebe Mary, es ist lange her, seit Du mich besucht hast. Ich weiß, Du bist sehr beschäftigt, aber gelegentlich solltest Du doch mal an diejenige denken, die Dich aufgezogen und Dir durch die schweren Jahre geholfen hat. Mein Schicksal würde sich um einiges bessern, wenn Du Mrs. Trumper so viel bezahlen könntest, daß ich ein eigenes Zimmer mit Fernseher bekomme. Dann würde ich den fehlenden Besuch nicht gar so sehr vermissen.

Mit den besten Wünschen an Dich und die Deinen, und all meine Liebe für die Kleinen,

Deine Dich liebende Mum Pearl

»Aber sie hat keine Kleinen«, sagte Mrs. Fisher.

»Jetzt schon«, sagte Ruth.

»Muß man sich mal vorstellen«, sagte Mrs. Fisher. »Das verschlagene Miststück! Eine Mutter erfährt es immer als letzte!«

Aber mehr darüber schien sie nicht wissen zu wollen.

Ruth brachte Mrs. Fishers Brief persönlich zur Post, da eine ganze Menge der Briefe irgendwie nie ankamen. Bald kam ein Antwortbrief auf duftendem Papier mit Mary Fishers winziger, entzückender Handschrift, in dem es hieß, daß keine weiteren Mittel zur Verfügung stünden, sie aber hoffe, daß es ihrer Mutter gutginge. Sie wäre momentan ungemein beschäftigt. Die Inflation bedeutete, daß sie doppelt so hart für die Hälfte arbeiten müßte, und sie hätte viele Münder zu füttern. Tatsächlich wäre sie dankbar, wenn ihre Mutter den Sherrykonsum etwas einschränken könnte. Sie sehne sich sehr nach einem so ruhigen und friedlichen Leben, wie es ihre Mutter führe, und schicke ihr all ihre Liebe.

»Ihre arme Tochter«, sagte Ruth, »scheint furchtbar hart arbeiten zu müssen! Vielleicht können Sie ihr helfen, Mrs. Fisher. Haben Sie je daran gedacht? Eine Mutter sollte, wenn irgend möglich, an der Seite ihrer Tochter sein. Falls sie die Kraft hat, sich dorthin zu begeben.«

Doch Mrs. Fisher ließ sich einfach in ihre neuen weichen Kissen zurücksinken, schaltete den Fernsehapparat ein, warf Ruth einen schiefen Blick zu und sagte, manchmal frage sie sich, was Ruth vorhabe, aber ganz egal, sie wäre jedenfalls auf ihrer Seite. Nur bei ihrer Tochter wohnen, das würde sie nicht.

Sie sprach öfter von einer gewissen Schwester Hopkins, die gut zu ihr gewesen war, aber dann Glück gehabt und Haus »Waldfried« verlassen hatte. Danach hatte sich Mrs. Fisher im Bett sicherer gefühlt.

»Diese Schwester Hopkins«, sagte Mrs. Fisher, »war so klein wie ein Teelöffel und so breit wie eine Tür und dabei noch stark. Sie sind natürlich so groß wie ein Haus. Das hilft einem hier.«

»Was ist aus ihr geworden?«

Schwester Hopkins habe in einem Hospital für geistesgestörte Verbrecher angefangen, sagte Mrs. Fisher. Ruth wäre gut mit ihr ausgekommen. Jeder könne einen Freund gebrauchen. Sie dagegen würde *nicht* bei ihrer Tochter wohnen. Warum sollte sie dem kleinen Miststück den Gefallen tun?

»Aber Sie müssen verzeihen, Sie könnten doch sicher bei ihr bleiben, nur für kurze Zeit? Sie könnten in einen Zug steigen und sie besuchen fahren.«

»Ich bin zu alt.«

»Sie sind erst vierundsiebzig. Das ist doch gar nichts.«

»Vermutlich könnte ich«, gab Mrs. Fisher zu. »Sagen wir, an einem Sonntagnachmittag.«

»Ich bringe Sie zum Zug«, sagte Ruth. »Ich kaufe Ihre Rückfahrkarte und rufe an, damit der Diener Sie abholt.«

»Diener!« sagte Mrs. Fisher. »Ich möchte wetten, dort geht nicht alles mit rechten Dingen zu.«

»Das möchte ich auch wetten«, sagte Ruth.

»Vor mir kann sie nichts verbergen«, sagte Mrs. Fisher. »Ich hol alles aus ihr raus!«

An einem Sonntagmorgen entfernte Ruth die Placebotabletten aus Mrs. Fishers Medizinfläschchen und ersetzte sie durch Valium und Mogadon. Sonntagmittag leerte Ruth den Inhalt von Rubys Nachttopf in Mrs. Fishers Bett und brachte eine Vase verblühter Dahlien herein, um zumindest vorübergehend jeglichen Gestank zu überdecken. Am Sonntagnachmittag brachte Ruth Mrs. Fisher, in Purpur und Grün und Schwarz mit ihren besten Sachen herausgeputzt, zum Bahnhof und setzte sie in den Zug. Sie kehrte nach Haus »Waldfried« zurück und rief von Mrs. Trumpers Büro aus Garcia an; sie teilte ihm mit, der Anruf käme von Haus »Waldfried« und Miss Fishers Mutter käme heute zu Besuch, und Garcia sollte sie vom Zug abholen. Sie gab sich sehr direkt und kurz angebunden und legte wieder auf, bevor Garcia bei Mary Fisher rückfragen konnte.

Ruth blieb neben dem Telefon sitzen und wartete auf das Läuten, was schließlich auch ertönte. Mary Fisher war am anderen Ende der Leitung. Sie wartete erst gar nicht ab, wen sie am Apparat hatte, sondern legte sofort mit schrillerer Stimme als sonst los.

»Das ist unverzeihlich, Mrs. Trumper«, sagte Mary Fisher. »Zuerst einmal fährt heute abend einfach kein Zug mehr zurück. Zweitens hätten Sie mir wenigstens eine Vorwarnung geben können, und drittens, was denken Sie sich eigentlich dabei, eine senile Frau auf eigene Faust Zug fahren zu lassen? Ihr kann ja alles mögliche zustoßen.«

»Hier ist nicht Mrs. Trumper«, sagte Ruth mit verstellter Stimme von makelloser Sanftheit, »sondern ihre Stellvertreterin. Mrs. Trumper befindet sich auf einer Beerdigung. Wenn heute abend kein Zug mehr zurückfährt, dann behalten Sie am besten Ihre Mutter über Nacht bei sich und schicken sie morgen zurück. Wir konnten Ihnen keine Vorwarnung zukommen lassen, weil Ihre Mutter uns auch keine zukommen ließ. Sie ist ein menschliches Wesen mit allen Rechten, kein Paket. Sie kann kommen und gehen, wie es ihr gefällt. Und senil ist sie auch nicht. Ihr Gesundheitszustand hat sich in letzter Zeit sehr gebessert, wofür wir alle ungemein dankbar sind. Sie als die Tochter wahrscheinlich ganz besonders.«

Mary Fisher legte den Hörer auf, ohne sich die Mühe einer Antwort zu machen, in der Erkenntnis, daß am anderen Ende der Leitung ein gleichwertiger Gegner saß. Ruth wartete. Schließlich rief Garcia an und richtete aus, daß Mrs. Fisher am nächsten Tag mit dem Morgenzug zurückkehren würde, und daß jemand von Haus »Waldfried« sie am Bahnhof abholen solle. »Selbstverständlich. Allerdings müssen wir Miss Fishers Konto mit den Taxikosten belasten.«

Sie wartete auf den Anruf, der die Taxikosten in Frage stellen würde, aber er kam nicht.

Gegen halb sieben kehrte Mrs. Trumper von Mrs. Sweets Beerdigung zurück. Mit Mrs. Sweet war es sehr schnell abwärts gegangen, nachdem Mrs. Fisher das Hinterzimmer verlassen und sich wieder bei den Ambulanten eingereiht hatte. Offensichtlich benötigte Mrs. Sweet als Energiequelle eine Diät aus Ärger, Abneigung und Resignation. Nahrung allein reichte nicht aus. Mrs. Trumper, die bei ihrer Rückkehr Ruth in ihrem Büro vorfand, machte eine diesbezügliche vorwurfsvolle Bemerkung.

»Der Sinn des Lebens sollte nicht in seiner Verlängerung liegen«, sagte Ruth, »sondern in der Art und Weise, wie man lebt.«

»Das ist alles schön und gut«, sagte Mrs. Trumper, »aber nichtsdestoweniger habe ich ein leeres Bett mehr und einen zu schnellen Wechsel der Patienten. Das macht keinen guten Eindruck.«

Ruth teilte Mrs. Trumper mit, daß Mrs. Fisher auf Verlangen ihrer Tochter die Nacht über abwesend wäre.

»Solange sie keinen Rabatt verlangt«, sagte Mrs. Trumper, »kann sie tun, was sie will. Nicht, daß ich den alten Karpfen nicht vermissen würde. Sie ist nicht so langweilig wie der Rest. An einem Ort wie diesem hier kann man an Langeweile sterben. Nun ja, viele tun's auch. Schau'n Sie sich Mrs. Sweet an! Aber wenigstens hat sie ihre Matratze in einwandfreiem Zustand hinterlassen.«

»Ich dachte, ich sollte es Ihnen mitteilen«, sagte Ruth. »Mrs. Fishers Bett ist in letzter Zeit ein bißchen feucht gewesen.«

»Feucht?« schrie Mrs. Trumper. »Wie feucht?«

»Sehr feucht.«

»Inkontinenz!« rief Mrs. Trumper, ihre positive Meinung über Mrs. Fisher augenblicklich ändernd; sie setzte sich sofort in Bewegung.

»Wenn es stimmt, was Sie mir da erzählen«, sagte Mrs. Trumper, während sie die Treppe hochstampfte, »dann ist das eine sehr ernste Entwicklung. Es ist meine Pflicht, der

Sache auf den Grund zu gehen. Niemand soll behaupten können, Haus ›Waldfried‹ wäre nachlässig oder gleichgültig!«

Mrs. Trumper betastete Mrs. Fishers Matratze und roch daran. »Hier ist schon länger was durchgesickert«, sagte Mrs. Trumper. »Ich merk das immer. Wie lange geht das schon so?«

»Ungefähr einen Monat«, sagte Ruth. »Ich wollte es Ihnen nur ungern sagen. Die arme Mrs. Fisher. Schließlich kann sie nichts dafür.«

»Sie sind gefeuert!« schrie Mrs. Trumper, aufgebracht und impulsiv. »Schau'n Sie sich nur den Zustand dieser Matratze an!«

Die Matratze war tatsächlich durchweicht. Ruth hatte Mrs. Fisher in letzter Zeit anstatt Sherry Lagerbier in reichlichen Mengen gebracht.

Mrs. Trumper rief Mary Fisher an und teilte ihr mit, daß Mrs. Fisher auf keinen Fall nach Haus »Waldfried« zurückkehren könne, weder am morgigen noch an sonst einem Tag. Haus »Waldfried« war eine Seniorenresidenz, kein Pflegeheim für Inkontinenzfälle.

»Ich verstehe, Sie wollen höhere Kosten für Bettwäschewechsel und so weiter veranschlagen«, sagte Mary Fisher. »Vermutlich bleibt mir keine andere Wahl, als zu zahlen, aber ich betrachte es als reine Erpressung.«

»Sie scheinen nicht zu verstehen«, sagte Mrs. Trumper. »Jetzt kommen die Karten auf den Tisch; der verstoßene Vogel kehrt zurück ins Nest. In diesem Fall ist Ihre Mutter der Vogel, Miss Fisher. Sie bleibt bei Ihnen, ich nehme sie nicht mehr.«

»Was soll ich denn mit ihr machen?« jammerte Mary Fisher.

»Was ich mit ihr in den letzten zehn Jahren auch gemacht habe«, sagte Mrs. Trumper. »Kümmern Sie sich um sie, und schau'n Sie zu, wie weit Sie mit ihr zurechtkommen.«

»Aber ich bin keine Krankenschwester.«

»Sie braucht keine Krankenschwester, sie ist kein Pflegefall. Sie braucht ZLA.«

»Was ist das? Ein neues Mittel?« Zum erstenmal keimte Hoffnung in Mary Fishers Stimme auf.

»Zärtliche, liebevolle Aufmerksamkeit«, sagte Mrs. Trumper, in ihrer Stimme schwang ein Lachen mit.

Nach kurzem Schweigen sagte Mary Fisher, die den Anruf schließlich bezahlen mußte: »Aber Bobbo und ich wollten in Urlaub fahren.«

»Nehmen Sie sie mit. Sie liebt neue Orte, neue Menschen.«

»Seien Sie nicht albern«, sagte Mary Fisher.

»Dann bleiben Sie zu Hause«, sagte Mrs. Trumper. »Wissen Sie, wie lange es her ist, seit ich in Urlaub war?« Sie lehnte sich zurück, in einer Hand den Hörer, und lauschte dem, was sie als Lamento der Verwandten bezeichnete; mit der anderen Hand öffnete sie geschickt eine Flasche Gin und schenkte sich ein. Bald darauf gab Mary Fisher den Versuch auf, Mrs. Trumper zu überreden, ihre Mutter zu behalten, und erkundigte sich nach einem Pflegeheim, das Inkontinenzfälle aufnahm.

»Es gibt keine«, sagte Mrs. Trumper triumphierend. »Das heißt, einige wenige nehmen solche Fälle schon für eine beträchtliche Extrasumme auf, aber die haben Wartelisten von fünf bis zehn Jahren.«

Mary Fisher weinte ganz offen. Zufrieden beendete Mrs. Trumper das Gespräch. Sie ging hoch in Ruths Zimmer, um ihr mitzuteilen, daß sie wieder eingestellt sei; Ruth war schon beim Packen.

18

Mary Fisher lebt in dem Leuchtturm und sinniert über die Natur der Liebe. Jetzt erscheint ihr das nicht mehr so einfach. Die Sterne wandern, und Flut und Ebbe kommen und gehen, und die salzige Gischt schlägt gegen das feste Spiegelglas, doch Mary Fishers Blick ist nach innen gerichtet; diese Dinge entzücken sie längst nicht mehr. So gesehen hätte sie auch am Nightbird Drive oder sonstwo leben können.

Mary Fisher lebt in dem Leuchtturm, zusammen mit zwei Kindern, einer zänkischen Mutter, einem verstörten Liebhaber und einem mürrischen Diener. Sie hat das Gefühl, daß sie sie bei lebendigem Leibe verschlingen. Champagner verursacht Mary Fisher jetzt säuerliche Verdauungsstörungen, weil sie nicht mehr jeden Schluck in aller Ruhe genießen kann, sondern ihn hinunterstürzen muß, bevor sie gleich wieder mit dem nächsten häuslichen Notfall konfrontiert wird.

Räucherlachs ist für Bobbo zu salzig, der einen leicht erhöhten Blutdruck hat, und obwohl Mary Fisher ihm erklärt, daß Räucherlachs im Grunde gar keine Speise mit hohem Salzgehalt ist, will er ihr nicht glauben und sieht es auch nicht gern, wenn sie ißt, was er nicht essen kann. Häufig werden Thunfischsandwiches serviert, wie überall anders auch.

Mary Fisher betrachtet die Liebe und findet sie kompliziert. Beispielsweise ist sie von Bobbo sexuell abhängig, so wie am Anfang von Mary Fishers Büchern oft die beste Freundin der Heldin vom Helden sexuell abhängig ist, bevor eine reinere, mehr durchgeistigte Liebe Held und Heldin trifft und die beste Freundin abserviert oder übergangen wird, wie bei Anna Karenina, oder sich, wie Madame Bovary, genötigt sieht, Arsen zu nehmen. Das ist nun mal das Los der besten Freundin: Sie ist die Heldin ihres eigenen Lebens oder möchte es zumindest sein. Je mehr sie von Bobbos Körper hat, desto mehr will sie ihn. Sie will, daß Bobbo eine gute Meinung von ihr hat. Dafür tut sie alles, dafür kümmert sie sich sogar um seine Kinder, um ihre Mutter, nimmt es in Kauf, vorzeitig zu altern. Seine gute Meinung bedeutet eine gute Nacht im Bett. Sexuelle Hörigkeit ist im wirklichen Leben ebenso tragisch wie in der Literatur. Mary Fisher weiß das, aber was kann sie machen?

19

Bobbo kann Mary Fisher nicht heiraten, weil er sich dem Gesetz nach nicht von seiner Frau scheiden lassen kann, die er nicht vorweisen kann, die genausogut tot sein könnte. Aber das Gesetz war auch nicht bereit, sie für tot und ihn zum Witwer zu erklären. Ruth war verschwunden – traumatisiert, behauptete Bobbo, von seinem Auszug und dem Abbrennen ihres Heims. Bobbo mochte es längst nicht mehr, wenn Mary Fisher schlecht über Ruth sprach. Manchmal beklagte er sogar das Schicksal, das ihn zu Mary Fisher und zur wahren Liebe geführt hatte. Er verleugnete ihre Liebe nicht und wollte sie nicht ungeschehen machen, nur sah er gelegentlich ein, daß es vielleicht bequemer gewesen wäre, wenn es nie dazu gekommen wäre.

Und der Turm war auch nicht mehr das, was er mal gewesen war. Die Kinder preßten schmutzige Handflächen auf schneeweiße Oberflächen, traten Fußbälle gegen leuchtendes Glas, lümmelten sich über Sofalehnen, machten sie kaputt, spannten Steppdecken und mißbrauchten sie als Trampolin und stolperten und ließen alte Familienerbstücke durch die Luft segeln. Andy, der vom Rücken eines Dobermanns aus versuchte, Polo zu spielen, schickte die Uhr vom Großvater von Mary Fishers Großonkel krachend zu Boden. Mary Fisher weinte. »Das war alles, was mir von der Vergangenheit noch geblieben war!«

»Nur materieller Besitz«, sagte Bobbo.

»Vergangenheit, daß ich nicht lache!« kreischte die ziemlich übelriechende Mrs. Fisher. Der Arzt hatte ihr wieder Valium und Mogadon verschrieben, und jetzt machte sie wirklich ins Bett. »Ich erinnere mich noch sehr gut an den Tag, an dem dein erster Mann das Ding vom Ramschladen mitbrachte, und du auch. Dein Mann, der von Rechts wegen mir gehörte.«

Und das Personal kicherte, als sich Mary Fisher tränenüberströmt neben der umgestürzten Uhr niederließ, deren vollkommen zerstörte Innereien noch leise klingelten, die noch im Tode lebte wie der Rumpf eines Huhns, dessen

Kopf abgehackt worden war. Und immer noch wollte Bobbo die Kinder nicht bestrafen oder zurückhalten oder, wie er es sah, diskriminieren. Er meinte, sie hätten genug gelitten. Er fühlte sich für ihr Leiden nicht verantwortlich, schien aber gelegentlich Mary Fisher dafür verantwortlich zu machen. Er hatte sich zu einem sehr besorgten Vater entwickelt, nun, da sie keine Mutter mehr hatten.

»Hier ist jetzt ihr Zuhause«, sagte er, »und das müssen sie auch spüren. Und du bist, wenn schon nicht vor dem Gesetz, so doch vor Gott ihre Stiefmutter.«

Und Mary Fisher fühlte sich von seinen Lippen, die an ihrem Ohr nagten, viel zu verwirrt, als daß sie gesagt hätte: »Aber das ist nicht das, was ich wollte. Das ist es ganz und gar nicht!«

Nicola schaffte es, durch simples Anlehnen, die Bang-&-Olufsen-Hi-Fi-Anlage zu zerstören. Mary Fisher hatte gelernt, nicht mehr zu weinen, konnte aber ein Aufstöhnen nicht unterdrücken. »Kauf eine andere!« sagte Bobbo. »Leisten kannst du es dir schließlich.«

Konnte sie wirklich? Den Leuchtturm in Schuß zu halten, war jetzt, wo er seine ursprüngliche Funktion – die Seeleute von den Felsklippen fernzuhalten – nicht mehr erfüllte, eine teure Angelegenheit. Und Agenten mußten bezahlt werden, Diener, Schreibkräfte, Buchhalter – Mary Fisher sah sich nicht nur genötigt, für sich selbst zu sorgen, sondern auch für einen ganzen Schwarm anderer Leute, und das alles auf den Wogen ihres zweifelhaften, möglicherweise vorübergehenden Erfolgs. Wie Mary Fisher zu sagen pflegte: »Ich bin nur so gut wie mein letzter Roman.« Und Bobbo wußte, daß ihre Romane alles andere als »gut« waren, sondern lediglich gut verkäuflich, eine Unterscheidung, die sie nur höchst ungern traf, denn was heute verkäuflich ist, erweist sich morgen als unverkäuflich.

Und sie hatte einen teuren Geschmack. Bobbo wollte wenigstens den Wein beisteuern, doch Mary Fishers Gaumen war dermaßen sensibel, daß er problemlos an einem Abend 100 Dollar verschlingen konnte; waren Gäste anwesend, so verzehnfachte sich der Betrag.

Nicht, daß jetzt noch viele Gäste gekommen wären. Die, die Bobbo mochte, konnte Mary Fisher nicht ausstehen und umgekehrt. Manchmal war es besser, überhaupt keine einzuladen. Außerdem waren da noch die Kinder. Nicola waren plötzlich kräftige Brüste gewachsen, wofür sie einwandfrei noch zu jung war. »Sie gerät nach ihrer Mutter«, sagte Bobbo. Daran war nicht zu zweifeln, das tat sie. Nicola und Andy stritten und kreischten. Die Gäste, die noch kamen, waren froh, wenn sie wieder gehen konnten.

Bobbo starrte aus den Spiegelglasfenstern des Turmes hinaus auf die schäumende See und dachte über Leben und Tod nach, über Gerechtigkeit und das Unerklärliche; Mary Fisher blieben die praktischen Dinge überlassen. Das, begann sie allmählich zu begreifen, tut die Liebe den Frauen an. Die materielle Welt bricht über sie herein; Wogen an praktischen Details decken den Treibsand der Liebe zu. Das Bett quietscht nachts.

Andys Füße verströmten einen geradezu erstaunlichen Geruch. Die Dobermänner nahmen ständig die Spur auf und fegten bellend durch den Turm. Und Harness, der Spaniel, war natürlich mittlerweile auch ein geachtetes Mitglied des Haushaltes – Bobbo hatte ihn nach dem Feuer bei den Nachbarn aufgelesen. Er hatte nicht nur sein Trauma weg, sondern litt auch unter Milben, mit denen er die Dobermänner infizierte. Kratz, kratz, kratz! Dobermannhaar ist zum Glück kurz, aber Spanielhaar ist lang, und es war überall. Doch Dobermänner sind mächtige Hunde, und ihr Kratzen ließ den Boden Tag und Nacht erbeben; selbst die Steinmauern, die doch den mächtigsten Wogen widerstehen sollten, schienen manchmal in den dunklen Stunden der Nacht in ihren Grundfesten zu erzittern!

Mercy, die Katze, die ebenfalls in den Haushalt geholt worden war, schien irritiert und besorgt durch all diese Veränderungen und entwickelte sich zur Vertrauten der alten Mrs. Fisher, was laut Bobbo nur natürlich war. Jetzt durfte sie auch auf Mary Fishers Schoß springen, wo sie heimlich an den seidigen Falten des Kleides saugte, wie an einem Nippel. Im Speichel der Katze schien sich irgendein

Bleichmittel zu befinden, das auch wirklich Nippelmuster in dem Stoff hinterließ, die durch Trockenreinigung nicht mehr entfernt werden konnten. Auf diese Weise hatte Mercy bereits einige von Mary Fishers schönsten Kleidern ruiniert.

»Die Katze ist durcheinander«, war alles, was Bobbo dazu sagte. »Mit der Zeit wird sie davon wegkommen. Gib ihr mehr Milch!«

»Wie lange ist ›mit der Zeit‹?«

»Jahre«, sagte Bobbo.

Zweimal wöchentlich begab sich Bobbo in sein Stadtbüro. Länger mochte er Mary Fisher nicht aus den Augen lassen. Er traute Garcia nicht. Während der restlichen Woche arbeitete er zu Hause und übertrug seinem Personal reichlich unbesonnen die Verantwortung. Dank seiner Verbindung zu Mary Fisher befanden sich jetzt unter seiner Kundschaft viele Schriftsteller von großem Reichtum, wenn schon nicht von Rang und Würde.

Alles in allem war Bobbo glücklich. Mehr oder weniger hatte er das, was er wollte. Er hatte die Familie, die er sich immer gewünscht hatte, ebenso wie das Heim und den Lebensstil. Eine reiche, wunderschöne und berühmte Geliebte, die ihn liebte und anbetete. Versagte sie seiner Einschätzung nach, dann entzog er ihr für eine Weile seine sexuelle Gunst und sprach mit bewundernden Tönen von anderen hübschen jungen Frauen, die er kennengelernt hatte, und brachte sie so, verwirrt und ängstlich, auf Trab. Momentan sah sie nicht gerade großartig aus und wußte es auch. Manchmal brachen ihre Fingernägel, und es war ihr zu lästig, sie zu feilen und in Ordnung zu bringen und zu lackieren; sie steckte einfach den betreffenden Finger in den Mund und biß und zerrte mit den Zähnen, bis sie den Nagel total abgekaut hatte.

Beim Liebesakt konnte Mary Fisher nicht mehr laut aufschreien, weil die alte Mrs. Fisher ebenso lauschte wie die Kinder.

Nicola hörte auf Bobbos Geräusche, Andy auf die von Mary Fisher. Er wühlte in ihrer seidenen Unterwäsche herum, wann immer sich eine Gelegenheit bot. Nicola versuchte, sich so wie Mary Fisher zu kleiden, und sah außergewöhnlich aus. Mary Fisher schlug Bobbo vor, dort Wände und Türen zu errichten, wo bis jetzt keine Wände und Türen gewesen waren, um wenigstens ein bißchen Privatheit herzustellen, aber Bobbo wollte nichts davon hören.

»Dieser Ort ist so wunderbar«, sagte Bobbo. »Es wäre eine Schande, ihn in etwas Gewöhnliches zu verwandeln. Du mußt aufpassen, Mary, daß du dich nicht in eine Vorstadthausfrau verwandelst.«

Aber natürlich war dies genau das, was ein Teil von ihm herbeisehnte, worauf er hinarbeitete. Sie sollte aufhören, zu arbeiten, aufhören, Geld zu verdienen, und anfangen, abzuwaschen: Sie sollte das sein, was seine Mutter nie gewesen war: sein! Mary Fisher beendete einen Roman, »Die ferne Brücke der Sehnsucht«, und übergab ihn ihrem Verleger; er kam zurück, damit sie ihn gründlich überarbeitete. Sie war alarmiert, aufgeregt und bestürzt. Denn wenn Mary Fisher ihr Gefühl verloren hatte, wenn sich abermillionen Frauen in ihren Valiumträumen rekelten, nach einem Mary-Fisher-Roman griffen und dann wieder enttäuscht in unruhigen Schlummer versanken, dann war das tatsächlich eine Tragödie. Das war nicht nur Mary Fishers Verlust, sondern auch der ihrer Leser. Wenn es in Taschkent, in Moosejaw, in Darwin und St. Louis hieß, wir brauchten Mary Fisher, und sie hat uns verraten, dann multiplizierte sich ihr Unglück millionenfach.

Und wieso war es geschehen? Sie konnte es nicht verstehen. Sie hatte sich mit diesem Roman mehr Mühe gegeben als mit vielen anderen. Sie dachte, dadurch wäre er letzten Endes besser geworden. Während des Schreibens hatte sie das Manuskript Bobbo gezeigt, wie es jede liebende Frau tun würde, und er hatte ihr sogar dabei geholfen. Er hatte den Wunsch geäußert, daß ihre Helden etwas ernster und nicht ganz so groß wären. »Du meinst, so wie du?« hatte sie lachend gesagt, aber er hatte sie stirnrunzelnd gebeten, ernst zu sein – etwas sensibler der Kunst gegenüber und etwas weniger burschikos. Er hatte ihre Grammatik korrigiert, ihren Satzbau verbessert, ihre Handlung logischer gemacht und sie getadelt, weil sie Adjektiv an Adjektiv reihte, als wären Worte Backsteine und es ginge nur darum, den höchstmöglichen Turm zu bauen. Bobbo war auf der Universität gewesen, sie, Mary Fisher, nicht. Er mußte es wissen. Sie verströmte Charme, aber er *wußte* es.

»Aber so, wie ich es mache, *funktioniert* es«, protestierte sie. »Millionen von Lesern können sich nicht täuschen. Oder doch?«

»Darling, Mary, und ob sie das können. Es ist ganz sicher nicht die Quantität, sondern die Qualität der Leser, die zählt. Du bist mehr wert als das, was du bis jetzt geleistet hast. Es regt mich auf, wenn ich sehe, wie du dein Talent wegwirfst und Schund schreibst. Du könntest eine ernsthafte Schriftstellerin sein.«

»Aber ich *bin* eine ernsthafte Schriftstellerin.«

Schund! Sie litt. Er nahm ihre zierliche Gestalt in seine muskulösen Arme und küßte sie ausgiebig. Er machte es! Er machte es! Manchmal war es genauso wie in ihren Romanen. Warum also konnte er ihr nicht glauben, warum konnte er nicht glauben, was sie schrieb? Oder vielmehr, was sie geschrieben hatte, als die Liebe noch in ihrem Kopf und nicht in ihrem Fleisch wohnte.

Liebe war real, und das Leben dauerte ewig, und es gab immer ein Happy-End. Waren sie selbst nicht der lebende Beweis dafür, daß eine Romanze Wirklichkeit werden konnte? Bobbo und Mary, auf ewig glücklich in ihrem Turm? Aber Mary Fishers Stimme schwankte ein bißchen, als sie das verkündete.

Mary Fisher schrieb ihren Roman insgeheim in der alten schlampigen Weise um und gewann dadurch zumindest vorübergehend das Vertrauen des Verlegers sowie Selbstvertrauen zurück.

»Liebling«, sagte Bobbo, der nach der Veröffentlichung drei Tage – drei ganze lange Tage – nicht mehr mit ihr schlief, »es ist nicht so, daß ich von dir enttäuscht bin. Du hättest lediglich den Verleger wechseln sollen, anstatt das

Buch umzuändern! Du könntest etwas Höheres als den Massenmarkt anstreben, warum tust du es nicht?«

»Weil sich das nicht so gut bezahlt macht«, sagte Mary Fisher grob und starrte die Stromrechnung an. Bevor sie Jonah, den reichen alten Sozialisten, kennengelernt hatte, war sie arm gewesen. In ihren Kindertagen hatte ihr Vater das Haus verlassen, und ihre Mutter hatte gelegentlich einen Gentleman aufgenommen, um die Miete bezahlen zu können; einer dieser Gentlemen war Jonah gewesen. Der arme Jonah hatte es nicht mehr lange gemacht, nachdem er Mary Fisher geheiratet hatte. Und dann war eine Tochter aufgetaucht, um das Testament anzufechten. Danach hatte Mary Fisher sich auf eigene Beine stellen müssen.

»Wir haben doch uns«, sagte Bobbo. »Ist das nicht genug? Meine Praxis entwickelt sich großartig. Mit deiner vollen Unterstützung im Rücken würde es noch besser laufen. Dann müßtest du überhaupt nicht mehr schreiben.« Bobbo teilte ihre Lippen mit seiner Zunge und ihre Schenkel mit seinem Körper und sagte, er gehöre ganz ihr und sie ganz ihm, und vielleicht stimmte es.

Mary Fisher sinnierte über die Natur von Lust und Ich und Opfer. Mary Fisher war nicht mehr sie selbst und wußte es auch. Auf der kleinen, harten Nuß im Kern ihres zerbrechlichen Wesens wurde herumgehackt; sie zeigte Risse und Sprünge. Sie konnte es spüren. Lust zerstört, Liebe nicht. Lust, das sind harte Hammerschläge, Krachen und Splittern. Liebe ist ein schlüpfriger Samtmantel, in dem man sich verstecken kann. Lust ist real, und Liebe ist der Stoff, aus dem die Träume sind, und wir bestehen aus Träumen. Eine Milliarde Frauen konnten sich nicht täuschen. Oder doch?

Bobbos blaue Augen starrten in die ihren; schloß sie die Augen, so zwang er sie mit sanften Fingern wieder auf. Er wollte, daß sie die Wahrheit sah.

Ein Teil der Wahrheit des Lebens, das erkannte Mary Fisher jetzt, lag in der traurigen Natur seines Endes. Körper und Geist der alten Mrs. Fisher schwangen nicht mehr im gleichen Takt. Der Geist blieb kühn und launisch und lieblos, der Körper zänkisch abhängig. Wollte man sie ruhighalten, mußte man ihr Beruhigungsmittel geben; unter Beruhigungsmitteln sabberte sie und machte das Bett naß oder, schlimmer noch, die Backsteinspalten des Turms. Das Personal beschwerte sich.

»Was soll ich denn tun?« fragte Mary Fisher den Arzt.

»Entweder das eine oder das andere«, sagte er. »Eine perfekte Lösung gibt es nicht. Sie ist Ihre Mutter, und Sie müssen sie lieben und für sie sorgen, so wie Sie von ihr geliebt wurden, als Sie hilflos waren. Das ist alles, was Sie tun können.«

Es fällt schwer, eine Mutter zu lieben, die einen nie geliebt hatte. Nichtsdestoweniger ging Mary Fisher dieser ihrer Pflicht nicht aus dem Wege. Sie versuchte es.

Mary Fisher begann und beendete einen neuen Roman im Zeitraum von drei Monaten. Sie gab ihm den Titel »Der Star der Engel«, aber ihr Verleger meinte, es fehle ihm an Überzeugungskraft. Er war zu kompliziert; das durchschlagend Einfache ihrer früheren Arbeiten fehlte. Ein Schuß rauher Realität mischte sich ständig ein. Den Lesern würde das nicht gefallen. Eine Seite Romanze, eine Seite Fabel, die nächste Seite sozialer Realismus! Ihre Verleger sahen sich gegenseitig an. Nun ja, sie wurde eben alt. Wie alt? Niemand konnte das sagen.

Für Bobbo spielte es keine Rolle, wie alt Mary Fisher war. Bobbo hielt sie für ungefähr vierzig; auf jeden Fall war sie zeitlos, und ihre Kehle war fest, und ihre kleinen Hände waren weiß, und die Erinnerung an die Riesin und die Demütigung durch seine Ehe mit einem Monster verblaßten rasch. Er liebte Mary Fisher und zeigte es auch gern; er war der Maibaum, um den sich die verschlungenen Ketten ihrer Glückseligkeit schlangen, stark und fest und für immer.

»Ich hab' euch gehört! Widerlich! Tiere!« schrie Mrs. Fisher, aus dem Nichts auftauchend. »Meine Tochter ist fünfzig und keinen Tag jünger. Ich hab' Beweise. Willst du ihre Geburtsurkunde sehn?«

»Ich langweile mich so an diesem lausigen Ort«, stöhnte Nicola, die zehn Pfund zugenommen hatte.

»Mir ist schlecht«, hickste Andy und kotzte im hohen Bogen.

Garcia war nicht da, um sauberzumachen – er war mit Harness beim Tierarzt, der von einem der Dobermänner (nicht der Hündin) böse ins Bein gebissen worden war, als er von hinten aufzusteigen versuchte. Mercy, die Katze, suchte sich diesen Tag aus, um in Mrs. Fishers Bett zu urinieren. Zumindest behauptete Mrs. Fisher das. Die beiden Hausmädchen kündigten. Garcia war nicht da, um mit vielversprechenden Blicken aus seinen feuchten Augen Gehorsam zu erzwingen. Mary Fisher wurde von einem Fotografen von »Vogue«, der einfach auf gut Glück vorbeischaute und den wegzuschicken sie nicht mehr die Kraft aufbrachte, beim Abwasch überrascht.

Bobbo begann die Fahrt zwischen Stadt und Turm deprimierend zu finden. Oft genug übernachtete er jetzt im Büro oder bei Freunden. Freunden?

»Oh, Mary!« sagte Bobbo. »Wie kannst du nur eifersüchtig sein? Du weißt, daß ich dich liebe. Du bist mein Leben, Anfang und Ende!« Außer an Mittwochabenden, dachte Mary Fisher. Wo bist du da?

Eines Mittwoch nachts weinte Mary Fisher in der Einsamkeit der Familienliebe, und Garcia hörte es und stand neben ihrem Bett, auf eisige Art voller Sehnsucht, an frühere Zeiten erinnernd. Sie bat ihn, zu gehen, aber er weigerte sich. Was hätte sie tun sollen? Er wußte zuviel und zuwenig, und wenn er kündigte, war sie verloren. Sie sah es deutlich vor sich: Sie würde zwischen den Mühlsteinen der Gegenwart und der Zukunft zerquetscht werden, wenn sich kein Kissen aus der Vergangenheit dazwischenschob. Also schrie sie nicht laut auf, als er neben ihr ins Bett glitt. Und wer wäre schon gekommen? Die Dobermänner? Mary Fisher wollte alles haben und nichts verlieren – wie immer.

Mary Fishers »Star der Engel« wurde publiziert, aber gerade noch so.

Garcia bat um Lohnerhöhung. Ihr blieb keine andere Wahl, als sie ihm zu gewähren, obwohl Bobbo dagegen war.

»Wir müssen ein bißchen sparsam sein, nicht wahr, Mary?«

»Ach was, Geld!« schmollte sie, aber ohne rechte Überzeugung. Die letzte Tantiemenabrechnung zeigte fallende Tendenz. Vielleicht kam sie aus der Mode? Jetzt, wo sie daran dachte, fiel ihr ein, daß seit sechs Jahren keine ihrer Romanzen mehr verfilmt worden war.

»Wie sieht sie aus?« erkundigte sich Ruth eines Tages bei Garcia; sie rief gelegentlich an, um sich zu erkundigen, wie sich die Dinge im Leuchtturm entwickelten. Er erzählte ihr alles voller Eifer und ohne jedes Bedauern. Mary Fisher hatte längst nicht mehr seine Loyalität.

»Sie fängt an, alt auszusehen«, sagte er.

20

Mary Fisher lebt in ihrem Turm und fast, fast ist ihr der Tod lieber als das Leben. Unter ihrem Balkon knallen die großen Wogen auf den ewigen Fels. Was soll sie tun, damit sie gerettet wird?

Mary Fisher muß der Liebe entsagen, bringt es aber nicht fertig. Und da sie es nicht kann, muß Mary Fisher sein wie jede andere. Sie muß den ihr bestimmten Platz zwischen Vergangenheit und Zukunft annehmen; muß zwischen der alten und der neuen Generation hin und her hinken; ein Entrinnen gibt es für sie nicht. Beinahe hätte sie es ja geschafft: Beinahe wäre sie zu ihrer eigenen Schöpfung geworden.

Ich aber habe sie aufgehalten. Ich, die Teufelin, die Schöpfung ihres Liebhabers, meines Mannes. Und sie braucht sich nicht einzubilden, ich würde an diesem Punkt aufhören. Ich habe gerade erst angefangen.

21

Man kann immer davon leben, wenn man die Arbeit macht, die andere nicht machen wollen. Ganz allgemein läßt sich Beschäftigung finden, wenn man bereit ist, sich um anderer Leute Kinder zu kümmern, Geisteskranke zu versorgen oder inhaftierte Kriminelle zu bewachen, öffentliche Toiletten zu reinigen, Leichen zu waschen oder Betten in billigen Absteigen zu machen. Der Lohn ist gewöhnlich niedrig, reicht aber aus, um den Empfänger am Leben zu halten und ihm Kraft für die Arbeit des kommenden Tages zu geben. Es gibt immer, wie Regierungen so gerne behaupten, Arbeit für jene, die sie wirklich suchen. Nachdem sie den Arbeitsplatz bei Mrs. Trumper verlassen hatte, ging Ruth schnurstracks in ein Studentencafé im Universitätsviertel der Stadt, verbrauchte dort etwa eine Stunde, trank Kaffee und beobachtete die jungen Leute, die kamen und gingen. Schließlich wandte sie sich an einen blassen, aber recht gutaussehenden jungen Mann, der mit seinen Büchern allein in einer Ecke saß und von den anderen mit aufmerksamem Respekt behandelt wurde. Sie gingen auf ihn zu, plauderten eine Weile, und gelegentlich wechselte Geld den Besitzer oder Notizzettel oder kleine Päckchen.

»Ich frage mich, ob Sie mir helfen können«, sagte sie.

»Das ist mein Beruf«, sagte er. »Für gewöhnlich helf ich allerdings jungen Leuten.«

»Ich beginne mein Leben neu«, sagte sie, »und stelle dabei fest, daß man zwar vieles ohne Zeugnisse und Zertifikate tun kann, aber nicht alles.«

»Es gibt immer Schlupflöcher«, sagte er. »Ich sehe die Welt immer mehr wie einen verknoteten Klumpen Würmer in einem Eimer, die herumkriechen und nach Schlupflöchern suchen.«

»Ein Wurm ist klein und dünn«, sagte sie. »Ich nicht.«

Er gab ihr recht; jemand wie sie mochte durchaus Zeugnisse benötigen. Das war natürlich schwieriger zu bewerkstelligen, da hier, anders als bei Sex und Drogen, Facharbeit nötig war; das würde ziemlich teuer kommen. Aber er würde sehen, was sich machen ließ.

Ruth erhielt zwei Zeugnisse allgemeiner Natur, eines in Englisch und eines in Mathematik für je 50 Dollar. Sie ließ sie auf den Namen Vesta Rose ausstellen, ein Name, den sie sich als Kind immer ersehnt hatte.

Dann nahm Ruth den nächsten Bus zur zentralen Arbeitsvermittlung, wo die Arbeitslosen meist vergeblich nach Jobs fragten, und sagte, sie würde gern als Gefängnisbeamtin arbeiten. Als Namen gab sie Vesta Rose an, zusammen mit einer falschen Adresse. Sie sagte, sie hätte in der Pflegebranche Erfahrungen in Übersee gesammelt.

»Was für ein hübscher Name!« sagte das Mädchen hinter dem Schreibtisch müßig, bevor sie zu Ruth aufblickte und zusammenzuckte. Ruth trug ihr Haar straff zurückgekämmt, wodurch ihr Kinn noch länger als gewöhnlich und ihre Augen noch tiefliegender wirkten. Im Haus »Waldfried« hatte sie das Gewicht wieder zugelegt, das sie im Rasthaus verloren hatte. Gäste und Personal von Haus »Waldfried« nahmen weißliche weiche Nahrung zu sich, mit viel Kohlehydraten und wenig Protein.

»In den Gefängnissen gibt es keine Arbeit«, sagte das Mädchen.

»Im Lucas Hill Hospital, hab' ich gehört, gibt es was.«

»Lucas Hill!« sagte das Mädchen. »Das ist was anderes! Dort gibt's immer freie Stellen. Wollen Sie wirklich nach Lucas Hill?«

»Ich habe eine Freundin, die dort arbeitet.«

»Dann wissen Sie, was das für ein Ort ist? Unsere Verantwortung erstreckt sich auf den Arbeitgeber ebenso wie auf den Arbeitnehmer. Früher hieß es GKG, Gefängnis für Kriminelle Geisteskranke. Sie haben den Namen ausgetauscht, aber nicht die Insassen. Haha!«

»Mit solchen Menschen muß man Mitleid haben, man darf ihnen nicht die Schuld geben und schon gar nicht über sie lachen«, sagte Ruth, und das Mädchen rief sofort nervös das Hospital an und traf für Ruth eine Verabredung mit dem Vorstand.

Das Lucas Hill Hospital war ein hübsches, blaßgrün gestrichenes Gebäude mit vielen fröhlichen Wandmalereien, die kompetente Künstler in einer Art Kinderstil gestaltet hatten. In den Korridoren standen und marschierten und bellten und jaulten die Patienten, und Krankenschwestern schoben sich mit ihren Servierwagen zwischen ihnen durch und verpassten Medikamente und spritzen.

Mit elektronischem Klicken fielen die Türen schwer ins Schloß. Fenster waren bruchsicher. Schlüssel oder Gitter wurden nicht benötigt. Manche Schwestern waren freundlich; einige waren unfreundlich und genossen ihre Macht über die Hilflosen. Manche waren intelligent, die meisten nicht. Größtenteils arbeiteten hier Leute, die sonst keiner beschäftigen würde. Sie waren zu fett oder zu mager oder zu dumm oder zu bösartig oder zu schwarz oder zu weiß oder würden aus irgendeinem anderen Grund in keinem Empfangsbüro der Welt einen guten Eindruck machen.

Der Hausinspektor interessierte sich nicht besonders für Vesta Roses Vergangenheit. Sie schien stark, fähig und machte einen sauberen Eindruck und war mit einiger Wahrscheinlichkeit weniger gefährlich und weniger gestört als die Insassen, unter denen es viele Mörder und Brandstifter gab und Täter, deren Delikte bis zu grob unzüchtigen öffentlichen Handlungen reichte. Hier, wie überall anders auch, waren die Brandstifter am meisten gefürchtet, Sexualverbrecher am meisten verhaßt. Einige Insassen befanden sich natürlich irrtümlich hier oder hatten bei ihren Gerichtsverhandlungen unklugerweise auf nicht zurechnungsfähig plädiert; so waren sie nun auf unbestimmte Zeit eingesperrt, bis sie ihre geistige Gesundheit beweisen konnten, was im Lucas Hill Hospital alles andere als einfach war.

Ruth hatte einige Schwierigkeiten, Schwester Hopkins aufzutreiben. Das Personal umfasste zweihundert Beschäftigte bei zweitausend Insassen. Sie fand sie schließlich im Notfall-Beruhigungs-Team, kurz NBT, das durch Alarmsignal sofort herbeigerufen werden konnte, wenn sich auf den einzelnen Stationen die Notwendigkeit ergab. Schwester Hopkins legte den unruhestiftenden, um sich schlagenden Patienten aufs Kreuz und lehnte sich auf ihn oder sie, während eine Beruhigungsspritze verabreicht wurde.

»Ich liebe diesen Job«, sagte sie bei einem Kaffee in der Kantine zu Ruth. »Man lernt so interessante Leute kennen, und ich mach' mich gern nützlich.«

»Das haben Frauen so an sich!« sagte Ruth.

»Irgend jemand muß die gefährliche Arbeit machen«, sagte Schwester Hopkins und zeigte Ruth die Narben, entstanden durch verborgene Messer und knirschende Zähne. »Ist immer noch besser, als herumzustehen und den Leuten beim Sterben zuzusehen. Ich hab' mal in einem Altenheim gearbeitet. Hast du so was je gemacht?«

»Noch nie«, sagte Vesta Rose mit reinem Gewissen.

»Dann tu's auch nicht«, sagte Schwester Hopkins inbrünstig.

Die beiden Frauen kamen so gut miteinander aus, daß sie beschlossen, sich ein Schlafzimmer im Schwesternblock zu teilen. »Bei dir fühl' ich mich sicher«, sagte Schwester Hopkins. »Ein Großteil des Personals hier ist verrückter als die Patienten.«

Schwester Hopkins war einsfünfzig groß und wog an die hundert Kilo. Sie hatte Probleme mit der Schilddrüse. Mit zwölf Jahren hatten ihre Eltern sie dem Arzt als langsam und schwerfällig beschrieben, der ihr daraufhin Schilddrüsenextrakt verschrieben hatte, was damals sehr in Mode war, wodurch sich ihre Probleme aber lediglich vergrößerten. Meist war ihr sehr kalt, und sie trug viele Wollpullover.

»Monster! Das ist es, was wir zwei sind«, pflegte Schwester Hopkins recht häufig zu bemerken.

Schwester Hopkins hatte mehrere hunderttausend Dollar auf der Bank, die ihr von ihren schuldbewußten Eltern hinterlassen worden waren, aber sie zog die sichere regelmäßige Arbeit im Lucas Hill Hospital vor, wo sie sich unter Menschen befand, die noch eigenartiger waren als sie selbst. Ruth schlug vor, daß sie ihre Betten mit den Enden zusammenschoben und die Fußleisten entfernten, damit Ruth ihre Zehen zudecken konnte und es für

Schwester Hopkins nicht so zugig war. Die eine so lang, die andere so kurz!

»Zusammengemischt«, sagte Schwester Hopkins, »würden wir zwei ganz ordentliche Menschen abgeben, wenn auch immer noch ein bißchen schwergewichtig.«

Ruth bewarb sich für die zahnärztliche Abteilung des Hospitals. Hier war eine Menge los. Es gab geradezu eine Beißepidemie; viele Patienten waren in dieser Hinsicht so unbelehrbar, daß ihnen die Zähne vollkommen entfernt werden mußten. Die Zähne anderer Patienten waren zu verfault, als daß man sie noch hätte retten können. Der Zahnarzt war ein älterer Mann, der aus Neuseeland kam, wo manch stolzer Vater seiner Tochter zum achtzehnten Geburtstag ein hübsches, sauberes, schmerzloses Gebiß schenkte, verbunden mit dem Ziehen sämtlicher Zähne. Er bildete sich etwas auf das Tempo ein, mit dem er Zähne ziehen konnte, und war dankbar für Ruths starke, feste, geschickte Hände. Es schien, als sei sie nur in Familiensituationen plump und ungeschickt – so, als hätten ihre Hände lange schon vor ihrem Verstand zu protestieren gelernt.

»Seit Sie hier sind, gibt es keine abgebrochenen Zähne und blutenden Kiefer mehr«, pflegte er zu sagen. Er trank ziemlich viel. Die Zahnheilkunde, auf die er spezialisiert war – die Kunst der Extraktion –, war außer Mode gekommen, und so konnte er jetzt nur noch im Regierungsdienst Arbeit finden. »Aber immerhin ist es was Nützliches!« sagte er gern. »Diese armen Leute – der Abschaum der Menschheit. Aber sie haben ein Recht auf gesunde Kiefer, so wie jeder andere auch.«

Er bewunderte Stärke und Ausmaß von Ruths Zähnen.

»Ich hätte es vorgezogen, mit kleinen weißen Perlzähnen geboren zu werden«, sagte sie.

»Kein Problem«, sagte er. »Raus mit den alten Zähnen und nagelneue rein.«

»Das habe ich vor«, sagte sie. »Aber eins nach dem anderen. Ich habe viel Zeit.«

»Frauen haben nicht viel Zeit«, bemerkte der Zahnarzt. »Bei Männern ist das was anderes.«

»Ich hab' vor, die Uhr zurückzudrehen«, sagte sie.

»Das kann niemand.«

»Jeder kann das«, entgegnete sie. »Mit dem richtigen Willen und genügend Geld geht es.«

»Wir sind, wie Gott uns schuf«, protestierte er.

»Das ist nicht wahr«, sagte sie. »Wir sind auf der Welt, um uns über seine ursprüngliche Vorstellung hinauszuheben. Um Gerechtigkeit, Wahrheit und Schönheit zu schaffen, wo er so offensichtlich und jämmerlich versagt hat.«

An diesem Punkt des Gesprächs brachte das NBT, angeführt von Schwester Hopkins, die kleine Wendy herein, das armselige Mädchen aus der Eleanor Roosevelt Station, dem die oberen Zähne gezogen werden sollten. Selbst größere Mengen Largactil oder Triagrin und auch keine Elektroschocktherapie konnten das Mädchen davon abhalten, ihre Unterlippe zu zerfleischen; abgesehen von ihrem Drang, sich selbst zu verschlingen, schien sie so normal wie jeder andere und wesentlich hübscher zu sein.

»Sehen Sie, was ich meine?« sagte Ruth.

»Das ist ein extremer Fall«, sagte der Zahnarzt. »Gottes Wege sind geheimnisvoll und unerforschlich, das ist alles.«

Schwester Hopkins stieß ein Japsen aus, als Wendy ihre Zähne gegen die Hilfskräfte einsetzte, und jeder schrie nach Spritzen; danach waren sie zu beschäftigt, um ihre Unterhaltung fortzusetzen.

Ließ die Arbeit in der zahnärztlichen Abteilung nach, dann half Ruth in der Abteilung Beschäftigungstherapie aus. Die eine Hälfte bastelte Bastkörbe, die dann von der anderen Hälfte wieder aufgedröselt wurden. Gewerkschaftsvorschriften verboten den Verkauf von im Gefängnis hergestellten Gütern, und da nützte auch der wiederholte Einwand nichts, daß es sich hier um ein Hospital und nicht um ein Gefängnis handle. Jedes Heim mit einem Krankenlager oder auch nur mit einem Fall von Masern müßte dann als Ausnahmefall betrachtet werden, wenn man sich erst einmal dem Lucas Hill Hospital gegenüber nachsichtig zeigte. Und überhaupt, wer da draußen in der Welt braucht schon Bastkörbe? Also besser wieder auftrennen und ausfasern. Beschäftigung ist alles, Besitz nichts.

An Samstagvormittagen waren Besuche gestattet, und an den Samstagabenden feierten die höheren Aufsichtsbeamten eine Party mit dem von den Besuchern mitgebrachten Obst, Kuchen und Wein. Die Insassen wußten nach Meinung der Beamten diese Köstlichkeiten größtenteils ohnehin nicht zu schätzen, und die Erfahrung hatte gezeigt, daß sie widerspenstig wurden und sich beschwerten, wenn man ihnen was davon abgab. Einige weinten sogar, ein typischer Fall von Regression, wodurch der Tag ihrer Entlassung noch weiter in die Zukunft rückte.

In Lucas Hill galt Weinen als ein Zeichen von Undankbarkeit und auch von Geistesgestörtheit. Jeder wußte, daß Lucas Hill ein ganz besonders angenehmer Ort war, mit gut ausgebildetem, hilfsbereitem Personal, und geistige Gesundheit ging Hand in Hand mit der Dankbarkeit, hier sein zu dürfen.

Gelegentlich flüchteten Insassen, wurden aber prompt von der Polizei zurückgebracht und in die Beruhigungszelle gesperrt, um ihnen Dankbarkeit beizubringen. Diese Spezialzelle war gepolstert und enthielt nichts weiter als eine Kloschüssel ohne Deckel. In die Tür war ein Gitter eingelassen, durch das man Käsesandwiches und Becher mit Orangenmus schieben konnte, und eine kleine Glasscheibe, durch die das Personal, aber nicht die Insassen schauen konnten. Oft genug blieben Patienten eine Woche in dieser Zelle, bevor die Tür wieder aufging. Dann waren sie tatsächlich dankbar für das, was sie hatten, und liefen nur selten ein zweites Mal davon.

In ihrer Freizeit besuchte Ruth Sekretärinnen- und Buchhaltungskurse in der Stadt, die Frauen und Mädchen von der Regierung praktisch umsonst angeboten wurden. Diese Art von Arbeit war bei Männern nicht beliebt, die es vorzogen, Briefe zu diktieren und Geld auszugeben, anstatt dafür Rechenschaft abzulegen. Ruth war eine sehr eifrige Schülerin und machte erstaunliche Fortschritte.

»Warum tust du das?« fragte Schwester Hopkins.

»Weil ich ehrgeizig bin«, sagte Ruth.

»Aber du hast doch nicht etwa vor, Lucas Hill zu verlassen?«

Schwester Hopkins klang besorgt, aber nach Ruths Gefühl nicht besorgt genug.

»Nicht ohne dich«, sagte Ruth. Schwester Hopkins erschauerte vor Freude, und Ruth war befriedigt.

Als Ruth glaubte, die Grundlagen der Buchhaltung einigermaßen im Griff zu haben, nahm sie an einem Dienstagabend den Bus in die Stadt. In der Park Avenue stieg sie aus, wo sich Bobbos Büro im zehnten Stock eines neuen Bürogebäudes befand, mit Marmorhalle und plätschernden Springbrunnen.

Genau gegenüber gab es einen Schnellimbiß; hier setzte sich Ruth in eine dunkle Ecke und aß gebackene Kartoffeln, Crème fraîche und gehackten Schnittlauch. Sie wartete darauf, daß Bobbo auftauchen würde. Sie hatte ihren Mann nicht mehr gesehen, seit sie ihre Kinder in den Turm gebracht hatte.

Bobbo kam mit einem jungen blonden Mädchen heraus, eindeutig nicht Mary Fisher, aber so ziemlich der gleiche Typ, höchstwahrscheinlich eine Sekretärin oder Assistentin, da sie ihn sowohl bewundernd als auch schüchtern ansah. Er gab der jungen Frau einen flüchtigen, beiläufigen Abschiedskuß, dann trennten sich ihre Wege, doch sie blieb noch kurz stehen und blickte ihm mit liebevoller Sehnsucht nach. Er drehte sich nicht um. Bobbo schien selbstbewußt, geschäftlich erfolgreich und durchaus in der Lage, Liebe zu erwecken. Er winkte einem Taxi und rannte über die Straße zu dem Wagen; einen Moment lang schien er Ruth direkt anzublicken, erkannte sie aber nicht. Nicht sehr verwunderlich, dachte Ruth: Schließlich wohnten sie nun in verschiedenen Welten. Ihre Welt war ihm unbekannt. Jene, die auf der richtigen Seite stehen, achten darauf, sowenig wie möglich über die zu erfahren, die auf der falschen Seite sind. Die Armen, Ausgebeuteten und Unterdrückten jedoch sind ganz begierig darauf, soviel wie möglich über ihre Herren zu erfahren, ihre Gesichter in den Zeitungen zu sehen, ihre Liebesaffären zu bewundern und ihre Schwächen zu entdecken. Das ist schließlich die einzige Gegenleistung, die sie für den brutalen Verschleiß ihres Lebens herausschlagen können. Ruth würde also Bobbo, Liebhaber und Steuerberater, jederzeit erkennen, Bobbo würde Ruth, Krankenpflegerin und verlassene Mutter, nicht erkennen. Es passte zwar in ihre Pläne, ja, es war dafür sogar unbedingt notwendig, aber trotzdem widerstrebte es ihr innerlich. Jeder Funken zaghafter Gewissensbisse, jede Spur der Eigenschaften, die traditionell mit Frauen in Verbindung gebracht werden – wie Milde, Versöhnlichkeit, Nachsicht und Güte –, gerieten in diesem Moment völlig in Vergessenheit.

Bobbo erwischte sein Taxi. Ruth wartete, bis alle Lichter im zehnten Stock erloschen waren, und machte sich dann auf den Weg in Bobbos Büro. Sie sperrte mit dem Hauptschlüssel auf, den sie eingesteckt hatte, bevor sie das Haus Nightbird Drive Nr. 19 angezündet hatte. Ihre Pläne, die damals nur das vage Gefühl waren, sie müßte etwas tun, was sie nicht tun durfte, standen nun klar und deutlich fest.

Bobbos Büro war erst vor kurzem in Creme- und Ledertönen umgestaltet worden. Ruth glaubte, daß hier Mary Fishers Geschmack am Werk gewesen war. Bobbos eigenes Zimmer ähnelte mehr einer Hotellounge als einem Büro; es enthielt ein Sofa, lang und weich genug für angenehmen Zeitvertreib mit den Frauen unter Bobbos Personal, die ihm gerade gefielen. Das entsprach sicher nicht Mary Fishers Geschmack. Das Personal selbst – meist sechs Leute – teilte sich, zusammen mit Aktenschränken, vollgestopftere Räumlichkeiten, aber das war nun mal der Lauf der Welt.

Ruth ließ die Jalousien herunter, knipste ein Spotlicht an und begann, mit Bobbos Füller die unter »A« aufgeführten Akten mit der Bezeichnung »Klientenkonten« zu bearbeiten. Sie übertrug theoretische Summen von einem Hauptbuch ins andere, unterzeichnete einen Scheck über 10 000 Dollar, zahlbar an Bobbo von seinem Geschäftskonto; sie tippte einen Briefumschlag mit der Bankanschrift, legte ein Formular bei, daß der Betrag Bobbos Privatkonto gutgeschrieben werden sollte, und fügte den Brief dem Stapel Ausgangspost bei. In Bobbos Büro war es üblich, die Briefe morgens und nicht abends zur Post zu bringen, da das Risiko dann geringer war, sie könnten verlorengehen oder verzögert werden. Sie machte sich eine Tasse Kaffee, probierte das Sofa aus, säuberte alles wieder, rückte das Foto von Mary Fisher zurecht, stöberte die Privatschubladen des Personals durch und entdeckte ein paar Liebesbriefe, die zweifellos im Büro vor den Augen des Ehepartners in Sicherheit gebracht worden waren, schloß alles ordentlich ab und fuhr wieder zurück nach Lucas Hill und zu dem Zimmer, das sie sich mit Schwester Hopkins teilte.

Das wiederholte sie jede Woche, arbeitete sich ruhig und friedlich durch die Akten von »A bis Z«, bis eine ganz ordentliche Menge Dollars von den Klientenkonten auf Bobbos Konto transferiert worden war. Jeden Hinweis auf diese Transaktionen durch Bobbos Bankauszüge verhinderte sie durch schlichtes Entfernen von Nullen durch Tipp-Ex. Es war schon immer Bobbos Gewohnheit gewesen, seine Kontoauszüge einfach abzuheften, nachdem er einen flüchtigen Blick darauf geworfen hatte. Jene, die sich hauptberuflich um die Geschäfte anderer kümmern, schenken nur selten ihren eigenen Angelegenheiten die nötige Aufmerksamkeit. Nichtsdestoweniger wollte Ruth ganz sicher gehen, obwohl es äußerst unwahrscheinlich war, daß er sich in diesem Punkt geändert hatte, genausowenig wie in seinen sinnlichen Gewohnheiten. Die Liebe einer Frau, die man empfängt und zurückgibt, gibt einem so viel und nicht mehr. Bobbo liebte Mary Fisher, aber er suchte auch sein Vergnügen bei Fremden, die vorbeikamen, wie viele andere Menschen auch, weibliche wie männliche.

Aus dem gleichen Motiv – auf Nummer Sicher gehen zu wollen – schlug Ruth schließlich Schwester Hopkins vor, Seite an Seite statt Zeh an Zeh zu schlafen, das sei bequemer. Ruth konnte jetzt, wo der Sommer kam, auf bedeckte Füße verzichten und würde Schwester Hopkins einfach durch ihre Körperhitze wärmen. Schwester Hopkins stimmte zu. Die Betten wurden zusammengerückt, und es kam zwischen den beiden Frauen zu vielen Zärtlichkeiten, zu Küssen und zu sexuellen Experimenten.

»Frauen wie wir«, sagte Schwester Hopkins, »müssen einfach lernen, zusammenzuhalten. Die Leute glauben, wenn man nicht so aussieht wie die meisten anderen, ist man an Sex nicht interessiert, aber dem ist nicht so.«

Sexuelle Aktivität schien eine belebende Wirkung auf Schwester Hopkins zu haben: Ihre Periode kam regelmäßiger, ihre Augen strahlten, sie nahm ab, befreite sich von einigen Schichten Pullovern und marschierte flott im Hospital herum. Als Ruth sich durch Bobbos Akten durchgearbeitet und »Z« zufrieden zurückgestellt hatte, führte sie folgendes Gespräch mit Schwester Hopkins:

»Meine Liebe, wird es dir hier nie langweilig? Das gleiche Gekreisch und Gebrüll, tagein, tagaus; die gleichen um sich schlagenden Verrückten; die gleichen Spritzen; der immer gleiche Gänsemarsch zur Beruhigungszelle. Nie passiert was! Für die Patienten mag es ja ganz ereignisreich sein, vielleicht sogar zu ereignisreich, für uns aber bestimmt nicht.«

»Ich weiß, was du meinst«, sagte Schwester Hopkins.

»Da draußen in der Welt«, sagte Ruth, »ist alles möglich und aufregend. Wir könnten andere Frauen sein; wir könnten unsere eigenen Energien anzapfen und die Energien von uns ähnlichen Frauen – Frauen, die in Heime eingesperrt sind, die manchmal niedrigste Arbeiten verrichten, oder auch anmutige Frauen, die durch Liebe und Pflicht zu einem Leben gezwungen werden, das sie nie gewollt haben, und die durch die nackte Not in Jobs getrieben werden, die sie verabscheuen und von denen sie langsam umgebracht werden. Wir könnten in diese aufregende Welt der Geschäfte, des Geldes, Profits, Verlusts eintauchen und ihnen ebenfalls helfen –«

»Ich dachte, das alles wäre noch viel langweiliger«, sagte Schwester Hopkins.

»Das ist nur ein von den Männern in die Welt gesetztes Märchen, um die Frauen im Haus zu halten«, sagte Ruth.

»Außerdem wartet da noch diese andere Welt der Macht – mit Richtern und Priestern und Doktoren, die den Frauen vorschreiben, was sie zu tun und zu denken haben –, auch das ist eine wunderbare Welt. Wenn Ideen und Macht Hand in Hand gehen – ich kann dir gar nicht sagen, wie aufregend das ist!«

»Darauf möchte ich wetten«, sagte Schwester Hopkins. »Bloß, wie kommen solche wie wir da rein?«

Ruth flüsterte in Schwester Hopkins Ohr.

»Aber dazu braucht man Geld«, sagte Schwester Hopkins.

»Genau«, sagte Ruth.

Die Abschiedsparty für die beiden Krankenschwestern war herzergreifend; es wurde gelacht und geweint, und an die Patienten wurde reichlich Wein ausgeschenkt. Eine allgemeine Übererregung im ganzen Hospital hielt das NBT auf Trab. Der Ersatz für Schwester Hopkins, eine Lady aus Haiti, kniete sich so kräftig auf einen Patienten, daß sie ihm eine Rippe brach. Die anderen Mitglieder des Teams fanden das gar nicht so schlecht. Wenn man ihr Erscheinen fürchtete, dann brauchten sie vielleicht weniger hart zu schuften.

Ruth und Schwester Hopkins fanden ein Büro, ziemlich am unteren Ende der Park Avenue, wo Spitzenleute sich kaum niederließen; hier überlassen die prachtvollen Wolkenkratzer schon schäbigen Gebäuden das Feld, die Straße verengt sich und wird nicht mehr von den Markisen eleganter Restaurants gesäumt, sondern von Müllsäcken, die sich an den Fronten schmutziger Läden türmen. Das Fernsprechamt ist jedoch an beiden Enden der Avenue das gleiche, so daß Anrufer nicht sagen können, ob sie nun mit dem reichen oder dem heruntergekommenen Ende sprechen. Hier startete Ruth mit Schwester Hopkins' Geld die Vesta-Rose-Arbeitsvermittlung.

Die Agentur spezialisierte sich darauf, Sekretärinnenposten für Frauen aufzutreiben, die nach längerer Pause wieder Arbeit suchten – entweder freiwillig oder aus einer Notsituation heraus –, Frauen mit hervorragenden Fähigkeiten, denen nach vielen Jahren zu Hause lediglich das sichere Auftreten draußen, in der Welt, fehlte. Wer sich bei der Vesta-Rose-Agentur einschrieb, nahm an Sekretärinnen-Aufbaukursen teil und am »Selbstbewußtseinstraining«, wie Ruth es nannte. Die Agentur organisierte außerdem einen Kinderhort für die Babys und Kleinkinder ihrer Kundinnen, einen Einkaufs- und Zustellservice, damit die Beschäftigten nicht während ihrer Mittagspause einkaufen mußten, sondern sich ebenso wie männliche Arbeitskräfte ausruhen und später unbehindert von Einkaufstüten mit dem Bus heimfahren konnten. Diese Privilegien mußten sie zwar teuer bezahlen, waren aber trotzdem ausgesprochen froh darüber.

Schwester Hopkins leitete den Kinderhort im obersten Stock des Agenturgebäudes, und wenn sie gelegentlich den widerspenstigeren Kindern Beruhigungsmittel verpaßte, so war sie zumindest darauf spezialisiert und wußte genau, auf was für Nebenwirkungen sie zu achten hatte. Sie und Ruth teilten sich ein Apartment, einen Block von der Agentur entfernt.

»Wohin immer du gehst«, sagte Schwester Hopkins, »ich folge dir. In meinem ganzen Leben war ich noch nie so glücklich.«

Ungefähr einen Monat nach Eröffnung funktionierte die Vesta-Rose-Agentur höchst effizient und warf sogar Gewinn ab. Die hier eingetragenen Frauen – und sie kamen zu Hunderten mit Bus und Bahn aus den Vorstädten – waren dankbar, geduldig, verantwortungsbewußt und fleißig; nach ein wenig Training mit Ruth betrachteten sie Büroarbeit als die einfachste Sache der Welt. Und so sollte es jede sehen, die sich täglich mit komplizierten Geschwisterrivalitäten und den Feinheiten ehelichen Einklangs oder Mißklangs herumzuschlagen hatte. Die Vesta Roses – so nannte man sie – waren bald bei Arbeitgebern in der ganzen Stadt gefragt; die Agentur erfreute sich sogar einer gewissen Berühmtheit. Sie wurde als Musterbeispiel für Erfolg herausgestellt: Wer einen schwachen Willen hat und sich ständig beklagt, sollte sich ein Beispiel an solchen Frauen nehmen. An Frauen, die nicht das Glück hatten, reich zu heiraten, und die es, wenn sie sich wirklich bemühten, trotzdem schafften. Vesta Rose selbst hielt sich im Hintergrund. Sie gab der Presse zwar gelegentlich ein Telefoninterview, trat aber weder persönlich in Erscheinung, noch ließ sie sich fotografieren. All das erledigte Schwester Hopkins, und zwar sehr gut.

»Siehst du!« sagte Ruth. »Es war doch überhaupt nicht notwendig, daß du dich vor der Welt versteckt hast.«

»Aber ich hab' dich dazu gebraucht«, sagte Schwester Hopkins, »bevor ich dazu fähig war. Menschen sollten nicht auf sich allein gestellt sein.«

Innerhalb von sechs Monaten hatte Ruth Schreibkräfte, Sekretärinnen, Buchhalterinnen und Verkaufspersonal in fast allen Sphären des Stadtlebens untergebracht. Die Kunden wußten die Garantie zu schätzen, daß sie eine Kraft, mit der sie unzufrieden waren, innerhalb von zwei Stunden austauschen konnten, was allerdings nur selten in Anspruch genommen wurde, so pflichtbewußt und dankbar waren diese Vesta Roses. Die Agentur behielt lediglich fünf Prozent ihres Lohnes ein, plus Kosten für Kinderhort, Einkaufsservice und – im Laufe der Zeit – Wäscherei und Reinigung. Niemand redete ihnen ein, daß sie gleiches Recht für Frauen fordern und darauf bestehen sollten, daß sich ihre Männer gleichberechtigt um Kinder und Haushalt kümmern – es herrschte lediglich stillschweigendes Einverständnis, daß das zwar löblich wäre, aber für die meisten Frauen unerreichbar; in der Zwischenzeit war praktische Hilfe notwendig, wenn die Frau weiterhin in ihrer traditionellen Hausfrauenrolle bleiben und trotzdem verdienen sollte. Wenn ihre Ehemänner von der Arbeit nach Hause kamen, dann stand das Essen bereit, saubere Hemden lagen ausgebreitet da, der Fernsehapparat wartete auf ihre Programmwahl und der Haushalt lief reibungslos weiter wie eh und je. Auf diese Weise herrschte Zufriedenheit, wenn schon nicht Gerechtigkeit; wandte sich dann im Frieden des ehelichen Bettes der Mann der Frau zu und die Frau dem Mann, so war das vielleicht ausreichende Entschädigung für die offensichtlichen Ungerechtigkeiten des Ehelebens in der heutigen Welt.

Jede Woche, wenn ihr Personal zum Lohnempfang erschien, abzüglich fünf Prozent – manchmal sogar bis zu fünfzig Prozent, wenn sämtliche Agenturdienste in Anspruch genommen wurden –, plauderte Ruth mit jeder, unterhielt sich über ihre Sorgen und versuchte sie zu lösen; manchmal versuchte sie, ein bißchen, oder, falls sie interessiert war, soviel wie möglich über die jeweiligen Firmen in Erfahrung zu bringen. Gelegentlich bat sie um einige diskrete Dienstleistungen, die nur zu gern erfüllt wurden, wodurch sich die Abzüge nicht unwesentlich reduzierten.

Ruth mußte acht Monate warten, bis jemand aus Bobbos Büro anrief. Sie nutzte die Zeit, um in das gemeinsame Konto, das sie einst mit Bobbo unterhalten hatte, bis er kurz vor dem Brand des ehelichen Heimes alles, mit Ausnahme weniger Cents, abgehoben hatte und das seitdem brachgelegen hatte, ein bißchen »gesunde Bewegung« zu bringen, wie es die Banken nennen. Das heißt, sie zahlte Geld ein, manchmal per Scheck oder Postanweisung, manchmal bar und persönlich, mal hundert Dollar hier, mal tausend Dollar da, ganz legal aus den Mitteln des Vesta-Rose-Geschäfts. Dann hob sie gelegentlich mal zwanzig, mal fünfzig Dollar ab, bar oder per Scheck, wobei sie Bobbos Namen benutzte. Einmal hob sie zweitausend Dollar von Bobbos Depositenkonto ab, unterzeichnete mit seinem Namen und zahlte das Geld auf das gemeinsame Konto ein. Das erforderte weitere nächtliche Besuche in Bobbos Büro und zusätzliche Tipp-Ex-Arbeiten, wenn seine Kontoauszüge im Drei-Monats-Rhythmus zugeschickt wurden. Die Bankangestellte war eine nette junge Frau, Olga, aus der Vesta-Rose-Agentur, die ein von Schwester Hopkins versorgtes autistisches Kind im Kinderhort hatte und die nur zu gern behilflich war. Sie war es, die Bobbos Kontoauszugskarte aus dem Fach für einmonatige in das Fach für dreimonatige Zusendungen beförderte und so Ruth beträchtliche Mühe und Aufregung ersparte. Olga war es, die dafür sorgte, daß die Auszüge des gemeinsamen Kontos einfach nie bei der ausgehenden Post landeten und deshalb Bobbo nie erreichten.

Bobbos Büro rief bei der Agentur an, weil sie die Dienste von zwei verläßlichen, qualifizierten Frauen benötigten – eine Teilzeitsekretärin für mittwochs und ein Mädchen, das an Montagen und Freitagen aushelfen sollte, den Tagen, die Bobbo im Turm verbrachte. Konnte die Vesta-Rose-Agentur, berühmt für ihre Zuverlässigkeit, helfen?

Selbstverständlich! Ruth schickte Elsie Flower für den Mittwochjob. Elsie war klein und süß und ähnelte im Aussehen Mary Fisher. Sie hatte kleine Hände, die nur so über die Tastatur der Schreibmaschine flogen, und es war hübsch anzusehen, wie sich ihr Nacken über die Maschine beugte. Sie beugte ihren Nacken, so wie sie ihren Geist beugte, als rechne sie jeden Moment mit einem heftigen Schlag. Ihr Ehemann langweilte sie – das hatte sie Ruth erzählt. Sie befand sich in der richtigen Stimmung für ein Abenteuer. Ruth dachte, Elsie wäre genau die Richtige für Bobbo.

Für die Arbeit an Montagen und Freitagen schickte Ruth Marlene Fagin. Marlene hatte vier Teenagersöhne von drei verschiedenen Vätern, die alle verschwunden waren, und war deshalb besonders dankbar für den Einkaufs- und Zustelldienst. Was sie allein an Lebensmitteln für fünf Personen hatte heimschleppen müssen – und sie hatten eine Vorliebe für Coca-Cola, was in größeren Mengen ganz schön schwer war –, hatte sie mehr erschöpft, als es Büroarbeit je tun könnte. Sie war jederzeit bereit, die von Ruth gewünschten kleinen Veränderungen in Bobbos Büro vorzunehmen, vor allem, als Ruth einmal bemerkte, daß Lieferungen in die äußeren Vorstädte – wo Marlene wohnte – sich, wirtschaftlich betrachtet, niemals lohnen könnten.

Am ersten Freitag, an dem Elsie ihren Lohn abholen kam, fragte Ruth: »Und wie war dein Chef?«

»Frech«, sagte Elsie. »Und dabei schaute seine Freundin von ihrem Foto aus zu.«

»Wie frech?«

»Er fuhr mir mit der Hand durchs Haar und sagte, wie seidig es wäre.«

»Hattest du was dagegen?«

»Sollte ich was dagegen haben?« Vesta Roses nahmen gern Anweisungen von Ruth entgegen. Es machte sich bezahlt. Manchmal strich sie die Abzüge ganz.

»Ich denke immer«, sagte Ruth, »man sollte die Dinge nehmen, wie sie kommen. Das Leben ist kurz. Ich finde, was man bedauert, ist nicht, was man getan hat, sondern was man nicht getan hat.«

»Verstehe«, sagte Elsie fröhlich. Manchmal braucht eine Frau nichts weiter als die Erlaubnis.

In der nächsten Woche berichtete Marlene, daß in Bobbos Büro der Klatsch über Elsie und den Chef nur so blühte und daß sie am Mittwochabend noch nach Büroschluß geblieben war.

»Ich weiß«, sagte Ruth. »Sie hat sich Überstunden gutschreiben lassen.«

Das tat Elsie auch während der folgenden sechs Wochen, und als sie sich in der siebten Woche ihren Lohn abholte, sagte sie zu Ruth: »Es ist mehr als nur Sex. Sie haben ja keine Ahnung, wie nett er ist. Er ist was ganz, ganz Besonderes!«

»Ist es Liebe?«

Mit ihren kleinen Perlzähnen biß sich Elsie auf die Unterlippe und senkte den Blick ihrer blauen Augen.

»Ich weiß nicht«, sagte sie. »Aber er ist so ein wunderbarer Liebhaber!«

»Und was ist mit deinem Mann, Elsie?«

»Ich liebe ihn«, sagte Elsie, »aber ich bin nicht in ihn verliebt. Wenn Sie verstehen, was ich meine.«

»Und ob ich das verstehe!«, sagte Ruth.

»Aber ich weiß nicht, was er für mich empfindet«, sagte Elsie.

»Hast du ihm gesagt – wie heißt er doch gleich, Bobbo? –, was du für ihn fühlst, Elsie?« fragte Ruth.

»Oh, das konnte ich nicht«, sagte Elsie. »Das geht irgendwie nicht. Er ist so ein bedeutender Mensch.«

»Aber das bist du auch«, sagte Ruth. »Erzähl ihm, daß du ihn liebst, sonst glaubt er vielleicht noch, du tust so was ständig. Vielleicht weiß er nicht, wie wichtig es für dich ist.«

»Aber ich will ihn nicht abschrecken«, sagte Elsie.

»Nun, wie könnte die Wahrheit dazu führen?«

Am nächsten Tag rief Bobbo persönlich an und verlangte Ersatz für Elsie, entsprechend der Agenturgarantie.

»Gewiß doch, Sir«, sagte Ruth mit ihrer ungemein sanften und ziemlich hohen Vesta-Rose-Stimme. »Dürfte ich fragen, wo die Schwierigkeiten liegen? Ihr Schreibtempo ist hervorragend. Sie besitzt ausgezeichnete Empfehlungen.«

»Das mag sein«, sagte Bobbo, »aber sie reagiert übermotional. Und wenn ich Sie darauf aufmerksam machen darf, Ihre Garantie besagt, daß keine Fragen gestellt, sondern ein Ersatz geschickt wird.«

»Sehr wohl, Sir«, sagte Ruth.

»Kenne ich Ihre Stimme nicht irgendwoher?« forschte er.

»Ich glaube kaum, Sir«, sagte Ruth.

»Jetzt weiß ich es«, sagte er. »Sie erinnern mich an meine Mutter.«

»Freut mich zu hören, Sir«, sagte sie. »Wenn Sie jetzt so freundlich wären, Mrs. Flower auszurichten, sie solle sich in unserem Büro melden –«

»Sie ist bereits gegangen«, sagte Bobbo. »Tränenüberströmt. Gott weiß, warum. Männer haben Sie vermutlich keine unter Ihrem Personal?«

»Nein, Sir.«

»Ein Jammer«, sagte er und legte auf.

Weinend kam Elsie zu Ruth. Sie hatte ihrem Mann erzählt, daß sie Bobbo liebte, und ihr Mann hatte gesagt, »Das bringt das Faß zum Überlaufen«, und hatte sie verlassen. Sie hatte Bobbo erzählt, was passiert war und wie sehr sie ihn liebte, und er hatte gesagt: »Das ist Erpressung!« Er hatte ihr gesagt, sie wäre entlassen; er hätte für solche Mätzchen keine Zeit im Büro, es gäbe zuviel Arbeit.

»Man sollte meinen«, sagte Elsie, »daß man in der Welt vorankommt, wenn man mit dem Chef schläft. Daß man Gehaltserhöhung, zusätzlichen Urlaub, eine Beförderung oder sonstwas kriegt. Aber nichts da. Man wird lediglich schneller gefeuert. Ich hab' mein ganzes Leben versaut.«

»Leben heißt lernen«, sagte Ruth. »Wichtig ist nur, daß man daraus lernt. Ich nehme an, du möchtest einen neuen Start versuchen.«

»O ja«, sagte Elsie, die bis jetzt gar nicht daran gedacht hatte.

»Irgendwo weit weg, wo es friedlich ist und lauter gutaussehende Männer sind, wie beispielsweise in Neuseeland.«

»Ich wollte schon immer nach Neuseeland«, sagte Elsie. »Aber wie sollte ich je die Fahrtkosten zusammenbringen?«

»Ja, wie?« sagte Ruth. »Daß eine so simple Sache wie Mangel an Geld unserem Leben so enge Grenzen setzt.«

»Das alles ist nicht fair!« sagte Elsie. »Ich hab's meinem Mann nur erzählt, um ihn ein bißchen aufzurütteln. Woher sollte ich wissen, daß es ihn dermaßen erschüttert? Dieser Bastard Bobbo! Mit dem möchte ich abrechnen.«

»Du kannst immer noch seiner Freundin einen Brief schreiben«, sagte Ruth. »Sie hat ein Recht darauf, Bescheid zu wissen.«

»Eine wunderbare Idee!« rief Elsie und schrieb den Brief. Eine Antwort erhielt sie nie.

»Ich glaube, ihr ist es egal«, klagte Elsie.

»Das glaub ich ganz und gar nicht«, sagte Ruth.

»Ich bin so unglücklich«, sagte Elsie. »Er hat mich benutzt und dann wie ein Stück Dreck weggeworfen.«

»Ich fühle mich verantwortlich«, sagte Ruth, »weil ich dich dort hingeschickt habe. Deshalb schenkt dir die Vesta-Rose-Agentur das hier.«

Und damit gab sie ihr zwei Flugtickets, erster Klasse, eines mit Swissair nach Luzern und eines mit Quantas von Luzern nach Auckland.

»Erste Klasse!« staunte Elsie. »Frauen mögen mich gewöhnlich nicht, aber Sie sind ganz wunderbar zu mir!«

»Da ist nur eine kleine Aufgabe, um die ich dich bitten möchte«, sagte Ruth. »In der Schweiz.«

»Nichts Illegales?« Wie jedermann wurde Elsie nervös, wenn alles zu glatt zu laufen schien.

»Gütiger Himmel, nein«, sagte Ruth. »Nur eine kleine Finanztransaktion. Die Steuergesetze hier sind schändlich, wie jedermann weiß, vor allem gegen Frauen. In der Schweiz ist das alles viel besser.«

»Ich werde tun, was ich kann«, sagte Elsie, die sich nur zu gern überzeugen ließ.

»Aber«, wandte Elsie ein, die Tickets näher betrachtend, »das nach Auckland ist ja auf den Namen Olivia Honey ausgestellt.«

»O ja«, sagte Ruth. »Hab' ich ja ganz vergessen. Hier haben wir noch was!« Sie reichte Elsie einen Paß, den sie problemlos von dem jungen Mann in dem Studentencafé bekommen hatte. Der Paß war ebenfalls auf den Namen Olivia Honey ausgestellt, mit einem sehr schmeichelhaften Foto von Elsie. Die Agentur bewahrte solche Fotos von all ihren Angestellten auf. Das Alter war mit einundzwanzig Jahren angegeben.

»Ein hübscher Name«, sagte Elsie.

»Für manche ja«, sagte Ruth. »Für andere wieder nicht.«

»Elsie hat mir nie gefallen«, sagte Elsie. »Und fünf Jahre hab' ich auch noch verloren!«

»Gewonnen«, sagte Ruth. »Fünf Jahre zusätzlichen Lebens oder zusätzlicher Jugend, was schließlich dasselbe ist.«

»Ich tu's!« sagte Elsie.

»Das wußte ich«, sagte Ruth. »Wer nicht?«

Ruth transferierte ungefähr zwei Million Dollar von Bobbos Depositenkonto auf ihr gemeinsames Konto. In Bobbos Namen schrieb sie einer Schweizer Bank in Luzern – Schweizer Banken stellen keine Fragen –, eröffnete ein Gemeinschaftskonto und zahlte einen Scheck mit zwei Millionen Dollar ein. Olga fing vom Schreibtisch des Managers die Bitte um persönliche Bestätigung ab, und die Transaktion ging unbeanstandet über die Bühne.

(Als Gegenleistung adoptierte Schwester Hopkins offiziell Olgas autistisches Kind, damit Olga genügend Freiheit hatte, um ihre Karriere als Sängerin fortzusetzen, was sie auch unverzüglich und mit viel Erfolg tat.) Ruth flog persönlich nach Luzern und traf sich dort mit Elsie, zahlte das Geld auf das Konto ein, das Elsie gerade eröffnet hatte, und wartete auf die Bestätigung. Dann hob Elsie das Geld bar ab, übergab es Ruth, küßte sie herzlich zum Abschied und verschwand als Olivia Honey im Flughafen.

Ruth kehrte kurz zu Schwester Hopkins und der Vesta-Rose-Agentur zurück.

»Meine Liebe«, sagte sie, »die Zeit des Abschieds ist gekommen.«

Schwester Hopkins weinte.

»Du darfst dir niemals selbst leid tun«, sagte Ruth. »Und du darfst niemals deinen Eltern die Schuld an deinem Unglück geben. Sie mögen dir als Kind Schilddrüsenextrakt gegeben haben, aber sie haben es aus Liebe und Sorge um dich getan, und was das Wichtigste ist, sie haben dir Geld hinterlassen. Geld muß eingesetzt, nicht gehortet werden. Ich überlasse dir die Leitung der Vesta-Rose-Agentur und die Liebe für Olgas kleinen Jungen. Diese beiden Vermächtnisse werden dich beschäftigen, besonders das zweite, so sehr, daß du gar nicht groß zum Trauern kommst.«

»Aber was ist in diesem Koffer?« fragte Schwester Hopkins schon wieder etwas munterer. »Und wohin gehst du?«

»In dem Koffer ist Geld«, sagte Ruth. »Und ich gehe in meine Zukunft.«

Gerade noch rechtzeitig. In der nächsten Woche kamen die Rechnungsprüfer zur jährlichen Bücherrevision in Bobbos Büro. Sie hielten sich bemerkenswert lange auf, brachten die ganze Büroarbeit zum Stocken, und Bobbo wertete das anfangs lediglich als Symptom für ihre Untauglichkeit.

Doch kurz darauf besuchte ihn ein Polizeibeamter.

»Ich habe keine Ahnung, wovon Sie sprechen«, sagte Bobbo.

»Versuchen Sie nicht zu bluffen«, sagte der Polizeibeamte.

»Wir haben eine ziemlich genaue Vorstellung von dem, was geschehen ist. Die kleine Miss Elsie Flower hat Sie also hereingelegt. Wo wolltet ihr beiden denn wieder ganz von vorn beginnen? In Südamerika?«

»Elsie Flower?« sagte Bobbo. »Wer ist das?« Er konnte sich ganz ehrlich nicht erinnern. Chefs erinnern sich selten an Stenotypistinnen.

22

Mary Fisher ist bestürzt. Was geschieht mit ihrem Leben? Ihr Glück befindet sich in einem löchrigen Eimer und versickert unentwegt. Zuerst bekommt sie einen Brief von einem Mädchen, das behauptet, Bobbos Geliebte zu sein. Natürlich streitet Bobbo das ab, aber Mary Fisher weiß inzwischen, daß derartige Briefe gewöhnlich der Wahrheit entsprechen, und dieser hier auf jeden Fall. Sie begreift nun, daß auf Glück Unglück folgen muß. Lieben heißt, dem Schicksal ausgeliefert sein, und wenn man ausgeliefert ist, dann lädt man das Schicksal förmlich zum Angriff ein. Bobbo hört auf, die Affäre zu leugnen, sagt, jawohl, es stimmt, aber es ist vorbei, es war bedeutungslos, du weißt doch, wie Stenotypistinnen sind, sie kommen und gehen, haha; liebste Mary, ich liebe nur dich, du bist das Licht meines Lebens, die Laterne auf meinen dunklen Pfaden; wie kannst du dich selbst so erniedrigen, daß du dich vom Brief eines Niemands deprimieren läßt? Noch dazu solch eines bösartigen Niemands? Und Mary Fisher verzeiht ihm. Was bleibt ihr übrig, wenn sie ihn nicht verlieren will.

Und wie soll sie ihm nicht verzeihen, wo sich noch der Druck von Garcias Fingern auf ihrem Fleisch abzeichnet? Doch was dem einen recht ist, ist dem anderen noch längst nicht billig.

Mary Fisher lebt in dem Leuchtturm am Rande der See, eins mit der Natur, umgeben von Mauern, die ihre Intimsphäre und ihre Privilegien schützen. Einst schäkerte sie mit der Welt, aber jetzt, wo die Liebe das Kommando übernommen hat, drängt die Welt zu ihr herein. Zuerst waren es die Kinder ihres Geliebten, dann ihre Mutter, und jetzt schiebt sie sich in Gestalt eines Polizisten heran, der an die Tür klopft. Wie die Dobermänner bellen und herumspringen!

Sie weiß von nichts; Bobbo weiß von nichts. »Dieses Unglück entspringt einem niederträchtigen Schicksal«, sagt sie.

»Es entspringt einer Schuld«, sagt er.

Mary Fisher zuckt wie unter einem Schlag zusammen. Ist alles ihre Schuld? Schließlich war sie es, die die Liebe entfacht hat, die sie ruiniert hat. Sie war es, die sich in sorgloser, liebeloser Zeit von Bobbo hatte heimfahren lassen, die zugelassen hatte, daß Ruth abgeschoben wurde, daß die Kinder ihre richtige Mutter verloren – die Aufzählung all der Dinge, für die sie die Verantwortung trägt, ist endlos.

Bobbo weint. »Das alles ist wie ein schrecklicher Alptraum«, sagt er; jetzt bezweifelt er auch schon, daß der Grund und Boden real ist, auf dem sie läuft.

In ihrer Vorstellung schwankt und bröckelt der Leuchtturm, steht verlassen und baufällig da. Genauso könnte es tatsächlich sein.

Garcia steht vor den Türen und lauscht. Er genießt den tiefen Sturz der Turmbewohner. »Je höher man baut«, sagt er zu ihr, »desto tiefer stürzt man. Das ist die natürliche Gerechtigkeit.«

»So natürlich auch wieder nicht«, sagte ich und lache. Weibliche Teufel sind jenseits jeglicher Natur: Sie erschaffen sich selbst aus dem Nichts.

Mary Fisher ist nicht da, als die Polizisten zum Turm kommen. Sie führen eine Hausdurchsuchung durch, finden in dem Schmuckkästchen in der abgesperrten Schublade den zusammengefalteten Brief von Elsie Flower, zusammen mit Perlenketten und Smaragdbroschen von früheren Liebhabern, die sie aus einer nostalgischen Schwäche heraus vor Bobbo versteckt. Sie hat nie ganz die Vergangenheit zugunsten der Gegenwart aufgegeben, nie ganz.

Garcia führt sie zu dem Schmuckkästchen. Er zeigt keine Scham, keine Skrupel. Sie hat ihn verraten. Mary Fisher war einst die Sonne an seinem Himmel, jetzt ist sie ein Nichts. Sie hat sich mit Bobbo zusammengetan und wurde, was er ist – ein Nichts.

Die Polizei schließt Bobbos Büro, versiegelt die Türen, beschlagnahmt seine Bücher.

»Ich verstehe nicht«, ist alles, was er sagen kann. »Mary, ich liebe dich.«

Mary Fischer sitzt in ihrem Turm und wartet darauf, daß sich Freunde um sie scharen, aber das tun sie nicht. Was sollten sie sagen? Dein toller Mann, dein Geliebter, hat unser Geld veruntreut? Wir sind Schriftsteller, Künstler, nicht ganz von dieser Welt, voller Vertrauen, und was hast du uns angetan? Dein toller Mann, der gar nicht so toll ist, stand im Begriff, mit seiner Stenotypistin durchzubrennen, aber sie verschwand zuvor schon mit der Beute! Aus reiner Freundlichkeit Mary Fisher gegenüber schweigen die Freunde.

Bobbo sitzt im Turm und wird mürrisch und griesgrämig. Er rasiert sich nicht mehr, sein Kinn wird schwabbelig, seine Schläfen werden grau. »Glaubst du an mich, Liebes?«, fragt er.

»Ich glaube an dich«, sagt Mary Fisher.

»Dann rette mich«, sagt er.

Mary Fisher heuert die teuersten Anwälte der Welt an. Sie läßt sie aus fernen Erdteilen einfliegen. Englisch ist nicht ihre Muttersprache, also muß sie auch noch einen Übersetzer anstellen. »Das wird teuer werden«, warnt man sie. »Solche Fälle können sich jahrelang hinziehen.«

»Oh, Bobbo«, sagt Mary Fisher. »Wärst du mir nicht untreu gewesen, dann wäre dies nie geschehen.« Und noch während sie das sagt, sieht sie, wie die Liebe aus seinen Augen sickert; irgendwie fließt sie in ihre eigenen Augen, wie ein Strom, der sich sein eigenes Flußbett sucht, und ihr

Schicksal ist besiegelt. Je weniger er sie liebt, desto mehr wird sie ihn lieben.

Um drei Uhr morgens klopft es am Tor des Turmes. Es ist die Polizei. Mary Fisher ruft die Anwälte in ihrem teuren Hotel an, aber die verstehen nicht, was sie sagt. Der Übersetzer ist nicht da. Bobbo wird abgeführt.

Am Morgen taucht der Übersetzer auf und sagt: »In neun von zehn Fällen kommt es zu Verhaftungen. Wir tun, was wir können.« Aber es scheint geradezu bewundernswert wenig zu sein, was ihre Anwälte tun können. Sie bieten Kaution an und setzen sich hin, um sowohl den Fall als auch politisches Asyl für sich selbst vorzubereiten. Ein Land voller Mary Fishers wäre ein gefundenes Fressen für sie!

Mary Fisher bietet ein Haus auf dem freien Markt an; es ist keine gute Zeit, um Häuser zu verkaufen. Ihre Anwälte sagen, ein Haus ist nicht genug. Wie viele Häuser haben Sie? Nur drei? O Gott! Nun, das wird uns gerade so durch die Verhandlung bringen. Der Termin dafür steht in neun Monaten an. Solche Verzögerungen sind in den heutigen Zeiten unvermeidbar. Der zuständige Richter ist ein gewisser Henry Bissop, ein unberechenbarer, populärer und vielbeschäftigter Mann. Aber sie werden tun, was sie können, um Bobbo auf Kaution herauszubekommen, damit er in Mary Fishers Arme zurückkehren kann.

Garcia stattet Mary Fisher jetzt keine nächtlichen Besuche mehr ab. Er hat jegliche Lust auf Mary Fisher verloren. Er genießt es, ihr Weinen zu hören. Warum sollte er versuchen, ihre Tränen zu trocknen?

Mary Fisher liegt nachts einsam und allein wach und weint um Bobbo. Er ist ihr Kind, ihr Vater, ihr ein und alles. Ihr einziger Trost ist, daß er sie im Gefängnis wohl kaum betrügen kann.

Jenseits des Turmes ziehen die Sterne weiter ihre Bahnen, als wäre auf Erden nichts geschehen. Mary Fisher fragt sich, ob Bobbo von seiner Zelle aus den Himmel sehen kann und ob er an sie denkt. Wenn sie ihn besucht, kommt das irgendwie nie zur Sprache.

23

Richter Bissop lebte in einem Luxushaus auf einem Hügel mit Blick über die Stadt. Das Haus war mit einer Art rötlichem, grobem Zement gebaut worden, den man in Imitation feuchter Backsteine auf Hochglanz poliert hatte. Es stand auf einer grünen Plastikgrasfläche, die zur Pflege lediglich gespritzt und nicht gemäht werden mußte. Der Richter fürchtete sich vor Einbrechern, weil er soviele kannte, deshalb war das Haus mit Schlössern und Riegeln und Gittern gesichert, doch man hatte aus der Not eine Tugend gemacht und alles in von Meisterhand gefälschter, komplizierter Schmiedeeisenarbeit gefertigt. Aus einer Perspektive wirkte es wie ein Schloß, aus der anderen wie ein Bungalow.

Drinnen lagen die dicksten Purpurteppiche, die man sich vorstellen konnte; die vielen kleinen Lampenschirme waren aus feinstem, mit Goldkordel besetztem Pinksatin, und die wuchtigen Sofas waren aus teuerstem Leder. Die Wände bestanden aus glänzendem Mahagonifurnier oder karmesinroter Samttapete, von der Art, wie man sie in indischen Restaurants findet. Das war Lady Bissops Geschmack, nicht der des Richters, doch in diesem Punkt, wenn schon in keinem anderen, ließ er ihr ihren Willen. Er beobachtete gern den Ausdruck auf den Gesichtern seiner Besucher, wenn er sie ins Wohnzimmer führte, das kurze, schnell unterdrückte Flackern der Bestürzung. Er galt als weise, und das beruhte auf der Beobachtung solch flüchtiger Gesichtszuckungen im Gerichtssaal und seiner schnellen Interpretation; davon konnte er gar nicht genug kriegen.

Es nützt nichts, dachte der Richter, wenn man eine natürliche Begabung dafür hat, Lügner zu durchschauen – man muß daran arbeiten, es weiterentwickeln, das Reiben am Ohrläppchen, das Lecken der Lippen, das kurze Abgleiten der Augen genau beobachten.

»Gefällt Ihnen die Einrichtung?«

»Aber ja, Richter. Wunderbar!«

»Alles Einfälle meiner Frau. Sie ist in der Hinsicht sehr talentiert, finden Sie nicht?«

»Aber gewiß doch, Richter.«

»Und ist sie nicht ein süßes Mädchen?«

»Bestimmt ist sie das. Sie können sich glücklich schätzen, Richter.«

Lügen, nichts als Lügen!

Lady Bissop war zwar beträchtlich jünger als ihr Mann, jedoch alles andere als eine Schönheit. Aus diesem Grund hatte er sie sich ausgesucht. Er fürchtete die Verführung schöner Dinge: Er fürchtete die Ironie des Lebens. Er hatte zuviel davon gehört und gesehen. Geh in ein Konzert, und ein Dieb rennt mit deiner Harfe weg. Laß deine Frau porträtieren, und sie brennt mit dem Maler durch. Bestaune zu lange die Schönheit einer Blume, bewundere die Natur der Schöpfung, und schon gleitet dir das Universum aus den Händen, und du wirst von allen möglichen zufälligen Ereignissen überrumpelt. Falls Richter Bissop eine Vorstellung von Gott hatte, dann die eines himmlischen Drehbuchschreibers, der ein Skript nach dem anderen für zweitklassige Filme herunterspulte, angehäuft mit Zufällen, unwahrscheinlichen Ereignissen und unglaublichen Motiven.

Lady Bissop gehörte also nicht zu der Sorte Frau, mit der Maler durchbrennen oder wegen der Troja dran glauben mußte; sie hatte eine große Nase, ein fliehendes Kinn, ziemlich stumpfe Augen und einen ständig enttäuschten Gesichtsausdruck. Sie hatte dem Richter zwei Söhne geboren, die ihr ähnelten und sehr ruhig und anständig waren. Der Richter disziplinierte sie in der gleichen Art und Weise, in der er als Kind diszipliniert worden war. Das heißt, wenn sie ihn ärgerten, raffte er an sich, was ihm gerade in die Finger kam – Sand, Erde, Salz –, und stopfte es ihnen in den Mund. Es war unbequem, aber (bis zu einem gewissen Grad) eine sichere Sache, schnell und effektiv. Als die Kinder älter wurden, achteten sie sehr darauf, ihn nicht zu verärgern oder zu stören. Er war der Meinung, das trüge nur zu ihrem Glück bei, und falls Lady Bissop dem nicht zustimmte, so sagte sie jedenfalls nichts dazu.

Der Richter sah selbst mit seinen sechzig Jahren noch großartig aus: hochgewachsen und breitschultrig, mit ebenmäßigen Gesichtszügen, sehr beherrscht. Sein volles schneeweißes Haar ließ er wöchentlich schneiden. Wenn die gesamte Richterschaft fotografiert wurde, dann schob man Richter Bissop in den Vordergrund, denn er sah genau so aus, wie ein Richter sein sollte – vornehm, weise, entschlossen, aber gütig.

Der Richter nahm seine Arbeit ernst. Er wußte, daß er über dem gewöhnlichen Jedermann stehen mußte, daß er sich vor Irrtümern hüten und vor Korruption schützen mußte. Er wußte, welch seltener, besonderer Mensch er war, wie wenige nur geeignet waren, die feine Klinge der Justiz in dem verletzlichen Kern der Gesellschaft zu schwingen. Wie schwierig war es, das Leben eines anderen Menschen zu zerstören, der einem persönlich nichts getan hatte, wie merkwürdig, seine Zeit in jährlichen Brocken zu stehlen – zwölf Monate für dies, achtzehn für das, ein Dutzend Jahre für jenes. Wie beunruhigend, sagen zu müssen, das ist schlecht, dies ist schlimmer, dafür wirst du teuer bezahlen! Aber so war es nun mal. Und es war, wenn es dazu kam, eine Berufung. Er war dazu geboren worden.

Die Familienmitglieder des Richters hatten die entsprechende Rolle zu spielen; das war ihre vom Schicksal auserwählte Strafe dafür, daß sie einem so außergewöhnlichen Manne nahe sein durften. Sie mußten sorgfältig darauf achten, ihn nachts nicht zu wecken, ihn mit Forderungen nicht zu ermüden oder ihn durch Gerede zu irritieren. Sie hatten einfach nur zu existieren – denn ein Mann funktioniert am besten, wenn er sich von seiner häuslichen Umgebung aus, in der seinen rastlosen sexuellen und fruchtbaren Energien alle Freiheiten gewährt werden, in die Welt hinauswagen kann.

Lady Bissop hatte viele Nächte damit zugebracht, mit weinenden Kleinkindern auf dem Arm in den vom Schlafzimmer des Richters aus entferntesten Winkeln des Hauses auf und ab zu gehen; als die Kinder älter wurden, hatte sie frühmorgens mit ihnen geflüstert, damit ihr kindliches

Geplapper ihn nicht weckte. Und warum auch nicht? Hing nicht die Zukunft irgendeines armseligen Gauners von seiner morgendlichen Laune ab? Fünf Jahre Gefängnis oder fünfzehn?

Richter Bissop verdrängte den Gedanken, er sei von Ebbe und Flut des normalen Lebens abgeschnitten. Er mußte seinen Finger am Pulsschlag der Zeit, mußte ein Ohr für das Grollen der öffentlichen Meinung haben. Trotz allem war er schließlich ein Diener der Öffentlichkeit; doch er mußte geschickt vorgehen, mußte vorausblicken. Sprang er jetzt hart mit einem Vergewaltiger um, dann würde er den Tag verhindern, an dem die Massen die zwangsweise Kastration aller Sextäter forderten. Begegnete er einem Bigamisten mit Nachsicht, so schob er das Morgen hinaus, an dem alle Ehegesetze rückgängig gemacht wurden. Die Stimme des Volkes mußte gehört werden – aber wie sollte man sie hören, wenn die Leute darauf beharrten, daß ihre Richter außer Hörweite auf einem Thron saßen, mit Perücken bekleidet, in Gerichtssälen, die mehr Theatern glichen als Räumen allgemeiner Beratung?

Deshalb las der Richter Massenblättchen, wann immer er die Zeit dazu fand, und betrieb, wann immer er konnte, leichte Konversation mit den wenigen Exemplaren der öffentlichen Massen, die seinen Weg kreuzten – Zeitungsverkäufer, Kellner, sein Friseur, Programmverkäuferinnen in der Oper, Mitglieder seines Hauspersonals.

Über eine Arbeitsvermittlung hatte seine Ehefrau vor kurzem eine sehr große, häßliche Frau namens Polly Patch eingestellt. Ihre Referenzen waren ausgezeichnet; sie besaß zwei Zeugnisse in Allgemeiner Fortbildung und ein Zeugnis in Kinderpflege (fortgeschritten). Seine Frau hatte sie als bei ihnen wohnende Hausgehilfin angeheuert.

Der Richter glaubte nicht, daß sie sich lange halten würde. Bei Einstellungen und Entlassungen von Personal war Lady Bissop sehr impulsiv. An einem Tag, an dem sie sich einsam fühlte, vertraute sie einem Dienstmädchen ihre Sorgen an, am nächsten Tag, wenn es ihr besser ging, beschwerte sie sich darüber, ausgenutzt zu werden, und verlangte die sofortige Entlassung. Dagegen ließ sich nichts tun: Hauspersonal ist abhängig von den Launen jener, die sie zu versorgen haben. Der Richter hoffte, daß Polly Patch wenigstens einen Monat bleiben würde. Er fand häßliche Menschen interessant. Es schien ihm, als hätten sie Zugriff auf eine Realität, auf ein Wissen, das ihm vorenthalten blieb. Sein Weg durch die Welt, so meinte er, war zu eben und einfach gewesen, bedingt durch sein gutes Aussehen, seine Herkunft, seine Intelligenz. Er war der ganze Stolz seiner Eltern, seiner Schule, seines Berufsstandes, aber wo blieb *er* als Person? Er glaubte, daß Polly Patch, mit dem niederen Dienst eines Kindermädchens betraut, sehr wohl die Geheimnisse der Realität in ihren klobigen Fingerspitzen haben und bereit sein könnte, sie an ihn weiterzugeben. Dann würde er wissen, was wirklich vor sich ging. Ein Mann, selbst ein Richter, mußte etwas haben, woran er sich messen konnte, wenn er erfahren wollte, was für ein Mensch er war. Wenn der Richter seiner Frau und seinen Kindern gegenüber nur mit den Fingern schnippte, dann verschmolzen sie praktisch mit der Tapete; sie verschwanden. Es war schwer, Polly Patch verschwinden zu lassen; ihre Oberfläche war wie Schmirgelpapier, die grobe Sorte, die sich nicht leicht glattreiben ließ.

Zu seiner Erleichterung gab es keinen Hinweis darauf, daß Miss Patch seine Frau ausnutzen wollte. Entlassungsgefahr schien nicht zu bestehen. Wenn überhaupt, so schien Lady Bissop eher etwas Ehrfurcht vor ihr zu haben. Polly Patch hatte ziemliche Glotzaugen, die gelegentlich leicht rosa glitzerten – was vielleicht nur an Lady Bissops Vorliebe für rosafarbene Beleuchtung lag –, jedoch nichtsdestoweniger Respekt erzeugten.

Sie mochte, so schätzte der Richter, die doppelten Ausmaße haben wie seine Frau, war aber auch doppelt so intelligent. Zweifellos minderte ihr Aussehen ihre Chancen auf dem Arbeits- und Heiratsmarkt, weshalb sie sich mit der Rolle des Kindermädchens zufriedengeben mußte. Vielleicht aber sehnte sie sich, wie die meisten anderen Frauen, auch lediglich nach einem Heim, Sofas und Betten und

Kaminfeuer und abgeschlossenen Türen als Schutz gegen nächtliche Eindringlinge, nach dem täglichen Ritual von Arbeit und Muße und dem sanften Summen der Waschmaschine. Da sie das aber für sich nicht erreichen konnte – denn in den unteren Gefilden der Gesellschaft läßt sich das nur mit dem Geld und der Zustimmung eines Mannes schaffen –, tat sie das Zweitbeste und nistete sich als Dienerin im Haus anderer Leute ein.

Anfangs mißtraute der Richter diesem neuen Mitglied seines Haushalts ein wenig. Die Männer und Frauen, die vor ihm zu erscheinen hatten, die Kriminellen, die Bösewichter, die Verlierer, besaßen in der Regel ein wenig anziehendes Äußeres (andernfalls standen ihre Chancen auf Freispruch wesentlich besser). Er wußte, die Annahme, alle häßlichen Menschen wären Verbrecher, weil alle verurteilten Verbrecher häßlich waren, war falsch, doch das unangenehme Gefühl blieb, daß es genau so war. Vielleicht gehörte sie zu einer Räuberbande, sollte hier alles auskundschaften und all seine irdischen Güter stehlen? Mit der Zeit bezweifelte er das jedoch. Sie besaß Geschmack; sie wendete die Bettbezüge der Kinder, so daß sie nun goldfarben anstatt leuchtend braun waren und er sich nicht mehr innerlich krümmen mußte, wenn er in ihr Zimmer kam, um ihnen den Gutenachtkuß zu geben. (Das war das Abendritual; er wußte sehr wohl, daß sie sich nur schlafend stellten. Warum sollte sich seine Familie vom Rest der Welt unterscheiden, warum sollte sie weniger zu Betrug und Täuschung neigen?) Und wenn auch Geschmack an sich nicht gegen kriminelle Aktivitäten sprach, so sprach es doch auch nicht dafür. Im Gegenteil, Leute mit Geschmack waren meist das Opfer – der Beraubte, nicht der Räuber. Allmählich vertraute der Richter ihr. Ihm gefiel die Art und Weise, wie sie sich lässig die Kinder unter den Arm klemmte und sie schnell aus seiner Hörweite schaffte, wann immer sie stritten und jammerten.

Sein Herz gewann Polly Patch schließlich wegen der Sache mit der Erdnußbutter. Henry Bissop, irrational und reizbar, von der mangelnden Intelligenz jener, mit denen er leben und arbeiten mußte – also vom Rest der Welt –, zu Unvernunft und Zorn getrieben, duldete in seinem Haus keine Erdnußbutter. Unglücklicher- und unklugerweise war er vor kurzem von einer Gruppe von Sozialstatistikern, die die Ursachen des Verbrechens untersuchten, darauf aufmerksam gemacht worden, daß die Mehrzahl der Leute, die Verbrechen begingen, um die Tatzeit herum ungewöhnliche Mengen Erdnußbutter gegessen hatten.

Solche Pseudostatistiken erzürnten ihn – für den Richter war es offensichtlich, daß die fragliche Erdnußbutter im Gefängnis während des Wartens auf die Gerichtsverhandlung verzehrt worden war (Erdnußbutter war ein Hauptbestandteil der Gefangnisnahrung); die Studie hatte als Zeitpunkt für die Feststellung der kriminellen Energie den Moment der Verurteilung für die Tat hergenommen, nicht die Tatzeit selbst, ein Punkt, der den Erstellern dieser speziellen Studie entgangen war. Wenn also Verteidiger diese oder andere passende, aber irreführende Statistiken anführten, um ihre Mandanten in einem günstigeren Licht erscheinen zu lassen oder die Schuld der Gesellschaft anzulasten, dann brauchte der Richter den betreffenden Anwalt lediglich scharf anzuschauen und zu sagen: »In meinem Haus gibt es keine Erdnußbutter. Ich möchte nicht, daß meine Kinder kriminell werden.« Das brachte die Anwälte stets in Verwirrung. Es war ein Scherz von ihm, aber sie fanden ihn kein bißchen komisch.

Der Richter hegte unterschwellig die Hoffnung, daß seine Frau Maureen eines Tages gegen den häuslichen Erdnußbutter-Erlaß aufbegehren und die angebotene Statistik in Frage stellen würde, denn Erdnußbutter war die Lieblingsspeise seiner Kinder; aber sie tat es nie, genausowenig wie seine Anwälte. Vielleicht war es zuviel verlangt, daß sie da Intelligenz zeigen sollte, wo selbst hochqualifizierte Anwälte versagten. Nichtsdestoweniger krümmte er sich und stöhnte angesichts ihrer Verständnislosigkeit und bestrafte sie dafür mit einem erdnußbutterlosen Heim.

Lady Bissop war mit den Jahren sogar noch fügsamer, nachgiebiger und weniger streitlustig geworden. Er hatte das Gefühl, sie verwandle sich wieder in ein Kind, sie wachse zurück, so wie andere heranwachsen. Er befürchtete, daß er sich schon eines nahen Tages dabei ertappen würde, daß er ihr Salz in den Mund stopfte, als wäre sie seine Tochter und nicht seine Frau. In dem Versuch, sich seine Frau als ordentlich funktionierende weibliche Erwachsene zu bewahren, und um zu verhindern, daß sie sich in ein vorpubertäres Mädchen zurückentwickelte, unterwarf er sie extremen Sexualpraktiken; zumindest erklärte er es später Polly Patch gegenüber so. Solange er mit seinen Zähnen ihre Brustwarzen bearbeitete, daß sie aufschrie, würden ihre Brüste nicht verschwinden. Solange er an ihren Schamhaaren zupfte und zerrte, würden sie weiter wachsen. All das war nur zu ihrem eigenen Besten.

Eine weitere Kehrseite des Richtertums, so erklärte er Polly, waren die sadistischen Energien, die durch das Richteramt stimuliert wurden. Der gleiche Schuß Schmerz und Lust, der bei der Beschreibung eines gewaltsamen Todes oder eines scheußlichen Unfalls durch die Lenden des Zuhörers schießt, fährt auch jenen in die Lenden, die berechtigt sind, Schmerzen aufzuerlegen und Urteile zu verkünden. Weil die Richterschaft normalerweise alt und kraftlos ist, verpufft der Schuß Lust, der nach einem sexuellen Ventil schreit, so gut wie unbemerkt. Doch Richter Bissop war energiegeladen und sexuell aktiv, und so war Lady Bissop als Ehefrau auf Gnade und Ungnade den Forderungen des Berufes ihres Mannes ausgeliefert. So wie die Frau eines Arztes ans Telefon gehen muß und die Frau eines Seemanns sich mit dessen Abwesenheit abfinden muß, so muß die Frau eines Richters sich mit der Grausamkeit ihres Mannes abfinden.

Sowohl in ihrem als auch in seinem eigenen Interesse sparte sich der Richter die Urteile eines Monats auf und verkündete alle in einer Woche, nach der Lady Bissop dann zu zerschlagen war und aus zu vielen Schrammen blutete, um zum Frühstück herunterzukommen, und mindestens die nächsten drei Wochen benötigte, um sich wieder zu erholen. Er war nicht unvernünftig. Sie hatte sich Status und Geld gewünscht, die der Frau eines Richters zustanden; nun mußte sie zu den Vorteilen auch ein paar Nachteile in Kauf nehmen.

Nach und nach vertraute der Richter all das und noch mehr Polly Patch an. Nach der Art und Weise, wie sie die Sache mit der Erdnußbutter behandelt hatte, besaß sie sein volles Vertrauen. Sie hatten in dem Purpurwohnzimmer am flackernden Gasfeuer gesessen, die Kinder waren zu Bett gegangen, und Lady Bissop hatte sich in ein langes heißes Bad versenkt.

»Sie mögen sich gewundert haben, weshalb ich in diesem Haus keine Erdnußbutter dulde!« sagte der Richter schließlich. »Der Grund dafür ist, daß viele Leute, die wegen gewalttätiger Verbrechen verurteilt wurden, in der Zeit davor sehr viel davon gegessen haben.«

Polly Patch dachte eine Weile darüber nach. »Vielleicht liegt das daran«, sagte sie, »daß die meisten Leute, die wegen gewalttätiger Verbrechen vor Gericht erscheinen, seit Wochen, Monaten oder sogar Jahren – heutzutage sind unsere Gefängnisse so furchtbar überfüllt – in Haft sind, und Erdnußbutter ist zweifellos ein Hauptbestandteil der Gefängniskost, so billig und proteinreich, wie sie ist. Erdnußbutter spielt nicht die geringste Rolle, wenn es um Verbrechen geht oder um den Charakter des Kriminellen. Ihre Kinder können sie unbesorgt essen!«

Der Richter hatte ihre große Hand warm und herzlich gedrückt; er spürte, daß er sich ihr anvertrauen konnte. Sie achtete auf den Inhalt dessen, was gesagt wurde, nicht auf den Status des Sprechers. Das kam selten vor. Er schätzte sie sehr. Hätte er nicht bereits Maureen geheiratet, so dachte er, dann hätte er sehr wohl auch Polly Patch nehmen können. Wie angenehm, dachte er, jemanden zu haben, der einem nahestand und der nicht vor Ehrfurcht im Boden versank. Sie waren auch gleich groß, was ihm durchaus gefiel. Er wußte, daß er dazu neigte, Leute fertigzumachen, die kleiner waren als er, und davon gab es viele, besonders Frauen.

Der Richter sah sich nun in der Lage, seine Fälle mit ihr zu diskutieren, was ihm die Bürde der Urteilssprechung viel leichter erscheinen ließ und viel weniger sexuell stimulierend, was auch Lady Bissop zugute kam, was wiederum den Richter von Angst entlastete, ihn allerdings melancholisch stimmte – eine mehr passive, erfreulichere Version unangenehmer Gefühle, die einen Mann nicht zum Handeln, sondern zur Kontemplation treibt.

»Schaukel und Karussell«, sagte er traurig. »Die Summe menschlichen Elends ist immer gleich – und der Richter hat den Job, es etwas umzuverteilen, dorthin, wo es am besten aufgehoben ist. Was du hier an Gerechtigkeit dazugewinnst, verlierst du dort wieder. Meine Frau ist zufällig gerade die, die verliert. Gerechtigkeit ist eine Wippe, und ich bin an ihrem Drehpunkt. Gerechtigkeit sitzt an einem Ende und Lady Bissop am anderen, und sie bewahrt sie nicht davor, mit einem Rums runterzukommen!«

Er erzählte von einer Frau, die ihren Mann über eine Periode von drei Jahren hinweg langsam vergiftet hatte. Doch der Mann hatte seine Frau durch seine Grausamkeit über eine viel längere Zeitspanne hinweg langsam umgebracht – ungefähr sechs oder sieben Jahre. An dem Tag, an dem ihr Krebs diagnostiziert wurde, hatte sie begonnen, das Gift einzusetzen. An dem Tag, an dem er starb, ging der Krebs zurück. Was hielt Polly Patch davon?

Polly Patchs Augen glitzerten; sie sagte, am Ende kommt der Tod zu jedem. Wie man lebte, darauf kam es an.

»Hätte sie auf unzurechnungsfähig plädiert, dann hätte ich sie wenigstens in ein sicheres Heim für Geisteskranke schicken können«, sagte der Richter, doch Polly Patch hielt das für keine gute Idee. Sie diskutierten, ob die Mörderin zu sieben, fünf oder drei Jahren Gefängnis verurteilt werden sollte. Wenn es um Mord geht, scheint man ungerade Zahlen geraden vorzuziehen. Der Vorsatz sprach gegen sie, die vorausgegangene Provokation für sie. Nach dem Gesetz mußte irgendeine Strafe verhängt werden, sonst wäre das ganze Land mit Leichen von Ehemännern übersät; doch gleichzeitig durfte die Strafe nicht zu schwer sein, sonst würden tote Ehefrauen zu einem noch größeren Problem, als sie es ohnehin schon waren.

Sie einigten sich auf drei Jahre. Aus einigen Bemerkungen des Richters war deutlich Sympathie herauszuhören, so daß sie wahrscheinlich frühzeitig Bewährung erhalten würde.

»Richten, das ist wie Aufsätze benoten«, sagte Polly Patch. »Von Eins minus bis Sechs plus.«

»So ähnlich«, sagte der Richter, »bloß viel aufregender.«

Bald nachdem sie angefangen hatte, bat Polly Patch um Beurlaubung für Zahnarztbesuche; jedes Mal, wenn sie zurückkam, fehlte ihr ein Zahn entweder völlig oder war bis auf den Stumpf abgeschliffen.

»Hoffentlich haben Sie einen guten Zahnarzt«, sagte Lady Bissop vorsichtig. Sie fragte sich, weshalb Pollys große, doch offensichtlich gesunde Zähne gerissen werden mußten, wollte aber aus Angst, sie zu kränken, nicht direkt danach fragen. Sie wünschte nicht, daß Polly kündigte, sondern hoffte ganz im Gegenteil, daß Polly für immer blieb. Der Richter mochte sie, und unter ihren Fittichen blühten die Kinder auf und machten einen glücklichen Eindruck, der Haushalt lief reibungslos, und der Richter, nach seinen Gesprächen mit Polly nun weniger nervös bezüglich seiner Rechtsprechung, ließ sie, Lady Bissop, nachts in Ruhe. Seine heftige Leidenschaft für Fesseln und Peitschen hatte er so gut wie vergessen, wofür sie – nachdem sie die ursprüngliche Demütigung, daß ihr Hausmädchen ihr vorgezogen wurde, wenn es um Konversation ging, überwunden hatte – eigentlich nur dankbar sein konnte.

»Den besten Zahnarzt in der Stadt«, sagte Polly mit belegter Stimme. »Und ganz sicher den teuersten.«

»Was genau lassen Sie machen?« erkundigte sich Lady Bissop vorsichtig.

»Ich laß meinen Kiefer neu modellieren«, sagte Polly. »Im Hinblick auf meine Zukunft.« Und Lady Bissop dachte: Armes Ding, was soll das nützen? Wenn die Kieferlinie nicht mehr so vorspringt, dann schaust du mit der Stirn mehr denn je wie Frankenstein aus.

»Ich nehme an, Sie haben recht, wenn Sie versuchen, die Natur zu verbessern«, sagte sie zweifelnd.

»Es ist keine Frage des Rechts«, sagte Polly bestimmt. »Es ist einfach etwas, das ich mir in den Kopf gesetzt habe. Nur ärgerlich, daß alles so lange dauert. Aber egal. Ich setze die Zeit nutzbringend ein.«

»Gott hat uns für einen bestimmten Zweck das Leben geschenkt«, sagte Lady Bissop. »Wir sollten uns mit dem abfinden, was Er uns gibt, soweit es Nase, Zähne und ähnliches betrifft.«

»Seine Wege sind mir viel zu geheimnisvoll«, sagte Polly, »als daß ich mich weiterhin mit ihnen abfinden möchte.«

Lady Bissop war in dem Glauben erzogen worden, daß es Aufgabe einer Frau war, sich den Zeiten anzupassen, in denen sie lebte, ebenso wie dem Haushalt, in dem sie hauste; Gott verwirklichte seine Absichten mit dem stillschweigenden Einverständnis der Demütigen und Gläubigen, da gab es gar keine Diskussion. Erschrocken bekreuzigte sie sich. Trotzdem wollte sie Polly nicht verlieren.

»Solange es den Kindern keine Angst einjagt«, sagte sie, »kann ich wohl nichts dagegen einwenden.«

Pollys klaffende Zahnlücken schienen die Kinder durchaus fröhlich zu stimmen. Sie spähten in die schwarze Höhle ihres Mundes und kreischten vor Vergnügen: Drachen hausten da unten, erklärten sie. Drachen und Dämonen. Sie malten Bilder von Dämonen und Drachen, und Polly heftete sie an die Wände. Lady Bissop sorgte sich, die Kinder könnten Alpträume bekommen, was nie der Fall war. Der ganze Haushalt verbrachte die Nacht in friedlichem Schlummer: Richter, Ehefrau, Kindermädchen, Kinder und was sonst noch dazugehörte.

Die Kinder gingen um acht Uhr zu Bett, Lady Bissop folgte zum zehn. Der Richter und Polly saßen bis Mitternacht gemeinsam vor dem Feuer, und die Dinge nahmen ihren Lauf.

Richter Bissop hatte einen besonders interessanten Fall vor sich, den er ausführlich mit Polly diskutierte. Der Fall hing seit Monaten in der Schwebe; die Anwälte des Angeklagten hatten ihre Verteidigung aufzubauen versucht und waren gescheitert. Die Lebensgefährtin des Angeklagten mischte sich ständig ein, entließ Anwälte und heuerte neue an.

»Loyalität bei Frauen ist eine verblüffende Sache«, sagte der Richter. »Je schlimmer der Mann, desto blinder die Frau. Das ist mir häufig aufgefallen.«

Der Fall betraf einen Steuerberater, der seine Klienten seit Jahren in Kleinigkeiten betrogen hatte – der Zinsen für verwahrte Kundengelder nicht weitergeleitet oder diese Gelder ungebührlich lange behalten hatte. Das war eine unter Steuerberatern weitverbreitete Praxis. Die Versuchung war groß, vor allem in Zeiten hoher Zinsraten, aber rein technisch gesehen natürlich illegal. Später jedoch hatte der Gauner sich noch viel Schlimmeres geleistet: Er hatte ihm anvertraute Klientengelder für kurzfristige Devisenspekulationen mißbraucht, wobei er jedoch eine glückliche Hand bewies, ein unheimliches Gespür für Währungsentwicklungen. Seine Klienten bekamen selbstverständlich von den Gewinnen nichts zu sehen; sie verschwanden aus den Büchern und landeten höchstwahrscheinlich in seiner Tasche.

Der Steuerberater beteuerte seine völlige Unschuld an diesen früheren Vergehen und behauptete, jemand habe seine Bücher gefälscht. »Diese Weiße-Kragen-Verbrecher«, bemerkte der Richter, »sind stets sehr hartnäckig, wenn es um das Leugnen ihrer Schuld geht. Sie vertrauen auf ihre Fähigkeit, der Welt was vormachen zu können. Im Gegensatz dazu sind einfache Arbeiter nur zu schnell zu einem Geständnis bereit, ja manchmal gestehen sie sogar mehr als notwendig – und liefern sich dann der Gnade des Gerichts aus.«

Das Haus des Steuerberaters war niedergebrannt und mit ihm viele seiner Akten und Aufzeichnungen, was die ganze Angelegenheit noch konfuser machte.

»Wie passend!« bemerkte Polly, und sie und der Richter lachten wissend.

»Die Unverfrorenheit dieses Mannes kennt keine Grenzen«, sagte der Richter. »Nachdem seine ersten Veruntreuungen nicht entdeckt worden waren, machte er mit Unterschlagungen im großen Stil weiter. Innerhalb weniger Monate transferierte er gewaltige Summen – bis zu einer Million Dollar – auf sein eigenes Konto und von dort aus weiter auf das Schweizer Bankkonto einer jungen Frau, mit der er eine Affäre hatte.«

»Seine Geliebte!« sagte Polly. »Ich vermute, er wollte unter falschem Namen mit ihr ein neues Leben beginnen?«

»Der Schluß liegt sicherlich nahe.«

»Was ist mit seiner armen Frau?« erkundigte sich Polly. »Ich denke doch, daß er verheiratet war. Solche Leute sind gewöhnlich verheiratet.«

»Sie verschwand vor längerer Zeit, gleich nach dem Brand.«

»Wie passend«, sagte Polly. »Ich denke, er hat Glück, daß er nur wegen Unterschlagung vor Gericht steht und nicht auch wegen Brandstiftung und Mord!«

»Ein Mann mit beträchtlicher sexueller Energie«, sagte der Richter, streckte seine langen Glieder und starrte auf ihre schweren, flaumigen Beine. Sie trug weiße Socken und weiße flauschige Slipper, was in scharfem Gegensatz zu ihrer dunklen Haut und ihrer allgemeinen Kantigkeit stand und ihn über die Grenze zwischen Realität und Illusion nachsinnen ließ; sein Geist verharrte in einer neugierigen Spannung, die sich nur, so begann er zu erkennen, durch gewalttätigen körperlichen Kontakt mit ihr lösen ließ, durch eine Art sexuelles Verprügeln.

»Kaum war er seine Frau los, zog er zu seiner Geliebten, einer Autorin von Schundromanen. Ich muß meine Frau fragen, ob sie welche gelesen hat. Doch während der ganzen Zeit plante er die große Flucht, das neue Leben, mit einer ganz anderen Frau und vom Geld seiner Klienten.«

»Schaut nicht gut aus für ihn«, sagte Polly Patch.

»Bestimmt nicht«, sagte der Richter. Ihre Brüste waren größer als das Leben. Nun, sie ebenfalls.

»Und was ging schief?«

»Irgend etwas. Wahrscheinlich brannte seine Schweizer Geliebte mit dem Geld durch. Vielleicht wartete er auch auf einen Anruf von ihr, wir wissen es nicht. Die Buchprüfer kamen, wurden mißtrauisch, die Polizei wurde gerufen, und das war's dann.«

»Trau niemals einer Frau«, bemerkte Polly Patch, und der Richter war froh, daß sie altmodisch genug war, um solche sexistischen Bemerkungen von sich zu geben, die einst Unterhaltungen zwischen den Geschlechtern so belebt hatten.

»Das alles ist natürlich die Perspektive der Anklage«, sagte Polly.

»Vermutlich«, sagte der Richter, »aber es wird der Verteidigung schwerfallen, das zu durchlöchern.«

»Ich hoffe, er kommt damit nicht durch«, sagte Polly. »Hört sich so an, als wäre er ein abscheulicher, gefährlicher Mann.«

Der Richter starrte in den dunklen Höhleneingang ihres Mundes. Sie sprach mit dumpfer, belegter Stimme. Seine Frau hatte ihm erzählt, daß Polly falsche Zähne eingepasst bekäme, wenn der Gaumen abgeheilt war, zumindest als vorläufige Maßnahme bis zu der kosmetischen Operation, bei der ihr ein Stück des Kiefers entfernt werden würde. Es drängte ihn, darüber zu sprechen.

»Schmerzt es?« fragte er schließlich.

»Natürlich schmerzt es«, sagte sie. »Es soll ja schmerzen. Alles, das zu erreichen sich lohnt, hat seinen Preis. Als logische Folge davon kann man fast alles erreichen, wenn man bereit ist, den Preis dafür zu bezahlen. In diesem speziellen Fall bezahle ich mit physischem Schmerz. Hans Christian Andersens kleine Meerjungfrau wollte Beine anstatt eines Schwanzes, damit sie ihren Prinzen richtig lieben konnte, und logischerweise entstand oben ein Spalt, und danach hatte sie bei jedem Schritt das Gefühl, auf Messer zu treten. Nun, was hatte sie erwartet? Das war die Strafe. Und genau wie sie begrüße ich den Schmerz. Ich beklage mich nicht.«

»Liebte er sie dafür?« fragte der Richter.

»Vorübergehend«, sagte Polly Patch. Der Schein des Feuers ließ ihr schwarzes Haar rötlich glänzen. Der Richter nahm ihre Hand in die seine. Sie sah aus, als müßte sie warm sein, doch sie war kalt. Sie brachte das Gespräch wieder auf den Steuerberater.

»Denen man am meisten vertraut«, sagte Polly Patch, »die versündigen sich auch am meisten, wenn sie dieses Vertrauen verraten.«

»Aber ihre Versuchungen sind auch größer«, sagte der Richter. »Gerechtigkeit muß immer auch eine Spur Mitleid und Verständnis beinhalten.«

»Wieviel Mitleid hatte er mit seinen Klienten?« fragte Polly, deren Finger sich mit überraschender Zartheit in seiner Hand bewegten. »Und dabei handelte es sich um Schriftsteller, Künstler, Menschen, die kaum geeignet sind, in einer grausamen Welt für sich selbst zu sorgen.«

Der Richter, vor dem häufig Schriftsteller in der Rolle von Plagiatoren und Verleumdern standen, war nicht so überzeugt davon, daß sie viel Mitleid verdienten.

»Welche Strafe werden Sie ihm geben?« fragte sie. Sie saßen nun näher beisammen, sein knochiger, in grauem Flanell steckender Oberschenkel drückte sich gegen ihren festen, wuchtigen Schenkel. Lady Bissop konnte nun jeden Moment von ihrem Bad zurückkehren.

»Ein Jahr oder so«, sagte er.

»Ein Jahr oder so! Aber dieser armen, verrückten, sterbenden Frau haben Sie ganze drei Jahre gegeben! Und er verdient viel, viel mehr. Ein Mann in einer Vertrauensstellung, der kalt und herzlos und mit voller Absicht betrügt und veruntreut, der überheblich auf eine Gesellschaft spuckt, die nichts weiter getan hat, als ihm zu helfen. Das wird einen Aufschrei geben! Nie werden Sie Oberster Richter werden, wenn Sie so nachsichtig sind.«

»Aber«, sagte er, »ein Jahr für einen Mann der Mittelschicht, der an gutes Leben und hohen Sozialstatus gewohnt ist, entspricht bei einem anderen fünf Jahren. Man darf doch nicht die Demütigung vergessen, die er erleidet, die Zerstörung seiner Familie, den Verlust der Freunde, Karriere, Pension, alles.«

»Gewöhnliche Leute«, sagte sie, »handeln meist impulsiv. Sie begehen ihre Irrtümer versehentlich, die Mittelklasse macht sie mit Absicht. Die Strafen sollten verdoppelt und nicht halbiert werden.«

Er legte seine andere Hand über ihren Mund, um sie am Weiterreden zu hindern, wozu er seinen Stuhl verlassen und sich über sie beugen mußte. Kaum war der Mund bedeckt, da fühlte er sich weniger gefährdet, konnte weniger leicht verschlungen werden.

Sie schüttelte ihn ab, stand mit dem Rücken zum Feuer, zeichnete sich als Silhouette gegen die flackernden Flammen ab. Ganz plötzlich stoben die Flammen hinter ihr empor, das Knacken wurde lauter.

»Sie müssen sich anhören, was ich zu sagen habe«, meinte sie, »denn ich verkörpere die Stimme des Volkes.«

»Ich höre«, sagte er. Sie stand da wie die Freiheitsstatue am Hafen von New York oder Justitia am Gerichtshof in London: das Gesetz höchstpersönlich, das feste Formen angenommen hatte. Er schenkte ihr und dem, was sie zu sagen hatte – was vielleicht ein- und dasselbe war –, höchste Aufmerksamkeit.

Lady Bissop kam herein, in dem marineblauen Morgenrock, den er am wenigsten ausstehen konnte.

»Maureen«, sagte der Richter. »Geh ins Bett!«

Lady Bissop fragte schüchtern, ob sie den Richter allein sprechen könnte. Zuvorkommend verließ Polly Patch den Raum.

»Tu bitte nichts Unüberlegtes«, sagte Lady Bissop. »Polly könnte kündigen, und wie sollte ich dann zurechtkommen? Ich verlasse mich inzwischen völlig auf sie.«

»Meine Liebe«, sagte der Richter, »ich kann, glaube ich, am besten beurteilen, was für dich gut ist.«

Beruhigt begab sich Lady Bissop zu Bett. Der Richter nahm Polly mit ins Gästezimmer, wo er sich zwei Stunden aufhielt. Er war ein pflichtbewußter Mann, der nur einen gewissen Teil der Nacht auf eine Orgie verwendete – am nächsten Morgen mußte er frisch sein. Polly verstand, wie sie so vieles verstand, und drängte ihn nicht zu bleiben.

Am nächsten Morgen saß Polly wie gewöhnlich am Frühstückstisch und ging ihren Pflichten nach, wischte Kinne ab, suchte Schnürsenkel, war optimistisch und fröhlich, und Lady Bissop hatte sich, befreit von den ehelichen Aufmerksamkeiten ihres Mannes, ordentlich ausschlafen können; ihre zahlreichen Schrammen und Abschürfungen hatten weiter heilen können, und so war sie durchaus in der Lage, die Vorteile dieses neuen Arrangements zu sehen. Sie ging sogar in die Stadt zum Friseur, so plötzlich waren ihre Laune und Moral gestiegen.

Der Richter, der in Polly eine willigere Sexpartnerin gefunden hatte als in seiner Frau, fühlte sich von aller Schuld befreit; er blickte sich in seiner Welt um und fand wenig daran auszusetzen. Fast war er glücklich. Er gestattete seinen Kindern größere Freiheiten. Sie durften im Garten spielen, nun, da seine Nervosität nachgelassen hatte, sie könnten mit einem Ball eine Pflanze beschädigen. Er beobachtete, wie seine Frau wieder in Kindlichkeit versank, aber selbst das bekümmerte ihn nicht. Er beschloß nun, seine Urteilsverkündungen gleichmäßiger über den Monat zu verteilen, und obwohl dies sein Personal in einige Verwirrung stürzte, gewöhnten sie sich schnell an die neue Ordnung. Schwer arbeitend, verbrachte der Richter nachts angenehme Stunden mit Polly, fesselte sie mit Händen und Füßen ans Bett und schlug sie mit einem altmodischen Bambusteppichklopfer.

»Tu ich dir weh?« pflegte er zu fragen.

»Natürlich tust du das«, erwiderte sie höflich.

»Ich bin kein Sadist«, sagte er einmal. »Das sind lediglich die Auswirkungen der Arbeit, die ich tue.«

»Ich verstehe«, sagte sie. »Vollkommen. Was man von dir erwartet, ist unnatürlich, und dies ist deine Reaktion darauf.«

Beinahe liebte er sie. Sie erschien im unendlich weise.

Lady Bissop beschloß, daß Purpur für die Teppiche im Farbton vielleicht doch etwas zu kräftig war, und begnügte sich mit einer lohfarbenen rötlichen Schattierung aus achtzig Prozent Naturwolle. Nach einer Weile schien sich der

Haushalt nicht viel von anderen zu unterscheiden, wenn man übersah, was sich im Gästezimmer abspielte. Lady Bissop begann sogar, einige Gäste einzuladen, als das Mißtrauen ihres Mannes ihren Freunden und Bekannten gegenüber etwas nachließ und er nicht mehr davon überzeugt war, daß sie entweder über ihn lachten oder sich im Geiste Notizen über den Aufbau des Hauses machten, um später besser einbrechen zu können.

Die Frage der Kaution für den Steuerberater tauchte auf. Polly Patch war dagegen.

»Aber er sitzt schon seit einem Jahr im Gefängnis«, sagte der Richter. »Ohne Gerichtsverhandlung!«

»Aber wir wissen doch alle, daß er schuldig ist«, sagte Polly. »Und zwar noch weit schlimmerer Dinge als Unterschlagung. Spar dir dein Mitleid für die, die es verdienen. Brave Familienväter, Arbeiter, die im Affekt gehandelt haben, bei denen man annehmen kann, daß sie ihr Wort halten – das sind die Leute, die Kaution verdient haben. Aber wird dieser Mann seiner Verpflichtung nachkommen?«

»Das Geld bringt seine Geliebte auf. Die Frau muß ein Vermögen für ihn ausgegeben haben. Wenn er bei ihr derartige Gefühle wachruft, dann kann er nicht ganz schlecht sein.«

»Im Gegenteil«, sagte Polly. »Sie liebte ihn, und er verriet sie. Er wird es wieder tun. Er lebte mit ihr zusammen, schlief aber mit anderen Frauen. Er bereitete alles vor, um sie zu verlassen. Warum sollte er nun ihr gegenüber ehrlich sein? Nein! Rette der armen Frau das Geld. Keine Kaution, sage ich! Er würde sich lediglich davonmachen.«

Der Richter lehnte den Antrag ab. Bobbo wartete weiter im Gefängnis auf seine Verhandlung.

Der Zahnarzt stattete Polly Patch mit einer Reihe leuchtender vorläufiger Zähne aus, so daß sie jetzt besser und präziser sprechen konnte. Der Richter bedauerte das eher. Ihm hatte das donnernde Grollen schlecht geformter Laute gefallen, die eine Zeitlang aus dem dunklen Labyrinth ihrer Kehle gedrungen waren. Er hatte es genossen, seine Zunge in die rauhen Lücken zu stecken, wo einst ihre Zähne gewesen waren. Allerdings sah sie jetzt ein bißchen durchschnittlicher aus; sie passte besser zu dem restlichen Haushalt.

Manchmal – aber nicht sehr oft – fragte er sich, woher Polly Patch wohl kommen und wohin sie irgendwann gehen mochte. Er war an Leute gewöhnt, die aus dem Nichts vor ihm auftauchten, in den hellen Lichtschein des Gerichts traten, bevor sie wieder in der grauen Randzone verschwanden; vielleicht eher wegen als trotz seines Berufes stellte er wenige Fragen. Er besaß keinen neugierigen, suchenden Verstand. Er brauchte gar keinen. Ein Richter wartet, bis sich die Fakten von selbst vor ihm ausbreiten. Er muß sie nicht selbst aufstöbern, das tun andere für ihn.

Eines Nachts erklärte ihm Polly Patch, daß sexuelle Energie das Universum erleuchtete; wie eine Fackel mußte sie die dunkelsten Winkel erhellen. Erst dann würde es keine Scham, keine Schuld, keinen Krieg mehr geben. Sie sagte, Schmerz und Lust wären eins, und es käme nur darauf an, das zu tun, was man wollte.

Wenn diese Worte in rauhen Tönen aus einem klaffenden Mund ausgestoßen wurden (ihre Zähne wurden gerade vom Zahnarzt nachgeschliffen), besaßen sie die Macht eines Orakels. Im nachhinein kam es ihm wie ein Orakel aus dem Hades vor, nicht vom Olymp, aus der Hölle, nicht vom Himmel. Oben im Olymp, wo er aufgewachsen war, wo die Berge der Vernunft den Himmel des Intellekts streifen, wurde nur darüber gesprochen, wie sehr die Seele litt, wenn die Sinne befriedigt waren. Polly Patch ließ das nicht durchgehen. Sie behauptete, wie auch der Teufel es getan hätte, daß Sinne und Seele eine Einheit bildeten: Befriedigte man das eine, so befriedigte man auch das andere.

Polly Patch ging auf eine Diät von 800 Kalorien täglich, verlor aber kein Gewicht. Niemand konnte es begreifen. Mit der gleichen Diät verlor Lady Bissop über zwölf Pfund im Monat und wirkte schließlich so abgezehrt, daß das sexuelle Interesse des Richters an ihr neu erwachte –

je unglücklicher sie schien, desto begehrenswerter kam sie ihm vor –, aber sie kreischte so laut, daß er wieder in das Gästezimmer zu der stoischeren und besser gepolsterten Polly zurückkehrte.

Der Fall des Steuerberaters gelangte zur ersten Anhörung. Alle waren verärgert, weil sich der Angeklagte so unkooperativ zeigte und der Polizei keine Informationen über den Aufenthaltsort seiner Komplizin zukommen ließ; auf diese Weise verhinderte er die Wiederbeschaffung des gestohlenen Geldes. Sie hatte eine Zeitlang in seinem Büro gearbeitet, war dann gefeuert worden – wahrscheinlich, um das Personal hinters Licht zu führen –, hatte ihren Mann verlassen, war nach Luzern geflogen – und von da an verlor sich ihre Spur.

»Was für einen Eindruck machte er im Gefängnis?« fragte Polly Patch.

»Unscheinbar«, sagte Richter Bissop. »Er hat die graue Haut eines Mannes, der lange Zeit im Gefängnis verbracht hat, diese schmutziggraue Färbung, die von der Gefängniskost kommt.«

»Ich möchte wetten, er ist Kaviar und Räucherlachs gewöhnt«, sagte Polly. »Der Ärmste!«

»Spar dir dein Mitleid«, sagte der Richter. »Er ist rücksichtslos und ohne jede Reue. Er beharrt auf seiner Geschichte. Er ist unglaublich stur.«

»Wieviel wirst du ihm geben?«

»Der Fall ist noch nicht verhandelt worden«, protestierte der Richter. »Wir wissen nicht, was die Jury sagen wird. Aber ich schätze, fünf Jahre.«

»Nicht genug«, sagte Polly Patch.

»Nicht genug wofür?« Er neckte sie. Er hielt den Teppichklopfer über ihr Hinterteil. Er schlug zu, und sie hatte ein hübsches Muster auf ihrem Fleisch.

»Nicht genug für meine Zwecke«, sagte sie.

»Sieben Jahre!« rief er.

»Das wird reichen!« sagte sie, und der Klopfer sauste so kräftig auf ihren Po, daß sie es ausnahmsweise mal zu spüren schien und so laut aufschrie, daß es durchs ganze Haus hallte; die kleinen Jungs wälzten sich im Schlaf herum, und Lady Bissop stieß mitten in ihrem Traum von einer Pilzsuppe, die sie gerade nachpfefferte, einen verschlafenen Seufzer aus, und draußen in der Finsternis heulte eine Eule.

»Es klingt, als ob ein Teufel die Hölle verläßt«, rief er und saugte an dem aufgeplatzten Fleisch; wer hätte schon sagen können, ob er von sich oder von ihr sprach? Er begann zu erkennen, daß er vielleicht zum Hades gehörte, wo Körper und Seele eins sind, und nicht auf den Olymp. Kriminelle müssen Risiken eingehen, aber Richter ebenfalls. Der Schmerz des einen war die Lust des anderen. Nacht für Nacht hämmerte er diese Botschaft fest, zerschlug und verwischte den Unterschied zwischen heilig und unheilig, zwischen Weiß und Schwarz, geißelte das Fleisch, um es Geist werden zu lassen.

»Natürlich«, sagte er eines Nachts zu Polly Patch, auf den Steuerberater gemünzt, der nun bei ihm zur Besessenheit zu werden schien, »könnten sie ihn dazu bringen, auf unzurechnungsfähig zu plädieren. Dann käme er auf unbestimmte Zeit in irgendeine sichere psychiatrische Anstalt, die er vielleicht nie wieder verlassen würde. Das könnte das Beste sein bei einem Mann, der nicht nur ein Betrüger, sondern aller Wahrscheinlichkeit nach auch noch ein Brandstifter und Mörder ist.«

»Ich halte es für eine Schwäche der Rechtsprechung«, sagte Polly Patch, »daß man sich für unzurechnungsfähig erklären kann. Richter müssen dem Bösen im Menschen ins Auge sehen und dürfen sich nicht in Konzepte von Geistesgestörtheit flüchten. Das Verbrechen muß gerichtet werden, nicht das Motiv oder die Ursache. Ein Richter hat die Aufgabe zu strafen, nicht zu heilen oder zu reformieren oder zu verzeihen.«

Es war lange her, daß Richter Bissop eine derart feste, klare Meinung gehört hatte. Er wertete ihre Worte als Symptom für einen Wandel der öffentlichen Meinung. Der Zeiger der Regierung hatte viele Jahre lang kräftig nach links ausgeschlagen, und die Öffentlichkeit hatte lauthals strengere Strafen für Verbrechen an Menschen als für

Eigentumsdelikte gefordert. Nun aber bebte und zitterte der Zeiger, bereitete sich auf einen scharfen Ruck nach rechts vor, und Eigentum und Geld würden wieder unantastbar und menschlicher Schmerz und Pein eine vorübergehende Angelegenheit werden. Er begrüßte das.

Als schließlich die Gerichtsverhandlung des Steuerberaters anstand, erschien es Richter Bissop nur vernünftig, daß er eine schwere Strafe erhalten sollte. Die beiden Kinder des Mannes wohnten einem Teil der Verhandlung bei, kaugummikauend und reichlich apathisch; es schien ihnen egal zu sein, was mit ihrem Vater geschah. Sie waren schlampig gekleidet und erinnerten ihn an jemanden, aber es fiel ihm nicht ein, wer das war. Er dachte, man hätte sie für diesen Anlaß besser kämmen und waschen und kleiden müssen; ihr Benehmen und ihre ganze Haltung stellten fast schon eine Beleidigung des Gerichts dar.

Angesichts des Ernstes der Anklage – kaltblütig kalkulierter Betrug durch eine Vertrauensperson – könne er nicht, so deutete er der Verteidigung gegenüber in seiner Zusammenfassung an, in Erwägung ziehen, den Haftbefehl außer Kraft zu setzen, noch die vielen Monate berücksichtigen, die der Angeklagte im Gefängnis verbracht hatte. Die Verzögerungen gingen ausschließlich zu Lasten des Angeklagten, da er sich weigerte, die moralische Verantwortung für seine Verbrechen zu übernehmen. Die Verteidigung solle bloß nicht glauben, er wäre ein nachsichtiger Richter – er war lediglich fair. Der Angeklagte hatte hartherzig seine Frau verlassen und sich zwei oder mehr Geliebte genommen, wobei er viel Leid verursachte, und obwohl das Privatleben eines Bürgers seine Angelegenheit war und das Gericht nichts anging – was die Jury bei der Urteilsfindung nicht vergessen dürfe –, so wirkte sich doch unverantwortliches Benehmen in einer Sphäre des Lebens auch auf alle anderen aus. »Mehr noch«, bemerkte er, »Eigentum ist der Dreh- und Angelpunkt, auf dem die moralische Struktur unserer Gesellschaft basiert.« Er schaute, ob die Gerichtsreporter den letzten Satz niedergeschrieben hatten; erfreut stellte er fest, daß sie es getan hatten.

Die Jury marschierte im Gänsemarsch hinaus und kam fast augenblicklich wieder zurück.

»Schuldig«, sagte der Sprecher.

»Sieben Jahre«, sagte der Richter.

Kurz nach der Verhandlung löste Polly Patch das Arbeitsverhältnis bei Lady Bissop. Der Richter kehrte von einer Sitzung in einer Kommission heim, die über eine Reform der Abtreibungsgesetze beriet – er vertrat die Ansicht, daß Abtreibung ausschließlich Sache des Staates bleiben und im allgemeinen untersagt werden sollte, da ihr meist weiße Mittelklassebabys zum Opfer fielen, an denen ohnehin Mangel herrschte –, und fand seine Frau in Tränen aufgelöst vor.

»Sie ist weg«, sagte sie. »Polly Patch ist gegangen! Ein Wagen mit Chauffeur hat sie abgeholt. Sie wollte nicht mal ihren Lohn in Empfang nehmen.«

»Dazu war sie auch nicht berechtigt«, sagte der Richter automatisch, »da sie ohne Einhaltung der Kündigungsfrist gegangen ist.« Doch auch er brach in Tränen aus, genau wie die Kinder, und in ihrem Kummer klammerten sie sich aneinander und kamen sich so nahe wie sonst nie, was sie ihr Leben lang nicht vergessen sollten.

»Ich denke, sie war uns vom Himmel geschickt«, sagte Maureen Bissop.

»Oder von der Hölle«, sagte der Richter. »Manchmal denke ich, die Hölle ist gütiger als der Himmel.« Er begann, Zweifel an Gottes grundsätzlicher Güte zu hegen.

Kurz darauf gelang es dem Richter, aus der Abteilung für Strafprozesse in die Abteilung für Steuerprozesse versetzt zu werden, worauf sein Sexualleben mit seiner Frau ruhiger, fast schon gewöhnlich wurde. Er hörte auf, die Münder seiner Kinder mit Sand und ähnlichem zu füllen, wenn sie ihn ärgerten, aus dem Gefühl heraus, daß Polly Patch das nicht gern gesehen hätte. Er und Lady Bissop bekamen sogar noch ein kleines Mädchen, das er Polly nannte, ein fröhliches, im Gegensatz zu ihrer Namensvetterin gutaussehendes kleines Ding, das viel Leben in den Haushalt brachte. Ihr zuliebe gab Lady Bissop ihre früheren kühnen Farben auf und entschied sich für sanfte, winzige Blumenmuster, die einen beträchtlichen Charme besaßen.

24

Mary Fisher lebt in ihrem Turm und sinniert über die Natur von Verlust und Sehnsucht. Sie lügt sich selbst immer noch was vor, das entspricht ihrer Natur. Sie glaubt, es regnet, weil sie traurig ist, sie glaubt, der Sturm tobt, weil sie von unbefriedigter Lust verzehrt wird, und die Mißernten sind aus ihrer Einsamkeit entstanden. Es war der schlimmste Sommer seit fünfzig Jahren, was sie kein bißchen überrascht.

Meiner Meinung nach leidet Mary Fisher nicht so wie andere Leute leiden. Was sie jetzt empfindet, ist Gereiztheit und Launenhaftigkeit. Es stört sie, daß sie zuviel hat von dem, was sie nicht will – ihre Mutter und die beiden Kinder–, und zu wenig von dem, was sie will – Bobbo, Sex, Bewunderung und Amüsement.

Mary Fisher lebt in dem Turm, stellt fest, daß das Essen keinen Geschmack und die Sonne keine Wärme hat, und ist überrascht.

Mary Fisher sollte es besser wissen. Sie wuchs in der Gosse auf, mit einer Mutter, die gelegentlich auf den Strich ging, aber all das hat sie aus ihrem Gedächtnis gestrichen. Immer noch tut sie so, als wäre die Welt nicht das, was sie ist, und gibt ihren Irrtum weiter. Sie will nicht lernen, sie will sich nicht erinnern. Sie hat einen neuen Roman angefangen, »Die Tore der Sehnsucht«.

Bobbo baut sich ein neues Leben in der Gefängnisbibliothek auf und leidet unter Depressionen, unter dem Verlust der Freiheit, unter der Abwesenheit von Mary Fisher oder zumindest dem Teil von ihr, an den er sich am deutlichsten erinnern kann: die Stelle, wo sich die Beine vom Körper abspreizen. Manchmal, so denke ich, versucht er sich ihr Gesicht vorzustellen. Doch Mary Fishers Züge sind so gleichmäßig und perfekt, daß man sich nur schwer an sie erinnern kann. Sie ist ganz Frau, weil sie keine Frau ist.

Nun, die Zeit vergeht; nach und nach laufen die Dinge auf das Ende zu, das ich ihnen zugedacht habe. Ich setze mein Vertrauen weder auf das Schicksal noch auf Gott. Ich will sein, was ich will, nicht, was Er mir auferlegt. Aus der Krume meiner Schöpfung will ich ein neues Bild meiner selbst formen. Ich will meinem Schöpfer trotzen und mich neu erschaffen.

Ich werfe die Ketten ab, die mich niedergehalten haben, die Ketten von Sitte und Gewohnheit und sexuellen Sehnsüchten; Heim, Familie, Freunde – alles Objekte natürlicher Zuneigung. Erst nachdem ich all das abgeworfen habe, kann ich frei sein und von vorn beginnen.

Das Reißen meiner Zähne war ein erster Schritt zu einem neuen Ich. Genaugenommen hat der Zahnarzt sie nicht alle entfernt: Jeden zweiten Zahn feilte er lediglich bis knapp unterhalb der Kiefernlinie ab. Das Feilen war wahnsinnig schmerzhaft, viel schlimmer als jeder Schmerz, den der Richter erzeugen konnte. Und das tägliche Bohren und Hämmern der Überreste war alles andere als angenehm – aber das traf auch auf das Zusammenleben mit dem Richter zu.

Il faut souffrir, das hab' ich ihm erklärt, um das zu bekommen, was man will. Wenn du alles willst, dann mußt du alles erdulden. In einem wirklich beklagenswerten Zustand sind natürlich die Leute, die aufs Geratewohl leiden und nichts dadurch gewinnen. Lady Bissop ist ein Beispiel dafür.

Ich wollte, daß Bobbo eine langjährige Strafe erhält, weil auch meine Strafe langjährig war. Ich wollte, daß er auf Eis lag, bis ich für ihn bereit war.

Manchmal frage ich mich, wie ich dem geistigen Unbehagen – nicht Leiden, denn Bobbo hat es warm, bekommt zu essen und trägt keinerlei Verantwortung – eines Mannes so gleichgültig gegenüberstehen kann, der der Vater meiner Kinder ist und der soviel Zeit in meinem Körper verbracht hat. Allein die Tatsache, daß ich mir diese Frage stelle, stört mich. Noch bin ich nicht Teufelin durch und durch. Eine Teufelin besitzt keine Erinnerung an die Vergangenheit – sie wird jeden Morgen neu geboren. Sie setzt sich mit den Gefühlen von heute auseinander, nicht mit denen von gestern, und sie ist frei. In mir ist immer noch ein kleines bißchen von meinem alten Ich, immer noch ein Stück Frau zurückgeblieben.

Ich singe eine Hymne auf den Tod der Liebe und das Ende des Schmerzes.

Schaut doch, wie sich Mary Fisher auf der Nadelspitze der Erinnerung an genossene Wonnen krümmt und windet. Wie es ihr weh tut! Schlimmer noch, sie hört jetzt ganz deutlich, was die Leute im Dorf sagen. Niemand ist mehr da, der ihr die Ohren mit Verlockungen und Liebkosungen und den köstlichen Schmeicheleien des Fleisches zustopfen könnte. Sie hört sogar mehr, als es zu hören gibt.

Unten im Dorf, so glaubt Mary Fisher zumindest, sagen sie, daß die Besitzerin des Leuchtturms absichtlich keine Kinder hat – das heißt, sie ist selbstsüchtig, sie ist also im Grunde gar keine richtige Frau. Sie sagen, sie behandelt ihre arme Mutter brutal und sperrt sie in ein Zimmer ein. Sie sagen, sie ist grausam zu den Kindern des Liebhabers, eine richtig böse Stiefmutter. Sie sagen, sie ist eine Ehebrecherin. Einige sagen, sie hat die Frau ihres Geliebten in den Selbstmord getrieben, denn ist die arme Frau nicht spurlos verschwunden? Sie sagen, in ihrer Gier und Verschlagenheit hätte Mary Fisher ihren Geliebten ins Verbrechen getrieben und ihn dann, entweder aus Lust auf ihren Diener oder verärgert darüber, weil er sie, angeekelt von ihrem Naturell, nicht heiraten wollte, verraten: Deshalb hatte sie ihn nicht vor dem Gefängnis gerettet.

Sie sagen, es sind Leute wie Mary Fisher, die in eine Gemeinde ziehen und dann die Grundstückspreise so hochtreiben, daß die Ortseinwohner es sich nicht länger leisten können, in ihrem eigenen Dorf zu leben.

Tatsächlich sind es Schuldgefühle, die in Mary Fishers Ohren widerhallen; das hält sie irrtümlich für die Stimmen der Dorfbewohner. Was sie hört, ist in Wirklichkeit ihre eigene Stimme, die zu ihr spricht.

Und manchmal sagen Andy und Nicola Dinge, die andeuten, daß auch sie schlecht von ihr denken.

»Wenn ihr nichts Nettes sagen könnt«, erklärt sie, »dann sagt am besten gar nichts.« Aber Andy und Nicola achten nicht darauf. Stets tun sie das Gegenteil von dem, was Mary Fisher will. Sie mögen sie nicht. Sie mag sie nicht. Aber sie haben Vater und Mutter verloren, und es gibt keinen Ort, wo sie hingehen könnten; außerdem sind sie aus Bobbos Fleisch und Blut, und Mary Fisher liebt Bobbo, oder glaubt es zumindest, mit einer derartigen Intensität, daß es im Grunde keine große Rolle spielt, ob er nun persönlich da ist oder nicht.

Nun ja, wenigstens manchmal glaubt Mary Fisher das. Nur abends, wenn sie zu Bett geht oder wenn sie morgens wach liegt, wenn sich das Verlangen unbefriedigten Fleisches – nicht direkt schmerzhaft, nicht wirklich unerträglich, lediglich unheilbar – bemerkbar macht, dann denkt sie, das einzige, was zählt, ist Bobbos Anwesenheit, jetzt und hier. Vielleicht ist das, was sie fühlt, doch Lust, nicht Liebe?

Garcia triumphiert. Er steckt voller Liebe und Lust, aber das richtet sich nicht auf Mary Fisher. Er hat das Objekt seiner Liebe oder Lust, eines der Dorfmädchen, geschwängert und zu sich in den Turm geholt. Irgend jemand, wahrscheinlich Garcias Liebchen, hat Mary Fishers Schmuck gestohlen. All ihre kostbaren Stücke, Erinnerungen an zarte Leidenschaften, Relikte famoser Akte sexueller Diskriminierungen, noch vor Bobbos Zeit, sind verschwunden. Das Mädchen Joan marschiert unverschämt im Turm herum, mit schwellendem Bauch, kichert in dunklen Ecken mit Nicola herum und bringt es fertig, daß sich Mary Fisher minderwertig fühlt, gar nicht als richtige Frau, weil sie nie ein Baby gehabt hat und nun auch, wie sie erkennt, nie mehr eins haben wird.

Einst dachte Mary Fisher, ihre Kinderlosigkeit wäre ein Segen, ihr blieben die Erniedrigung, die Gewöhnlichkeit, die Sinnlosigkeit der Mutterschaft erspart; nun nichts mehr davon. Sie braucht etwas, irgend etwas.

Ihr Fleisch und ihre Seele rufen nach Bobbo. Sie kann ihm und er ihr einmal monatlich schreiben. Sie schreibt über Liebe, denn darin hat sie ja reichlich Erfahrung, und er schreibt merkwürdig verhaltene Briefe über das Wetter oder die Gefängniskost zurück und bringt seine Sorge über den Hund Harness, die Katze Mercy und das Wohlergehen der Kinder zum Ausdruck.

Mary Fisher versucht, Bobbos Eltern dazu zu bringen, sich um Nicola und Andy zu kümmern, aber Angus und Brenda können und wollen nicht. Sie leben in Hotels, erklären sie, nicht in einem richtigen Zuhause. Sie können in ihr Leben keine Haustiere oder Kinder aufnehmen. Das eine Mal mit Bobbo war schon mehr als genug, und man sieht ja, was aus ihm geworden ist! Außerdem schieben sie Mary Fisher die Schuld an Bobbos Niedergang in die Schuhe und haben nicht die mindeste Absicht, ihr einen Gefallen zu tun.

Doch sie kommen gelegentlich zu Besuch, und Mary Fisher ist froh über die Gesellschaft. So weit ist es mit ihr gekommen!

»Ein wunderbarer Ort für Kinder!« sagt Brenda. Sie ist grün und mauvefarben gekleidet, weniger Seide und mehr Gaze als sonst, als wollte sie ihr unpraktisches, unbeständiges Naturell betonen. »So viel Platz! Ein Verbrechen, ihn nicht auszunutzen! Und Nicola und Andy sind hier so glücklich. Sie schauen sehr gut aus, in Anbetracht der Umstände.«

Mit den Umständen meint sie das Unglück, das Mary Fisher über sie gebracht hat. Sie, Brenda, bringt den Kindern Kaugummi, mit dem man Blasen machen kann, die dann rosig über Backen und Nasen und Haaren zerplatzen, und der schließlich ausgekaut unter Bettkanten und Tische geklebt wird.

»Ihr armen kleinen Würmchen«, sagte Brenda und schaut zu ihren großen, plumpen Enkelkindern auf, die den Kaugummi teilweise als Anerkennung ihrer Freundlichkeit akzeptieren, teilweise, um Mary Fischer zu ärgern, und teilweise, weil sie noch Kinder bleiben wollen, obwohl sie bereits an der

Schwelle zum Erwachsensein stehen. Sie besitzen eine Erinnerung an das Paradies, an das goldene Zeitalter in Nightbird Drive Nr. 19. Das macht sie mürrisch und verdrießlich. Beide zeigen in der Schule keine guten Leistungen.

Nicola läßt eine Kaugummiblase im Ohr eines Dobermanns platzen, und die große Bestie schnappt nach ihrer Nase; das zerfetzte Fleisch muß mit sechzehn Stichen genäht werden. Zum ersten und letzten Mal ruft Nicola weinend nach ihrer verschwundenen Mutter.

Mary Fisher sieht, wie Andy sie gelegentlich mit gierigen, räuberischen Blicken betrachtet. Er ist viel zu jung, um jemandem solche Blicke zuzuwerfen, schon gar nicht der Frau, die sein Vater liebt, doch was soll sie dagegen tun? Sie würde sie in ein Internat stecken, aber sie weiß genau, daß sie zurückkommen würden, so wie ihre Mutter aus Pflegeheimen zurückkam. Bobbo will nicht, daß sie ihn im Gefängnis besuchen.

»Laß sie vergessen, daß es mich gibt«, sagt er.

Mary Fisher befürchtet, er meint, laß mich vergessen, daß es sie gibt.

Die alte Mrs. Fisher ist bettlägerig und macht ins Bett und bekommt gewaltige Mengen Valium verpasst. Gelegentlich kommt sie zu sich und sagt: »Wo bin ich hier nur gelandet? In einem Verbrechernest! Sie ist diejenige, die im Gefängnis sitzen sollte!« Und Mary Fisher ist so deprimiert, daß sie weint und fühlt, daß sie auf der ganzen Welt niemanden, niemanden hat.

»Und was ist mit uns?« fragen Andy und Nicola und verfolgen Mary Fisher mit ihrem Blick, wo immer sie hingeht. Manchmal fühlt sie sich wie in einem Horrorfilm.

Mary Fisher bittet Angus und Brenda, um Bobbos willen wenigstens Harness, den Hund, zu nehmen, aber sie weigern sich.

»Am besten läßt man das Viech einschläfern«, sagt Angus. »Ein Hund taugt nichts ohne seinen Herrn.«

Aber Mary Fisher kann Harness nicht einschläfern lassen. Einst hätte sie es gekonnt, jetzt nicht mehr. Sie weiß zuviel: Sie weiß, was Harness empfinden würde. Ich könnte ungerührt ein Dutzend Hunde umbringen, wenn es mir nützen würde. Mit dem Meerschweinchen hab' ich angefangen, und jetzt bin ich eine Teufelin. Es würde mich nicht überraschen, wenn ich die Wiederkehr Christi wäre, diesmal in weiblicher Gestalt. Darauf hat die Welt gewartet. Was Jesus zu seiner Zeit für die Männer getan hat, das könnte ich jetzt vielleicht für die Frauen tun. Er zeigte den steinigen Pfad zum Himmel, ich zeige die Autobahn zur Hölle. Ich bringe Leiden und Selbsterkenntnis (die beiden gehen Hand in Hand) für andere und Erlösung für mich selbst. Jede Frau für sich selbst, schreie ich. Wenn ich das Kreuz meines eigenen Vorteils trage, dann werde ich mich damit abfinden. Ich will lediglich meinen eigenen Weg gehen, und beim Satan, ich werde ihn gehen.

Weibliche Teufel besitzen viele Namen und unendlich viele Möglichkeiten, in das Leben anderer Menschen einzugreifen.

25

Nachdem Ruth ihre Absichten im Hause des Richters verwirklicht und noch Kieferoperationen von ungefähr einem Monat Dauer vor sich hatte, suchte sie sich eine Unterkunft in Bradwell Park, einem Ort, wo sie mit Sicherheit anonym bleiben konnte. Viele merkwürdig aussehende Leute wohnten hier, und kaum jemand drehte sich nach ihr um. Bradwell Park lag inmitten der westlichen Vorstädte, ein ausgedehnter, bedrückender und konturloser Teil der Stadt. Hier lebten die Armen.

Ruth hatte 2563072,45 Dollar auf einer Schweizer Bank liegen, zog es aber momentan vor, schlicht und billig zu leben. Die Reichen fallen auf, die Armen bleiben anonym; ein stumpfgrauer Mantel der Unsichtbarkeit liegt über ihrem Leben. Und Ruth wollte nicht die Aufmerksamkeit der Polizei oder der Finanzbehörden auf sich lenken, bevor die Zeit reif war. Außerdem war es in Bradwell Park ziemlich ausgeschlossen, daß sie jemanden aus Eden

Grove traf, der sagte: »Ja, ist das denn nicht Bobbos Frau? Freut mich, dich zu sehen!«

Bradwell Park und Eden Grove, wo Ruth ihr anderes Leben gelebt hatte, firmierten beide unter Vorstadt, waren aber völlig unterschiedlich. In Bradwell Park lebten Männer und Frauen drunter und drüber. In Eden Grove verwahrten sie sich in ordentlichen, eingezäunten Quadraten. In Bradwell Park gab es mehr Frauen als Männer, weniger Garagen für weniger Autos und nur ein öffentliches Schwimmbecken, das so mit Chlor versetzt war, daß man vorübergehend blind werden konnte. In Bradwell Park lebten Leute, die weniger verdienten, als sie gern verdient hätten, und Frauen, die mehr wegen Armut festsaßen als wegen ihrer komplizierten Wünsche, die aber zumindest den Trost hatten, daß ihre Unzufriedenheit nicht bloß Rastlosigkeit und Undankbarkeit, sondern gerechtfertigt war.

Ruth wartete vor dem Sozialamt, bis eine geeignete Person herauskam: Eine junge Frau Anfang zwanzig, schwanger, mit zwei kleinen Kindern am Rockzipfel, die ihre Einkäufe im Kinderwagen vor sich herschob. Sie war hübsch, blaß und verstört. Sie wartete an der Bushaltestelle; als der Bus kam, half Ruth ihr mit den Kindern, dem Kinderwagen und den Einkäufen – während der Schaffner müßig daneben stand –, setzte sich dann neben sie und begann die übliche Konversation. Das Mädchen hieß Vickie. Martha war drei und Paul zwei. Nein, sie hatte keinen Mann, hatte nie einen gehabt.

»Ich such' eine Unterkunft«, sagte Ruth. »Weißt du irgendwas?« Vickie wußte nichts.

»Ich nehme an, in deinem Haus ist kein Eckchen mehr frei?« sagte Ruth. »Als Gegenleistung für Babysitten und ein bißchen Hausarbeit? Und ich könnte bei der Miete was zuschießen. Kein Grund, es dem Sozialamt zu melden!«

Die Aussicht auf etwas zusätzliches Geld und Hilfe überwand Vickies durchaus berechtigte Furcht, das Haus, in dem sie lebte, wäre für jeden unzumutbar, der auch nur ein bißchen die Wahl hatte. Kurz darauf war Ruth in Vickies Hinterzimmer untergebracht; sie schlief auf einem

Feldbett, das zusammenbrach, als sie sich das erste Mal drauflegte. Der Raum stand im Grunde leer, weil er dunkel, feucht und kalt war, doch Ruth schaffte mit Postern eine freundliche Atmosphäre und hängte Sackleinen an die Wände, um den bröckelnden Putz zu halten.

»Was hast du für ein Glück, daß du so groß bist«, sagte Vickie. »Du brauchst keine Leiter. Deswegen bin ich nie dazu gekommen; ich hab' keine. Und was das Sackleinen kostet ... Außerdem seh ich sowieso nicht ein, warum ich das machen sollte. Das ist Sache des Vermieters.«

Vickie hatte mit sechzehn die Schule verlassen, keinen Job gefunden und Arbeitslosenunterstützung beantragt. Nichtstun war kaum langweiliger als irgendein Job, der für sie in Frage kam, konnte einem allerdings mehr auf die Nerven gehen. Vickie, so hatte sie Ruth erzählt, hatte als Kind an Asthma gelitten; sie besaß nachweislich schwache Lungen, und so waren ihr die in Bradwell Park üblichen Jobs – in großen Wäschereien und Reinigungen – nicht zugänglich. »Nil bastardi carborundum«, sagte Vickie mit bitterem Lachen. Oder laß dich von den Bastarden nicht unterkriegen. Den Satz hatte sie bei einem flüchtigen Liebhaber, der aufs College ging, aufgeschnappt.

Mit achtzehn steckte Vickie voller Selbstmitleid und dachte, sie sollte ihrem Leben Sinn und Ziel geben und Babys haben, und machte sich auch gleich daran, dieses Ziel zu verwirklichen. Es ist immer wichtig, jemanden zum Lieben und etwas zu tun zu haben. Als sie das Baby hatte, zahlte ihr das Sozialamt die Miete, gab ihr Gutscheine für Strom und Nahrung, und wenn sie sich lange genug herumstritt, beglich man auch noch ihre Gasrechnung und die Miete für den Fernsehapparat und die Reparaturen für die Waschmaschine. Aber es war harte Arbeit, sich von einer Abteilung zur anderen durchzuschlagen, noch dazu behindert von zwei kleinen Kindern. Irgendwie reichte es immer für das Frühstück der Kinder, jedoch nicht für ihr Abendessen oder umgekehrt.

Als Gegenleistung verlangte der Staat geistige Anerkennung und nicht – wie irgendein Bradwell-Park-Ehemann – bloß fleischliche. Sex wurde in Bradwell Park als Verhandlungsgegenstand betrachtet, und nur selten sah man darin einen Quell gegenseitigen Vergnügens oder seelischer Belebung, und der Begriff Partnerschaft zwischen Mann und Frau war beiden Geschlechtern zuwider. Vickie trickste und protestierte und beleidigte und verhöhnte den Staat, so wie Ehefrauen ihre Männer beleidigen und verhöhnen, die sie versorgen und lieben.

Vickies zweites Kind, Paul, war von einem feststellbaren Vater gezeugt worden, der nach der Geburt noch sechs Monate blieb, nur um dann eines Abends ein Päckchen Zigaretten zu holen und nie wieder aufzutauchen.

»Keine Sorge«, hatte die Schwester in der Klinik zu der weinenden Vickie gesagt. »Er ist weder überfahren noch von einer fliegenden Untertasse entführt worden. Dem geht's gut. In einem Monat oder so kriegst du mit, daß er gerade um die Ecke mit einer anderen zusammenlebt. Passiert hier ständig.«

»Aber er liebte mich. Er hätte mir doch sicher was davon gesagt!«

»Ich nehme an, er wollte dich nicht aufregen. Und der kleine Paul ist auch nicht gerade das unkomplizierteste Baby. Und wie geht's der kleinen Martha? Ist der Hautausschlag verschwunden?«

»Er ist wieder da«, hatte Vickie gesagt. »Alles seine Schuld. Klein-Martha hat ihn geliebt! Wie kann ein Mann ein kleines Kind nur so behandeln? Sie ist völlig durcheinander!«

»Vickie«, sagte die Schwester traurig, »entweder du bekommst deine Kinder innerhalb des Systems, das die Gesellschaft zum Schutz von Frauen und Kindern entwickelt hat, das Ehe genannt wird, oder du lebst außerhalb davon, dann mußt du auch die Konsequenzen in Kauf nehmen.«

»Nil bastardi carborundum«, murmelte Vickie.

Ein anderer Mann nahm den Platz ein, den Pauls Vater geräumt hatte – die Natur verabscheut ein leeres Bett –, und blieb drei Monate, bevor er sich einer durch Kinder weniger belasteten Frau zuwandte; Vickie ließ er schwanger zurück.

Und so war Ruth auf sie gestoßen.

Mary Fishers Bücher verkauften sich gut in Bradwell Park. Die Frauen kauften sie, während die Männer Comics wie »Der grinsende Totenschädel«, oder »Monster Man« kauften, und alle fühlten sie sich kurzfristig besser. Videos waren sehr beliebt, und Sex-und-Gewalt-Filme wurden im Haus als Familienunterhaltung gezeigt, was in Eden Grove undenkbar gewesen wäre.

»Warum begegnet mir nie die wahre Liebe?« fragte Vickie, während Ruth durch das Haus fegte, alte Klamotten rauswarf, Vorhänge wusch, die nie zuvor gewaschen worden waren, um Dreck und Verzweiflung loszuwerden, die so oft Hand in Hand gehen.

»Weil du ständig schwanger bist«, sagte Ruth zu Vickie.

Doch was sollte man machen? Manche Frauen sind zur Schwangerschaft bestimmt, trotz Pille, Spirale, Pariser oder Gottes Kalender. Und warum sollte sich ein Mann die Mühe machen, einer fruchtbaren Frau einen Strich durch die Rechnung zu machen, wenn Schwangerschaft doch anscheinend genau das ist, was sie will, und der Staat dafür aufkommt? Jemanden zum Lieben, etwas zu tun – das ist es doch, was wir alle wollen.

Ruth und Vickie lachten darüber, wenn sie in den Winternächten vor dem Gasofen saßen. Fühlbar feuchte Windein hingen überall herum – für einen Trockner war kein Geld da, würde aber bald da sein, aufgrund von Ruths Beitrag zur Miete. Was für ein Leben!

Manchmal hatte Vickie die vage Hoffnung, daß Martha oder Paul aus den Windeln wären, bevor das neue Baby kam, aber sie tat nichts dafür, daß sich diese Hoffnung realisierte. Was kann man auch schon gegen das kindliche Naturell tun, gegen die Blase von so einem kleinen Frosch? Die braucht für ihre Entwicklung so lange, wie sie will, und unten in der Klinik sagen sie, daß Sauberkeitserziehung sowieso nichts bringt und außerdem für das Kind traumatisch ist. Und dann die Kälte! Ruth mußte manchmal drei Paar Socken von Pauls Vater übereinander anziehen – er hatte vor lauter Rücksicht auf Vickies Gefuhle alle seine Anziehsachen dagelassen. Kürzlich hat man ihn an einem Samstagnachmittag beim Einkaufen gesehen, mit einem Kinderwagen!

Die Schwester erklärte es.

»Es gibt Männer, meine Liebe, die lieben alles, was mit Schwangerschaft, Geburt und dem neugeborenen Baby zusammenhängt, aber wenn das Kind älter wird, verlieren sie das Interesse. Bei manchen Frauen ist es genauso. Warum sollten solche Gefühle ein Vorrecht von Frauen sein? Du kannst nicht alles haben.«

Vickie hatte in einem Zustand allgemeiner Zufriedenheit und Verwunderung darüber gelebt, daß Kochtöpfe so dünn, Betten so zerbrochen und Schulden so beunruhigend waren und daß die Kinder nicht nur Halsweh und Frostbeulen kriegen konnten, sondern auch noch laut und lärmend waren.

So hatte sie sich das nicht vorgestellt, überhaupt nicht. Das war nicht annähernd das, was sie sich von der Mutterschaft erträumt hatte, aber sie besaß eine robuste Natur und probierte es weiter. Ruth hauste in ihrem Hinterzimmer und bezahlte Nutella und Erdnußbutter, Kondensmilch für den Kaffee, nicht zu reden von den zwanzig Marlboro am Tag und dem Busgeld zur Klinik, wo Vickie Ratschläge zur Verhütung bekam, um die Geburt des übernächsten Kindes zu verhindern – doch dieses Kind, das vierte, wäre vielleicht ein Genie, wäre vielleicht das perfekte Kind, für das Vickie die perfekte Mutter abgeben würde! (Das dritte Kind hatte sie bereits durch morgendliche Übelkeit enttäuscht.) Ob Ruth darüber schon mal nachgedacht habe, fragte Vickie halb lachend, halb weinend? War Verhütung nicht ebenso bösartig wie Abtreibung? *Ihr* kam es jedenfalls so vor, sie empfand es so. Und wonach außer nach Gefühlen und Empfindungen sollte Vickie sich in ihrem Leben richten?

»Ja, ich habe darüber nachgedacht«, sagte Ruth. »Der mögliche Verlust eines Genies. Aber da kann man auch in der Lotterie gewinnen, nicht wahr? Es ist einfach äußerst unwahrscheinlich.«

In der Katholischen Mission gegenüber vom Sozialamt, so bemerkte Ruth, stellte ein gewisser Pater Ferguson den jungen Müttern gratis einen Kinderhort zur Verfügung und bot ihnen Erfrischungen an. Wann immer Vickie auf eine Tasse Tee hineinschaute, plauderte Pater Ferguson mit ihr. Vickie liebt ihn. Pater Ferguson sagte, daß Vickie sehr weise und eine Tochter Gottes sei, und daß die Klinik, die Sterilisation empfahl, völlig im Unrecht sei und äußerst gottlos. Frauen fänden Glück und Erfüllung, wenn sie Gottes Herde vergrößerten. Eines Tages besuchte Pater Ferguson Vickie, und Ruth bat ihn herein. Vickie war ausgegangen.

Er schaute sich in dem sauberen, ordentlichen, allerdings kärglich möblierten Raum um und sagte: »Hier ist ein großer Unterschied festzustellen. Ich vermute, das ist dein Werk?«

»So ist es«, sagte Ruth.

»Ich bräuchte eine Haushälterin«, sagte er.

»Vickie ebenfalls«, bemerkte Ruth.

»Vickie kommt schon zurecht«, sagte er. »Sie muß sich nur um die Kinder kümmern. Und bei mir würdest du wenigstens Lohn bekommen.«

Ruth sagte, sie würde darüber nachdenken.

Er war ein hagerer, asketischer Mann, ein geborener Anhänger des Zölibats. Er watete durch ein Meer von wildem, zügellosem weiblichen Fleisch, von Busen und Bäuchen und Achselschweiß und drehte sich nie um oder blickte zum Ufer. Seine Ohren waren auf zarte Sphärenmusik gestimmt und wurden täglich vom Kreischen der Möwen attackiert, vom Gelächter und der Hysterie der Weiblichkeit, doch nie hielt er sich die Ohren zu.

Ruth verließ Vickies Haus an einem Donnerstagmorgen, als der Boden tief gefroren war, um ihren letzten Termin bei Mr. Firth, ihrem Zahnarzt, einzuhalten. Sie besuchte ihn unter dem Namen Georgiana Tilling. Die Fahrt dauerte zweieinhalb Stunden. Typisch für die westlichen Vorstädte ist, daß es nicht genug öffentliche Verkehrsmittel gibt und man diese miese Dienstleistung auch noch teuer bezahlen muß. Ruth mußte eine halbe Meile den Hügel hoch zur nächsten Bushaltestelle laufen, anderthalb Meilen zur nächsten Bahnstation fahren und dann zweimal den Zug wechseln, bis sie ihr Ziel erreicht hatte, das im Zentrum der Stadt lag, wo die reichsten und erfolgreichsten Ärzte und Zahnärzte ihre Praxen führten.

Kleine tropische Fische schwammen in Mr. Firths Behandlungsraum, und sich bewegende Muster spielten über die Wände vor den Augen des Patienten. Er benutzte Akupunktur und Hypnose, um die Zahnschmerzen zu lindern. Mr. Firth hatte eingefallene Wangen, war gütig und fürsorglich.

Ruth lag auf seinem neuen Stuhl, der für sie nicht lang genug war, um wirklich bequem zu sein. Mr. Firth untersuchte Ruths Mund.

»Das ist ausgezeichnet, Miss Tilling«, sagte er. »Sie besitzen wirklich bemerkenswertes Heilfleisch. Ihr Kiefer wird sich nun um gute sieben Zentimeter verkürzen lassen. Für gewöhnlich sind zweieinhalb Zentimeter das höchste, was in Erwägung gezogen wird, aber neue Fortschritte in der Lasertechnologie und der Mikrochirurgie machen inzwischen Dinge möglich, die bis jetzt unmöglich waren. Ihr Fall wird Geschichte machen! Natürlich mußten wir zu diesem Zweck dreimal soviel Zähne ziehen, um den Zahnbogen entsprechend zu reduzieren. Ich glaube, es hat mich mehr geschmerzt als Sie – solch gesunde, kräftige, hartnäckige Zähne allein wegen des Aussehens und nicht aus Gesundheitsgründen zu extrahieren, macht keinem Zahnarzt Spaß. Ich hoffe, Sie werden mir zustimmen, daß die Akupunktur eine höchst effektive Schmerzkontrolle darstellt.«

»Hah gah keine Wirgun bei mih«, sagte Ruth, und nachdem sie in das kleine Stahlbassin gespuckt hatte, fügte sie hinzu: »Wie Sie ganz genau wissen.«

Die langbeinige blonde Empfangsdame nahm Ruths Geld entgegen. Ruth bezahlte Mr. Firth 1761 Dollar und teilte ihm mit, daß sie ihre Zahnstummel anderswo auf Dauer überkronen lassen würde.

»Wie Sie wünschen«, sagte er. »Ich kann Sie nicht aufhalten. Aber Sie werden niemanden finden, der es dabei ehrlich mit Ihnen meint. Man wird Ihr Geld nehmen und Ihnen kleine Perlzähne einsetzen, die nicht zu Ihrem Charakter passen und lächerlich aussehen.«

»Dann werde ich eben meinen Charakter passend zu den Zähnen ändern«, sagte Ruth. »Guten Tag!«

Anschließend begab sich Ruth zu ihrem Termin bei Mr. Roche, dem führenden Chirurgen der Stadt. Seine Spezialität war die Neumodellierung von Nasen. Er hatte als Gynäkologe begonnen, aber die Last der Verantwortung – Leben zu geben und zu nehmen – als zu drückend empfunden. Im Vergleich dazu war kosmetische Chirurgie eine schlichte, lohnende Aufgabe.

Zumindest hatte er das geglaubt. Doch dann war Ruth mit weitreichenden, komplexen und sogar gefährlichen kosmetischen Forderungen gekommen. Er wandte sich deshalb hilfesuchend an seinen Protegé, Mr. Carl Ghengis. Beide Männer waren anwesend, als Ruth in das Behandlungszimmer geführt wurde.

Mr. Ghengis war Ende vierzig, eine Dekade jünger als Mr. Roche, hatte aber eine unglaubliche Karriere hinter sich. Angefangen hatte er als Automechaniker; ungefähr mit fünfundzwanzig hatte er sich seinen Blinddarm entfernen lassen und dabei festgestellt, daß der menschliche Körper nichts weiter als eine Maschine war. Er hatte sich auf die Medizin gestürzt und seine Karriere mit falschen Zeugnissen einer nicht existierenden Universität begonnen, wobei er sich als derart brillanter Arzt erwies, daß man seine ursprünglichen Unzulänglichkeiten – selbst nach Enthüllung durch eine rachsüchtige Krankenschwester – übersehen hatte.

Er hatte einige Jahre als Assistent von Mr. Roche gearbeitet und war dann weiter nach Kalifornien gezogen, als die Gentechnologie ihren Aufschwung nahm. Von Zeit zu Zeit besuchte er immer noch Mr. Roche und nahm sich der wenigen Patienten an, deren Probleme seinen Mentor verblüfften, beunruhigten oder ängstigten und die über ausreichende finanzielle Mittel verfügten. »Ausreichend« bedeutet für jene, die den Umgang mit Multimillionären gewohnt sind, einen ordentlichen Batzen Geld. Mr. Carl Ghengis war eine elegante Erscheinung, mit seidiger Haut, seidigen Manieren und von schlanker Gestalt. Er hatte sanfte Augen und eine leicht dunkelgefärbte Haut. Sein Vater war Amerikaner, seine Mutter stammte aus Goa. Er bewegte sich wie ein junger Mann, fast auf Zehenspitzen, als wäre er ständig fluchtbereit. Seine Finger waren bleich und lang und kräftig und an den Enden wie ein Skalpell abgeflacht.

Er nahm Ruths große Hände in die seinen, strich über sie und studierte sie, wie eine Mutter es bei ihrem Kind tun mochte, und blickte dann zu ihr auf.

»Bis auf die Hände können wir alles ändern«, sagte er. »Die bleiben als Beweis unserer Vererbung und Vergangenheit.«

»Dann werde ich Handschuhe tragen«, sagte Ruth ungeduldig. Ihr Reichtum hatte sie kühn und ungeduldig und leicht reizbar gemacht.

»Sagen Sie mir«, fragte er, denn er glaubte an die Macht der Vertraulichkeit, »was wollen Sie *wirklich*?«

»Ich möchte zu Männern aufschauen können«, sagte sie, schon besser gelaunt, und lachte ihr knirschendes beunruhigendes Lachen. »Genau das ist es, was ich will.«

Man könnte die Stimmbänder straffen, dachte er, die Resonanz und das Lachen ändern. Er nahm nichts als selbstverständlich hin. Für ihn war der menschliche Körper bestenfalls ein unzulängliches Instrument, das gestimmt und getrimmt werden sollte, bis es zur Seele passte. Früher hatte er Hammerzehen gehabt; jetzt liefen kleine Plastiksplinte durch den Knochen und hielten die Zehen zusammen, die jetzt am Swimmingpool bewundert wurden und die nun besser zu seinem Charakter paßten. Seine Mutter war arm gewesen. Er hatte die Schuhe seines älteren Bruders auftragen müssen, was ihm nicht gutgetan hatte.

Mr. Ghengis und Mr. Roche zogen Ruth aus, wogen, fotografierten und studierten sie von allen Seiten.

»Besser zuviel als zuwenig!« scherzte Mr. Ghengis mit Mr. Roche. »Abziehen ist leichter, als hinzufügen. Glauben Sie, daß sie leicht fault?«

»Unwahrscheinlich«, sagte Mr. Roche, »Der Gaumen ist wunderbar abgeheilt. Sehen Sie?«

Sie spähten in ihren Mund, als wäre sie ein Gaul, dessen Alter geschätzt werden sollte.

»Nichtsdestoweniger würde ich mich gern mal an dieser Nase versuchen«, sagte Mr. Roche.

»Ich lasse Sie für die Nase einfliegen«, sagte Mr. Ghengis freundlich.

»Hier können Sie es nicht machen?« Mr. Roche schien überrascht. »Sie muß ins Ausland?«

»In meine Klinik«, sagte Mr. Ghengis. »In der kalifornischen Wüste.«

»Ein Urlaub würde mir nicht schaden«, sagte Mr. Roche und schaute in den Stadtregen hinaus. Dann wandte er seine Aufmerksamkeit wieder der Patientin zu. »Der Herzschlag ist sehr langsam, fast schon außerhalb des normalen Bereichs.«

»Besser zu langsam als zu schnell.«

»Und ein bemerkenswert niedriger Blutdruck«, fügte Mr. Roche hinzu.

»Um so besser«, sagte Mr. Ghengis. »Weniger gut ist diese Speckschicht.«

»Können Sie die nicht einfach wegschneiden?« erkundigte sich Mr. Roche.

»Nicht über eine zu große Fläche hinweg«, sagte Mr. Ghengis. »Besser, sie verliert jetzt ihr Gewicht als hinterher, und zwar auf natürliche Weise.«

»Wieviel Gewicht?« fragte Mr. Roche.

Mr. Ghengis wandte sich an Ruth, die sich hinter einem Wandschirm anzog. Der Schirm reichte ihr gerade bis zur Schulter. »Wenn Sie knappe zwanzig Kilo verloren haben«, sagte er, »fangen wir an.«

Das Leben bei Vickie hatte Ruth von Tag zu Tag fetter werden lassen. Die Nahrungsmittel, die sich der Haushalt leisten konnte, waren reich an Kohlehydraten, und die durch Armut auferlegte Langeweile verführte die beiden Frauen dazu, ständig kleine Imbisse zu sich zu nehmen und Reste von den Tellern der Kinder zu stiebitzen. Süßer Kaffee und Kekse halfen ihnen, den langen Morgen zu überstehen, süßer Tee und Hörnchen den öden Nachmittag.

Ruth ging heim zu Vickie und teilte ihr mit, daß sie das Hinterzimmer nicht länger brauche.

»Aber ich bin schwanger«, jammerte Vickie, als besäße sie dadurch irgendwelche Sonderrechte in der Welt.

»Das wirst du immer sein«, sagte Ruth traurig und packte ihre wenigen Habseligkeiten. Das Bett hier war zu kurz, aber wann war ein Bett schon mal lang genug gewesen?

»Was soll aus mir werden?« jaulte Vickie, und Martha und Paul umklammerten Ruths kompakte Knöchel, aber sie schüttelte sie mit Leichtigkeit ab. Andy und Nicola hatten sich mit schärferen Klauen angeklammert. Manchmal träumte Ruth von ihren Kindern, und sie streckten ihr die kleinen Ärmchen entgegen, aber erwachend wußte sie sehr wohl, daß die Kinderarme ihr längst entwachsen waren.

»Ich an deiner Stelle«, sagte Ruth, »würde das ungeborene Kind im voraus für eine große Geldsumme an Adoptiveltern verkaufen. Und natürlich können Paul und Martha auch verkauft werden. Es gibt viele reiche Leute in der Welt, die nur zu gern hübsche, gesunde, weiße Kinder adoptieren würden. Damit verschaffst du deinen Kindern einen besseren Start in die Welt, ein längeres Leben, interessantere Freunde, schönere Geliebte und ganz allgemein ein viel lohnenderes Leben, als wenn du sie dazu verurteilst, hier unten bei dir auf dem Faßboden der Welt herumzukriechen. Verkauf sie!«

»Aber ich liebe sie!« rief Vickie schockiert.

»Das würden ihre Adoptiveltern auch. Kleine Kreaturen mit großen Augen wecken in fast jedem Lebewesen Beschützerinstinkte.«

»Aber sie würden mich vermissen. Sie würden leiden. Und was ist mit den Blutsbanden?«

Unten in der Klinik wurde viel von »Blutsbanden« geredet und noch mehr zu ihrer Förderung getan. Steuern konnten gespart werden, wenn sich die Mütter selbst um ihre Nachkommenschaft kümmerten, anstatt das dem Staat zu überlassen.

»Was ist mit ihren Hautausschlägen?« fragte Ruth. »Was ist mit ihren Frostbeulen, ihren Rotznasen?«

Vickie, von der Erwähnung des Hautausschlags beleidigt, sagte, wenn Ruth gehen wollte, dann sollte sie besser gleich gehen, sie hätte ja immer mehr gegessen als ihr zustand und auch beim Putzen nicht ihren Teil beigetragen, aber bis jetzt hätte sie, Vickie, nichts sagen wollen.

»Und was ist mit Frauensolidarität?« wollte Vickie wissen. »Du hast immer gesagt, Frauen sollten zusammenhalten. Und jetzt schau dich an!«

Ruth zuckte mit den Schultern. Vickie folgte ihr zur Tür.

»Du bist widerlich«, sagte sie. »Du bist unmoralisch, herzlos und abscheulich! Gott sei Dank mag ich dich nicht. Du denkst, Geld ist gleichbedeutend mit Glück. Du täuschst dich. Wie könnte ich je meine Kinder, den Sinn meines Lebens, gegen Geld eintauschen?«

Vickie rannte hinter Ruth her, als sie zum Tor ging.

»Angenommen, ich würde wirklich so was Scheußliches tun«, sagte Vickie. »Angenommen, ich würde wirklich meine Kinder verkaufen wollen, wie fang ich das an?«

Ruth, die sich mittlerweile überall auskannte, erzählte es ihr. Dann besuchte sie Pater Ferguson. Sie wußte, daß er ein enthaltsamer Mann war; wenn sie knapp zwanzig Kilo verlieren wollte, dann mußte sie in einem Haus leben, wo der Tisch nur kärglich gedeckt war.

26

Mary Fisher hat nur noch sehr wenig Geld auf der Bank; lediglich der Leuchtturm gehört ihr noch, die anderen Häuser sind verkauft worden, um die Kosten für Bobbos Prozeß bezahlen zu können. Die Steuerbehörden, wütend auf Bobbo und stellvertretend auch auf Mary Fisher, haben entschieden, daß sie dem Finanzamt sehr hohe Summen wegen zu geringer Steuerzahlungen in den vergangenen Jahren schuldet. Richter Bissop bestätigt diese Forderungen und weist Mary Fishers verblüfften Einspruch ab. Jetzt hat sie wieder Gerichtskosten zu zahlen. Ihre Tantiemen sind auf Jahre hinaus beschlagnahmt. Der Roman »Tore der Sehnsucht« ist fast beendet. Sie setzt jetzt große Hoffnungen darauf. Ein bißchen Hoffnung muß sie haben, irgendwo. So sind die Menschen.

Mary Fisher erwacht allein, schluchzt und vergräbt sich in ihre seidenen Laken. Sie will niemanden außer Bobbo, abgesehen davon, daß es sonst auch niemanden gibt. Garcia liebt Joan, das Dorfmädchen, in jeder dunklen Ecke des Hauses. Mary Fisher protestiert.

»Ich tu, was mir gefällt«, sagte Garcia. »Und für wen halten Sie sich überhaupt? Es gab eine Zeit, da konnten Sie nicht mal ans Telefon gehen, so beschäftigt waren Sie damit!«

Mary Fisher hat Angst vor Garcia, der zuviel weiß und jederzeit davon erzählen könnte, obwohl ihr nicht mehr ganz klar ist, was und wem. Sie weiß nur, daß sie ihn bei Laune halten muß.

Sie versinkt in Trägheit: Die Stiche unbefriedigter Lust werden schwächer, vielleicht hat sie sich auch nur daran gewöhnt. Sie ißt Ravioli aus Büchsen und massenhaft gekochte süße Kartoffeln und legt um die Taille herum ordentlich zu. Sie kann sich so wenig an Bobbos Gesicht erinnern, wie er sich an das ihre erinnern kann. An die Liebe allerdings erinnert sie sich noch und schreibt auch noch darüber. Sie beendet »Tore der Sehnsucht«. Ihre Verleger sind sehr zufrieden damit. Vielleicht wird sie bald wieder reich sein? Vielleicht!

Mary Fisher dreht und wendet sich und sehnt sich und wartet und schreibt über Liebe. Ihre Lügen sind jetzt schlimmer, weil sie nun weiß, daß es Lügen sind. Sie erinnert sich an ihre Vergangenheit; sie versteht nun, was sie ist.

Mary Fisher hat etwas Schlechtes getan: Sie setzte sich in ein hohes Gebäude am Rande eines hohen Kliffs und sandte helles Licht in die Dunkelheit. Das Licht trog; es kündete von klarem Wasser und Vertrauen und Leben, wo in Wirklichkeit Felsen, Dunkelheit und Sturm herrschten und Tod, und die Seeleute nicht eingelullt werden sollten, sondern gewarnt. Ich bin nicht nur meinetwegen auf Rache aus.

Ich glaube, im Endeffekt kann ich Mary Fisher viele Dinge verzeihen. Sie tat das, was sie tat, im Namen der Liebe, bevor ich ihr beibrachte, was Liebe wirklich ist, was es heißt, vom Ehemann verlassen zu werden, verurteilt zu einem lebendigen Tod aus Demütigung, Angst und Leid. Ich bin ziemlich sicher, daß ich an ihrer Stelle dasselbe getan hätte. Doch ihre Romane verzeihe ich ihr nicht. Weibliche Teufel können sich erlauben, launisch zu sein.

Garcia ruft an, ob er Harness einschläfern lassen soll. Von Mary Fisher, die über Bobbos Abwesenheit genauso untröstlich ist wie der Hund, kann er keine klare Antwort bekommen. Harness, sagt Garcia, ist verstört, unkontrollierbar und hat sich angewöhnt, Mary Fisher das Essen vom Teller zu schnappen. Selbst der Tierarzt sagt, daß ein sanfter Tod für ihn eine Gnade wäre. Was ich davon halte?

»Ich denke, Sie sollten dem Rat des Tierarztes folgen«, sage ich. Ich kann nicht zulassen, daß Harness Mary Fishers Teller leer frißt. So wie sie fett wird, so werde ich dünn werden. So soll es sein.

Harness wird zum Tierarzt gebracht und kehrt nicht mehr zurück.

»Glaubst du an Gott?« wird Garcia von Mary Fisher gefragt.

»Natürlich tu ich das!« sagt er.

»Ich hab' auch mal an ihn geglaubt«, sagt sie. »Wenn ich es nur wieder könnte. Er war solch ein großer Trost.«

27

Pater Ferguson wohnte in dem Haus neben seiner Kirche, in einem zentralen Bezirk der Stadt, wo die neuen Hochhäuser noch nicht ganz die flachen Backsteingebäude der ursprünglichen Stadt verdrängt haben. Er suchte schon seit einiger Zeit nach einer Haushälterin, allerdings ohne Erfolg, denn das Haus war groß und kalt und besaß weder Heizung im Winter noch Klimaanlage im Sommer; außerdem sollte es dort angeblich spuken. Pater Ferguson mochte es nicht, wenn es zu bequem war. Seine Seele fühlte sich wohler, wenn er leicht hungrig oder wenn ihm zu heiß oder zu kalt war oder wenn er Zahnschmerzen hatte. Es war ein vertrauter Anblick, wenn seine hagere, weißhaarige, gequälte Gestalt von seiner Kirche zur Mission in Bradwell Park joggte, morgens und abends. Es war eine Entfernung von fünf Meilen.

»Da läuft er!« pflegten seine Pfarrkinder zu sagen. »Er ist das reinste Wunder! Für einen Priester hat er einige merkwürdige Ansichten, aber ein Priester ist er. Oder ein Heiliger!« Er war fünfunddreißig. Mit neunundzwanzig war sein Haar weiß geworden, als er Geburtshilfe bei einer süchtigen Mutter hatte machen müssen, die in einem verfallenen Haus ein Baby zur Welt brachte. Das Kind wurde tot geboren. Die Mutter freute sich darüber. Er spürte, daß der Teufel auf die Welt losgelassen war.

Nun arbeitete er mitten unter dem Volk. Bei seinen Kirchenoberen war er nicht beliebt, weil er sich nicht nur in politische Angelegenheiten einmischte, sondern auch ganz allgemein in seiner Einstellung unberechenbar war. Es war bekannt, daß er in aller Öffentlichkeit gesagt hatte, erst müßten die Bäuche gefüllt werden, bevor die Seelen Nahrung erhalten konnten. Er legte die Schuld an der Sünde dem Staat vor die Tür: Er predigte fast schon die Revolution, während er in persönlichen Dingen eine nahezu absurde Gottergebenheit bewahrte. Er wollte den Alkohol aus dem Abendmahlskelch entfernen lassen. Er unterzeichnete Petitionen, in denen die Ächtung atomarer Waffen gefordert wurde. Seine Schäfchen liebten ihn auch nicht, obwohl sie sich verpflichtet fühlten, ihn zu bewundern, da er Zölibat für die Unverheirateten und Abstinenz von den Verheirateten forderte, wenn sie sich gegen

Kinder entschieden hatten. Seine Schäfchen hielten ihn für verrückt: Jetzt gab es Antibiotika gegen Geschlechtskrankheiten und Verhütungsmittel – und, falls notwendig, Abtreibung –, um die Geburt unerwünschter Kinder zu verhindern, was also wollte er? Die Sozialämter hielten ihn für hinterlistig und hoffnungslos altmodisch. Es war, als wollte man dem Mond die Schuld an der Mondsüchtigkeit geben!

Pater Fergusons Kirche brach langsam zusammen; niemand wollte ihm dabei helfen, sie instand zu setzen. Nicht nur im Haus, auch in der Kirche spukte es, sagte man. Man brauchte nur die Tür in einer einsamen Nacht aufzustoßen, dann konnte man Musik hören, den Duft von Weihrauch riechen und strahlende Farben sehen. Draußen in der neuen großen Stadt lärmte unaufhörlich Tag und Nacht der Verkehr; hier drinnen in der alten Kirche hielt sich noch die Erinnerung an jene andere kleine Welt vor langer, langer Zeit, die die neue Welt geformt und sie mit ihrer Poesie und ihren Sitten und Gebräuchen bereichert hatte. Die Leute schauderten und schreckten vor der Vorstellung eines Spuks zurück, der göttlicher und nicht teuflischer Natur war.

Pater Ferguson war niemals irgendwelchen Gespenstern begegnet. »Ich glaube an Gott«, sagte er, »nicht an Geister. An Geister zu glauben, stellt eine Beleidigung der Schöpfung des Allmächtigen dar!«

Ein Grundstücksmakler hätte gern das Land gekauft, auf dem die Kirche und das Haus standen, um noch einen vielstöckigen Büroturm hinzustellen. Pater Fergusons Vorgesetzte steckten in finanziellen Schwierigkeiten und hätten gern verkauft, doch Pater Ferguson zeigte sich hartnäckig. In der Lokalpresse wurde er so zitiert, daß die Kirche sich vor ihrer Verantwortung drücke und die Innenstadt dem Teufel und den Feministinnen überlasse (die Grundstücksgesellschaft wurde von einer Frau geleitet) und den Elenden und Verdammten dieser Welt den Rücken zukehre. Pater Ferguson schien den Teufel mit dem Kapitalismus gleichzusetzten, nicht mit dem Kommunismus – ein höchst unglückseliger Gedanke. Pater Ferguson machte weiter Schlagzeilen in der überregionalen Presse, als er vorschlug, den Priestern die Ehe zu gestatten und den Zölibat zu einer Sache der persönlichen Entscheidung zu machen; es wäre unmöglich, mit Gottes gebärfreudiger, fruchtbarer Welt als Halbmann zurechtzukommen. Diese seine Bezeichnung setzte sich fest. »Halbmann«.

»Pater Ferguson«, sagten seine Vorgesetzten, »haben wir recht gehört? Sie fordern Ehe ohne Sex von den Schafen und Ehe mit Sex für den Schäfer? Ist das nicht inkonsequent?«

»Nicht so inkonsequent wie Jesus«, erwiderte Pater Ferguson unerschrocken. »An einem Tag vernichtet er Feigenbäume, am nächsten hält er die eigene Wange hin.«

Jede Woche inserierte Pater Ferguson nach einer Haushälterin. Er brauchte dringend eine; er konnte sich nicht um seine Kleidung kümmern. Er wusch seine Hemden sorgfältig, aber sie wurden nicht sauber. Er rubbelte, bis der Kragen ganz fadenscheinig wurde, aber der Schmutz blieb. Er verstand es nicht. Vielleicht lag es am Licht, aber das Licht in dem Haus war jetzt immer schlecht. Früher war es von Feldern und Blumen und Bäumen umgeben gewesen, und durch die Fenster war mehr als genug Licht gekommen; heute stand es zwischen Werkstätten und Hochhäusern, die Gottes Licht verschluckten und nur noch Düsternis und stinkende Rauchwolken übrigließen.

Manchmal glaubte er, in der Hölle zu leben. Die Lebensmittel im Kühlschrank wurden schlecht. Er verstand es nicht. Kälte sollte Nahrungsmittel vor dem Verderb schützen.

Innen war der Kühlschrank von einer schwärzlich gesprenkelten Schicht überzogen. Vielleicht hatte er die Lebensmittel zu lange drin gelassen und das Verfallsdatum übersehen? Er machte sich nicht viel aus Essen und brauchte auch wenig, aber ein ordentliches Eckchen Käse oder ein Ei zum Abendessen hätte er gern gehabt.

Als sich Molly Wishant um den Posten einer Haushälterin bewarb, hatte Pater Ferguson das Gefühl, sein Problem wäre endgültig gelöst. Sie war eine Frau wie keine andere. Seine Pfarrkinder konnten sie kaum als Quell erotischer Erregung betrachten. Sie war stark und intelligent; sie rannte vor nichts davon; der Grund, weshalb sie den Job wollte – die Zeit nützlich zu verbringen, bis sie auf Empfehlung eines Arztes zwanzig Kilo abgenommen hatte –, erschien ihm ungewöhnlich, aber akzeptabel.

»Hab' ich Sie nicht schon mal gesehen?« fragte er.

»Ich hab' früher bei Vickie ausgeholfen. Sie wissen schon, das schwangere Mädchen ohne Mann mit den beiden Kindern, unten in Bradwell Park.«

»Ich kann mich nicht genau entsinnen«, sagte er. »Es gibt so viele wie sie.«

»Und es wird noch mehr geben«, sagte Molly Wishant, »wenn Sie ihnen weiterhin sagen, was sie zu tun haben.«

»Wir sind alle Gottes Kinder«, sagte er überrascht.

Er hoffte, sie wäre nicht so kälteempfindlich, damit sie nicht unnötig verschwenderisch mit der Elektroheizung umging. Sie meinte, die Arbeit würde sie wohl warm halten. Das war an ihrem ersten Tag. Sie schlief in einer der Dachstuben, wo der Mörtel von der Decke bröckelte, wann immer unten auf der Straße ein Lastwagen vorbeifuhr. Das Bett bestand aus einem in einen Eisenrahmen gehängten Drahtnetz und aus einer uralten Roßhaarmatratze.

Nach einer Woche meinte Molly, Pater Ferguson bräuchte wieder mal ein paar neue Hemden. Pater Ferguson entgegnete, die alten Hemden wären erst zehn Jahre alt. Sie sagte, das wäre für ein Hemd ein ganz schönes Alter, worauf er meinte, die Hemden seines Vaters hätten zwanzig Jahre gehalten. Sie gab nach und stopfte und flickte, so gut es ging. Der Priesterkragen war abnehmbar; ein Onkel hatte ihm ein zusätzliches Dutzend davon hinterlassen.

»Gott kümmert sich um die Seinen«, sagte Pater Ferguson. Im ersten Monat, den sie für ihn arbeitete, verlor sie fast sieben Kilo. Sie schien zu wissen, was sie wollte. Sie war einsam, und er hatte Mitleid mit ihr.

In der Kirche wollte sie nicht saubermachen. Sie lachte und sagte, das wäre nicht recht für eine Ungläubige. Sie glaube nicht an Gott, sondern an den Teufel.

Er erzählte ihr von den Gerüchten, daß es in der Kirche spuke, und sie meinte, die Gerüchte wären zweifellos von den Grundstücksmaklern, die das Land kaufen wollten, in die Welt gesetzt worden.

Nach ungefähr sechs Wochen hielt er sie für eine Perle unter den Frauen. Für eine so große Person bewegte sie sich sehr leise. Er hoffte, sie würde für immer bei ihm bleiben. Er begann, sie mit kleinen Häppchen in Versuchung zu führen – anfangs Käseecken und Äpfel, doch dann brachte er ihr vom Eckladen Krapfen und Apfelkuchen mit. Es war nicht gerade billig, doch je schneller sie an Gewicht verlor, desto eher würde sie ihn verlassen.

Er erkannte, daß das Leben angenehm sein konnte, ohne gleich frivol zu sein. Von einem seiner Pfarrkinder nahm er eine Flasche Sherry als Geschenk an – einer Frau, die, wie er später entdeckte, ihre drei Kinder zur Adoption freigegeben hatte. Sie waren in gute christliche Familien gekommen, allerdings in den Libanon. Er holte Molly aus ihrer Dachstube herunter, damit sie ihm half, die Flasche zu leeren. Seine tiefliegenden Augen blitzten in einem sanfteren Feuer, während die ihren rötlich glitzerten. Draußen donnerten die Laster vorbei, und das Porzellan und die Lampen klirrten und bebten wie bei einem Erdbeben.

»Wie heißt die Frau?« fragte Molly.

»Vickie, glaube ich«, sagte Pater Ferguson, und Molly hob ihr Glas.

»Wieviel hat sie dafür bekommen?« erkundigte sie sich.

»Nicht mal in Bradwell Park«, sagte der Pater, »verkaufen Frauen ihre Kinder für Geld!«

»Dann sollten sie damit anfangen«, sagte Molly.

Gemeinsam tranken sie die ganze Flasche Sherry aus.

»Jesus verwandelte Wasser in Wein«, sagte Molly. »So eine schlechte Meinung kann er also nicht davon gehabt haben.«

»Wie wahr«, sagte Pater Ferguson und öffnete eine weitere Flasche, die Molly zufällig gehabt hatte. Sie selbst wollte nichts davon, da sie auf Diät war, also mußte er alles alleine trinken.

»Ansonsten«, sagte Molly, »verdunstet es.«

Pater Ferguson hatte vor kurzem einen Brief von seinem Bischof bekommen, in dem er aufgefordert wurde, erst nach Rücksprache mit seinen Vorgesetzten Presseerklärungen abzugeben; außerdem solle er einmal ernsthaft darüber nachdenken, ob er sich nicht der Sünde der Arroganz schuldig gemacht habe.

»Wie kann ein Mensch demütig und bescheiden sein und gleichzeitig die Welt verbessern?« fragte er.

»Das kann er nicht«, sagte sie, ihm damit die Erlaubnis zur Sünde gebend. »Abgesehen davon – was ist schon Arroganz? Nichts weiter als ein Wort.«

»Wie kann ein Mann im Zölibat leben und seine eigene Natur verstehen?«

»Das kann er nicht«, sagte sie, seine Frivolität rechtfertigend.

Er schaute sie abwägend an. Ihre beiden weißen Behelfszahnreihen glänzten einladend.

»Willst du mich heiraten?« fragte er.

Sie schien überrascht.

»Eine Zivilehe. Sollen sie mich doch exkommunizieren, wenn sie es wagen!«

Noch während er diese Worte sagte, glaubte er aus den Augenwinkeln heraus eine Bewegung oben auf der Empore gesehen zu haben: die Schatten sich bewegender Männer. Doch er wußte, es konnte sich dabei nur um Einbildung oder die Auswirkungen des ungewohnten Alkohols handeln.

»Hast du da oben was gesehen?« fragte er.

»Nichts.« Doch sie hatte was gesehen. »Nur die Schuldbewußten sehen Gespenster«, fügte sie hinzu. Er befürchtete, das könnte durchaus der Wahrheit entsprechen.

Sie sagte, sie würde ihn nicht heiraten, sie könnte ihn nicht heiraten. Sie sei bereits verheiratet, und nach ihrer Ansicht gab es nur eine Ehe bis in den Tod. Ansonsten habe sie durchaus nichts dagegen, daß sie ihre Leben so einrichteten, daß beide davon profitierten und er sein Wissen um seine eigene Person erweitern könne und ein besserer Priester würde.

Es wäre Pater Ferguson nie in den Sinn gekommen, daß er auf Widerstand stoßen könnte. Daß ein Geistlicher heiraten sollte, daß er körperliche Erfahrungen mit dem anderen Geschlecht haben sollte, war eine Sache, ging ihm jetzt auf. Eine andere, ob er heiraten *konnte*, ob er jemanden finden würde für sein Bett. Er fing an zu begreifen, wie schwierig das Leben in heutigen Zeiten ist.

»Du mußt verstehen«, sagte er, »es darf nicht geschehen, daß ein Mann wie ich seine Unschuld an eine Frau wie dich aus einem Impuls heraus verliert, geschweige denn aus fleischlicher Verworfenheit. Das muß in aller Keuschheit überlegt und vollendet werden: Unser Fleisch ist so ungleich, daß seine Vereinigung im Grunde nur auf eine Vereinigung unserer Seelen hinausläuft. Ein überwältigendes Opfer.«

»Das klingt überzeugend«, sagte sie und ließ sich überzeugen. Es gab einige Aufregung unter den gespenstischen Besuchern oben auf der Empore, doch sie warf ihnen einen kühnen, scharfen Blick zu, und sie lösten sich auf und verschmolzen mit dem Nichts, als er sie in sein Zimmer führte.

Er fühlte sich warm und beschützt neben ihr im Bett. Er hatte das Gefühl, daß nichts von ihm in sie übergegangen war – was, wie er angenommen hatte, im Laufe eines Sexualaktes der Fall sein müßte –, sondern daß ganz im Gegenteil etwas von ihr in ihn übergegangen war.

Zum Frühstück gab es Eier und Schinken und Toast und Marmelade und Kaffee. Er beklagte sich nicht über diese Verschwendung.

»Du bist entweder sehr schlecht oder sehr gut für mich«, sagte er zu Molly. Sie nahm drei Pfund zu, gab ihm zuliebe ihre Diät auf, und danach sagte er nur noch: »Du bist sehr gut für mich.«

Er wußte, daß er sich verändert hatte, als er bald darauf einer Frau die Beichte abnahm, die Verhütungsmittel benutzt und deren Mann sie verlassen hatte.

Unter solchen Umständen hätte er für gewöhnlich gesagt: »Mein Kind, deine Strafe ist schon auf dieser Erde ausgesprochen worden, dir ist verziehen.« Jetzt sagte er forsch: »Mein Kind, ich bin sicher, unser Himmlischer Vater würde dich ob deines gesunden Menschenverstandes loben. Du warst intelligent genug, zu wissen, daß dein Mann dich verlassen würde, und nahmst die Verantwortung auf dich, dafür zu sorgen, daß der Staat nicht noch einen hungrigen Mund zu füttern hat. Friede sei mit dir!«

Natürlich wollte er keine halben Sachen machen, das entsprach nicht seiner Natur. Er wollte der ganzen Welt verkünden, daß er nicht länger ein »Halbmann« war; er wollte sein Recht behaupten, mit seiner Haushälterin Geschlechtsverkehr haben zu können, wann immer ihm danach zumute war. Molly sprach sich dagegen aus.

»Sie werden nur Fotos machen wollen«, sagte sie. »Ich hasse es, fotografiert zu werden.«

Nun, er konnte ihre Gefühle verstehen.

Im dritten Monat kaufte ihm Molly neue Hemden und Hosen aus den Mitteln der Pfarrgemeinde – seit Jahren hatte er an den Ausgaben für seine persönlichen Bedürfnisse gespart. Sie teilten sich Mollys Zimmer, und als es kalt zu werden begann, drehten sie die Elektroheizung auf volle Leistung. Während er auf den Abend und die Zeit fürs Bett wartete, begann er zu verstehen, weshalb seine Schäfchen so sehr auf ihren sexuellen Vergnügungen beharrten.

Im vierten Monat sagte Molly eines Nachts, das Problem in der westlichen Vorstadt sei nicht Sex – ein Sakrament, wie jeder wußte –, sondern die Liebe. Habe er sich in letzter Zeit mal die Bücherverkäufe angeschaut? Wußte er, daß sich praktisch alle Frauen, die lesen konnten, Liebesromane kauften? Wie sollten sie emotional je erwachsen werden, wenn sie derartigen Schund lasen?

»Weltliche Liebe ist ein Schatten der göttlichen Liebe«, sagte Pater Ferguson. »Ich kann mir nicht vorstellen, daß es so gefährlich ist, wie du sagst.«

Doch er erinnerte sich an ihre Worte und bemerkte bei seiner nächsten Pressekonferenz – seit sein Bischof ihn brieflich um Zurückhaltung und Besonnenheit gebeten hatte, hielt er sie wöchentlich ab –, daß heutzutage (aufgrund fehlender moralischer Richtlinien einer kraftlosen Kirche) die Verfasser von Romanen die mächtigste moralische Kraft im ganzen Land verkörperten und deshalb von der Kirche kontrolliert werden müßten. Nicht ihre Werke, sondern die Schriftsteller selbst sollten mehr auf ihren Sinn für soziale Verantwortung geprüft werden. Dann hätten die Schriftsteller eine Carte blanche, einen Freibrief, und könnten schreiben, was sie wollten. Es wäre keine Sache der Zensur, sondern der Eigenzensur.

Das erzeugte stürmischen Beifall und viel Protest von seiten zahlreicher Schriftstellerverbände, was Pater Ferguson glauben ließ, daß er hier wirklich auf etwas gestoßen war. Nach dem Motto: Ein getroffener Hund bellt. Doch als seine Vorgesetzten ihn zurechtwiesen, weil er sich in Dinge eingemischt hatte, die die Kirche nichts angingen, ließ er die ganze Angelegenheit fallen.

»Du hörst zu sehr auf sie«, protestierte Molly.

»Ich muß nachgeben«, sagte er. »Ich bin immer noch ein Priester.«

»Aber du weißt doch, daß die Kirchenbürokratie korrupt ist. Das hast du mir oft genug erzählt. Das sind Politiker, du bist von Gott berufen.«

»Meine Liebe, ich glaube, du gehst ein bißchen zu weit.«

Doch es schmeichelte ihm. Nichtsdestoweniger kümmerte er sich nicht mehr um die Sache mit den Schriftstellern. Er begann, sich angenehm entspannt, fast faul, zu fühlen.

Gegen Ende des fünften Monats hatte Molly zehn Kilo verloren, und er hatte zwei Kilo zugenommen. Er hätte nicht mehr nach Bradwell Park joggen können, was er in letzter Zeit auch gar nicht mehr versucht hatte. In der Mission hatte er einen Anschlag angebracht, der besagte, daß man sich in der Klinik Rat holen könnte. Er selbst fuhr nur noch einmal die Woche mit dem Taxi hin und hatte deswegen Schuldgefühle.

Molly hatte eine Zentralheizung einbauen lassen. Wärme stieg in seinen Knochen hoch; er fühlte es: Sein Verstand arbeite nicht mehr unterkühlt und beständig, sondern in eher erfreulichen unerwarteten Ausbrüchen. Die meiste Zeit war er auf angenehme und sinnliche Weise erschöpft. Die alten Eichenmöbel, die Truhen und Sekretäre und Tische, die Hunderte von Jahren in dunklen Ecken vor sich hinreifen konnten, verbogen sich in der neuen warmen, trockenen Luft, und das Holz warf sich. Die Besuchergeister waren für immer gegangen, vertrieben von Wärme und Wein, Speisen und Sex. Sie wurden nie mehr gesehen.

Im sechsten Monat erklärte Molly, daß Pater Ferguson von Natur aus vielleicht mehr Administrator als praktizierender Pfarrer sei. Vielleicht könnte er die Bradwell-Park-Mission völlig aufgeben.

»Aber das würde die Schließung der Mission bedeuten!«

»Deine Funktion, mein Lieber, besteht darin, ein Dorn im Fleisch der Kirche zu sein, zum Nutzen der Kirche. Erinnerst du dich an die Parabel von den Begabten?«

Also wurde die Mission geschlossen, und Pater Ferguson war von seinen Schuldgefühlen befreit. Er schaute sich nach einer neuen Aufgabe um.

»Wie steht's mit deiner Theorie der literarischen Verantwortlichkeit?« sagte Molly.

»Eine zu dornige Sache.«

»Aber du, mein Lieber, bist der König der Dornen!«

Er schrieb eindringliche Briefe an sechs führende Autoren von Liebesromanen, nach einer Liste, die Molly ihm zur Verfügung gestellt hatte. Vier antworteten, zwei nicht; zu letzteren gehörte Mary Fisher.

»Ich denke, du solltest sie besuchen«, sagte Molly. »Diese Art von Herausforderung sollte man nicht durchgehen lassen. Einen Brief von einem Mann der Kirche zu ignorieren? Was für eine Unverschämtheit! Das ist fast schon Blasphemie. Das stellt nicht nur eine Beleidigung deiner Person, sondern der Kirche insgesamt dar!«

»Ich liebe die Art und Weise, wie du dich immer auf meine Seite stellst«, sagte er. »Ich bin so daran gewöhnt, daß die Leute mir widersprechen, daß es ein ganz wunderbares Gefühl ist, wenn jemand mit mir einer Meinung ist.«

Pater Ferguson legte seine Soutane an, stieg in seinen neuen Wagen und fuhr zum Leuchtturm. Molly winkte ihm nach.

28

Mary Fisher lebt in ihrem Turm und sinniert über die Natur von Schuld und Verantwortung. Sie weint häufig. Es ist lange her, seit sie mit einem Mann geschlafen hat. Sie liebt Gott, da sonst niemand da ist, den sie lieben könnte, und spricht Ihm die Eigenschaften zu, über die Pater Ferguson zu verfügen behauptet.

Sie würde auch Pater Ferguson lieben, aber er ist ein Priester, und sie nimmt an, daß er im Zölibat lebt; ihr ist noch nicht in den Sinn gekommen, daß er auch ein sexuelles Wesen ist. Durch ihn nähert sie sich Gott, das ist alles.

Die alte Mrs. Fisher erhebt sich gelegentlich aus ihrem Bett und kreischt: »Schafft diese schwarze Krähe hier raus. Priester bringen Unglück.«

Als wäre das Unglück nicht wie die Wogen der See überall um Mary Fisher herum aufgebrandet, seit Bobbo seine Frau verlassen hatte, um mit ihr zu leben.

Pater Ferguson meint, es handle sich hier nicht um ein Unglück, sondern um die Strafe Gottes für ihre Sünden. Sie gehört zu den Glücklichen, sagt er, die Gott gesegnet hat. Er straft seine Lieblinge, so scheint es, schon in dieser Welt und nicht erst in der nächsten.

Pater Ferguson hat sich durch Mary Fishers Weinkeller durchgetrunken, obwohl da keine reiche Auswahl an Flaschen mehr existiert. Den Einkauf hat Mary Fisher den Männern überlassen, und Männer sind in letzter Zeit aus ihrem Leben entschwunden.

Mary Fisher beichtet Pater Ferguson, was sie Bobbos Frau und Bobbos Kindern angetan hat. Sie sagt, sie weiß, daß es böse und hinterhältig war. Sie sagt, sie weiß, daß Liebe keine Rechtfertigung für schlimmes Benehmen ist. Sie möchte wissen, wie man gut ist.

»Was Sie schreiben, ist schändlicher Unsinn«, sagt Pater Ferguson derb. »Sie müssen damit aufhören. Dann können Sie anfangen, gut zu sein.«

Pater Ferguson erklärt, wie sie Millionen Lesern Schaden zugefügt hat: Sie hat sie mit falschen Hoffnungen und Erwartungen gefüttert. Sie ist persönlich für das Elend der Mehrzahl der Frauen verantwortlich. Selbst die Vorliebe der modernen Frau für Valium lastet er ihr an. Mary Fishers Schreibhand zittert und hält inne.

Pater Ferguson sagt, Gott ist unendlich gütig: Den wahrhaft Reuigen, die wirklich glauben, wird Er vergeben. Mary Fisher sehnt sich verzweifelt nach Vergebung. Sie möchte den wahren Glauben finden und zum Katholizismus übertreten, was sie auch tut.

In ihrem neuen Glauben glücklich, wird Mary Fisher rundlich und wieder hübsch. Zweimal wöchentlich beten sie und Pater Ferguson zusammen. An Dienstagen und Donnerstagen speist er bei ihr, an Donnerstagen übernachtet er auch. Sie will ihren Namen und ihren Ruhm einsetzen, um die Welt zu retten, nicht, um deren Probleme zu vermehren. Sie beginnt einen neuen Roman, »Die Perlentore der Liebe«. Er handelt von einer Nonne und ihrem Kampf um himmlische Liebe. Ihre Verleger sind begeistert.

Pater Ferguson ist weniger begeistert. Er erklärt Mary Fisher, daß sich göttliche und menschliche Liebe nicht gegenseitig ausschließen.

»Es gibt auch eine kreative Wahrheit«, sagt Mary Fischer, die in professionellen Dingen festeren Boden unter den Füßen hat als sonst. »Genau das ist es, was dieser Roman braucht. Und wer weiß, vielleicht kann ich mit dem Geld, das ich damit verdiene, eine Kapelle bauen.«

Das schockiert ihn; jedenfalls weist er sie zurecht. Es ist Donnerstagabend. Sie verläßt ihn, begibt sich auf ihr Zimmer und weint. Garcia lauscht auf das Geräusch von Pater Fergusons Schritten. Folgen sie ihr? Sind sie auf der Steintreppe zu Mary Fishers weißem, silbernem Schlafzimmer zu hören? Er hört nichts. Er ist froh darüber: Er war eifersüchtig. Mary Fisher ist erneut das Objekt seiner

Begierde; er ist enttäuscht von Joan, die stiehlt und ihm ein krankes Baby geboren hat. Er macht sich selbst zu Mary Fishers Zimmer auf. Vielleicht ist sie endlich von Bobbo geheilt!

Doch dann kommt Pater Ferguson in das Zimmer, und Garcia huscht davon, denn ein Priester ist ein Priester.

Mary Fisher ist entsetzt.

»Sei guten Mutes«, sagt Pater Ferguson und setzt sich beiläufig auf ihr Bett. »Verglichen mit dem Rest ist das eine kleine, läßliche Sünde.«

Doch sie glaubt ihm nicht. Sie sieht alles deutlich vor sich. Sie glaubt an Liebe, praktiziert aber Lust; sie betet Gott an, folgt aber dem Teufel. Sie kann sich auch nicht an die Liebe zu Bobbo halten. Sie sieht ihn als Wassermann, als einen Mann mit Fischleib und Beinen, zwischen denen sich nichts befindet.

Sie fühlt sich erniedrigt. Sie, der Pater Ferguson eine Seele zugesprochen hatte, wird von ihm überrascht, wie sie keucht und stöhnt wie ein Tier, kein bißchen besser als die Dobermannhündin.

Mary Fisher sieht Gott aus ihrem Leben entschwinden; er wird kleiner und kleiner, verschwindet in der Unendlichkeit und läßt sie mit all ihrer Schuld ohne Vergebung zurück.

»Wir müssen einen Waffenstillstand erklären«, sagt er lediglich, »zwischen Gut und Böse, Seele und Körper, Geist und Fleisch. Wir müssen das Böse in das Gute einschließen. Der neue Gott will die Sünde nicht ausrotten, sondern heißt sie willkommen. Nur wenn wir wissen, was wir sind, können wir Erlösung finden.«

Und jetzt will er ihr ihre Schuld nehmen! Sie ist alles, was sie hat. Sie stellt die einzige Ordnung im Chaos ihres Lebens dar.

»Alle Dinge müssen sich ändern«, sagt Pater Ferguson. »Die Sünde selbst muß sich wandeln.« Aber er sieht aus wie Chaucers Ablaßprediger: fleischig und gierig und glücklich; als hätte er hier schon immer gewartet, um seinen Lohn einzustreichen. Er nimmt ihre kleine Gestalt in seine großen, mächtigen Arme, wickelt seine braune Wollkutte um sie, die aus feinstem Seidenmaterial besteht und alles andere als rauh ist. »Wir dürfen unsere negativen Impulse nicht unterdrücken«, sagt er. »Wir sind Gottes Schöpfung, selbst der kleinste Teil von uns. Wir müssen das Fleisch zusammen mit der Seele lobpreisen.«

Nun, soviel habe ich ihm beigebracht. Ich wünsche dem Priester alles Gute und Mary Fisher alles Schlechte. Garcia nimmt das Auge vom Schlüsselloch, und ich habe keinen Einblick mehr in die Szene. Ich weiß nur, wenn sie es mit Garcia macht, dann macht sie es auch mit ihm, und wenn er es mit mir macht, dann wird er es auch mit ihr machen. Und warum auch nicht, abgesehen davon, daß ich Mary Fisher diese zehn Minuten Glück nicht gönne. Das ist alles, was er ihr geben wird.

Ich habe einen Versicherungsagenten gesehen, der ums Pfarrhaus herumschnüffelt; es ist der gleiche, der nach dem Brand zum Nightbird Drive kam und in der Asche herumschnüffelte. Es ist unwahrscheinlich, daß er in mir die weiche, verstörte, schwerfällige Frau erkennen wird, die ihr Haus hatte in Flammen aufgehen sehen; jetzt bin ich mager und zäh und flink. Doch die Klugheit gebietet, daß ich von hier verschwinde. Aasgeier haben scharfe Augen.

Tatsache bleibt, daß ich noch sechseinhalb Kilo abnehmen muß. Dafür, daß ich Pater Fergusons Leben in andere Bahnen lenkte und ihn vom Asketen zum Hedonisten machte, mußte ich bezahlen. Es sind die Männer, die die Frauen fett machen, das ist offensichtlich.

Ich muß dorthin, wo es keine Männer gibt. Hier gefällt es mir sowieso nicht mehr. Pater Ferguson hat natürlich an die Baugesellschaft verkauft. Er ist nun der Liebling seiner Vorgesetzten. Männer der Abbruchfirma tauchen gelegentlich auf, um das Haus zu vermessen, so wie Bestattungsunternehmer Leichen für ihre Särge vermessen. Ich hab' dem Haus über seine letzten Tage hinweggeholfen, nachdem ich ihm den Tod gebracht habe, das ist alles. Es spielt keine große Rolle. Ich hab' seine Seele verscheucht, als ich seine Gespenster verscheuchte.

29

Ruth schloß sich einer Kommune radikaler Feministinnen an. Diese Frauen hatten mit der Männerwelt nichts zu tun; nur zu bereitwillig nahmen sie sie als eine der ihren auf. Sie nannte sich Millie Mason. Wie die anderen auch trug sie Jeans, T-Shirt, Stiefel und Dufflecoat; nach Zeugnissen fragte sie hier niemand. Sie war weiblich und hatte deswegen gelitten, und das reichte vollkommen. Ihre neuen Gefährtinnen aßen kein Fleisch und keine Milchprodukte und fanden miteinander sexuelle Befriedigung. Sie wollten für Männer nicht attraktiv sein, obwohl viele von ihnen das ganz eindeutig waren. Die *Wimmin*, wie sie sich nannten, lebten knapp außerhalb der Stadt, in einem von Wohnwagen umstellten alten Bauernhaus. Sie bearbeiteten ein vier Morgen großes Feld, wo sie Hülsenfrüchte, Korn, Schwarzwurz und Schafgarbe anbauten; die Ernte verkauften sie in Gesundheitsläden im ganzen Land. Sie hatten Töchter, aber keine Söhne; letzterer entledigten sie sich auf eine Art und Weise, die der Außenwelt düster und unheimlich erscheinen mochte, die für sie aber vollkommen logisch und vernünftig war.

Ruth war stark, tüchtig und ohne diese Affektiertheit, die man für gewöhnlich als feminin bezeichnet. Sie tat, was sie konnte, um den *Wimmin* zu helfen, war aber trotzdem froh, daß ihr Aufenthalt hier nur vorübergehender Natur war. Auf Dauer hätte sie in dieser Welt nicht leben mögen. Da fehlte jeglicher Glanz an den Rändern: alles jeansfarben und zweckmäßig; schlammige Fegefeuerschlacke war das, aber kein gefährlich flackerndes Höllenfeuer.

Das Leben war hart, die Nahrung bestand aus Pflanzenkost fast ohne Fett, und ihre Jeans saßen mit jeder Woche lockerer, während sie ackerte und hackte und grub. Es gab keine Waage, auf die sie sich hätte stellen können, und auch ein Spiegel war nur schwer aufzutreiben.

»Es kommt nicht drauf an, wie du aussiehst«, sagten sie hier. »Es kommt drauf an, wie du dich fühlst.«

Aber sie wußte, daß das falsch war. Sie wollte in dem schwindelerregenden Strudel der Welt leben und nicht in diesem Sumpf von Rechtschaffenheit verkommen. Doch sie schwieg darüber, um nicht plötzlich heimatlos dazustehen. Die *Wimmin* gingen hart mit jenen ins Gericht, die nicht ihrer Meinung waren: Sie ernannten sie zu Unfrauen ehrenhalber.

Als Ruth fast keinen Unterschied mehr zwischen ihrer Taille und ihren Hüften feststellen konnte, rief sie von einer Telefonzelle aus Mr. Roche an. In der Kommune selbst gab es kein Telefon; derartige Geräte dienten der Kontrolle, ein Merkmal männlicher Technologie. Außerdem hatten die Frauen nicht das Bedürfnis, Kontakt mit der Außenwelt aufzunehmen.

»Sie haben *zwanzig* Kilo abgenommen?«

»Wahrscheinlich noch mehr.«

Für die kommende Woche traf er für Ruth eine Verabredung mit Mr. Ghengis, der extra wegen ihr den Flug von Los Angeles auf sich nehmen würde.

»Sie sind ein interessanter Fall«, sagte Mr. Roche.

»Wieso das?«

»Eine echte Herausforderung!«

»Ich möchte so aussehen, wie ich es will, nicht, wie er mich gern haben möchte«, warnte sie.

Ein kurzes Schweigen.

»Das kann sehr teuer werden«, sagte Mr. Roche schließlich.

Ruth transferierte ihr Schweizer Geld auf eine Bank in Los Angeles, was völlig problemlos verlief. Sie ging in einen Buchladen und kaufte ein Exemplar von »Die Perlentore der Liebe«.

»Wie läuft es?« erkundigte sie sich.

»Sehr schlecht«, sagte die Managerin. »Ein Haufen religiösen Geschwätzes!« Einer Assistentin rief sie zu: »Alice, schaff die Fisher-Bücher aus den Regalen. Denk dran, hier muß Profit gemacht werden!«

Aus dem Buchumschlag schnitt Ruth das Foto von Mary Fisher heraus und warf das Buch in die nächste Mülltonne. Mary Fisher starrte mit hübschem, zierlichem Profil gen Himmel, als besäße sie einen direkten Draht zu Gott. Sie sah bezaubernd und glücklich und sehr klein aus. Ruth suchte die Buchläden nach weiteren Romanen von Mary Fisher ab und hatte schließlich das Glück, ein Buch mit einem Ganzkörperfoto von ihr zu finden.

»Wow!« sagte Mr. Ghengis, als er die Fotos betrachtete. »Das ist ein harter Schlag!«

»Wieso denn«, fragte Ruth grimmig.

»Das Haar ist ein Kinderspiel, das Gesicht kriegen wir auch hin – das sind klassische Linien, die wir hier vor uns haben. Der Mund wird etwas kniffelig werden, aber es könnte gehen. Wenn Ihre Kiefer getrimmt sind, wird sich die Lippenlinie hübsch einpassen. Wir arbeiten natürlich, so gut es geht, von innen nach außen. Wir können den Körper vollkommen umformen – Sie *sind* dünn geworden, nicht wahr? Wie haben sie das geschafft?«

»Ich hab' mich von Männern ferngehalten«, sagte Ruth.

»Bei den meisten meiner Patientinnen kein besonders beliebtes Heilmittel! Lieber lassen sie sich eines Tages große Scheiben rausschneiden – aber, meine Liebe, die Proportion wird merkwürdig aussehen. Diese Lady ist mindestens fünfzehn Zentimeter kleiner als Sie.«

»Dann müssen Sie eben Abnäher in meine Beine machen«, sagte sie. »Ich weiß, daß so was möglich ist.«

Es dauerte eine Weile, bis er antwortete.

»Siebeneinhalb Zentimeter aus dem Oberschenkel, mehr hat noch niemand gewagt. Den Knochen zu entfernen, ist einfach – man hackt ihn lediglich raus. Aber Muskeln, Sehnen, Arterien, Bänder müssen ebenfalls verkürzt werden. Das ist weder leicht noch absolut sicher.«

»Ich übernehme die Verantwortung«, sagte Ruth. »Sie übertragen neue Herzen, neue Nieren, neue Lebern und so fort. Ich verlange nichts weiter, als daß Sie unnötiges Zeug entfernen.«

»Aber in derartigen Quantitäten!?«

»Die moderne Chirurgie verbessert sich von Jahr zu Jahr. Sie können Chiptechnologie, Mikrochirurgie und Laser einsetzen, nicht wahr?«

»Ein Körper bleibt ein Körper«, sagte Mr. Ghengis. »Und ein Körper vernarbt, wenn man ihn aufschneidet. Sie können sogar Wulstnarben bekommen, die wuchern und schrumpeln. Ein furchtbarer Schlamassel! Wenn so was passiert, können wir nichts dagegen tun. Und wir können Ihrem Oberschenkel nicht mehr als siebeneinhalb Zentimeter entnehmen. Das ist endgültig.«

»Dann entfernen Sie was vom Schienbein.«

»So was ist noch nie gemacht worden.«

»Dann fangen Sie halt damit an. Oder ziehen Sie es vor, ein Stück aus meiner Wirbelsäule herauszunehmen?«

»Nein!« Panik schwang in seiner Stimme mit.

Sie lächelte zufrieden. Sie fühlte, sie hatte gewonnen. Er hatte das gleiche Gefühl. Er versuchte einen letzten Schachzug:

»In der kosmetischen Chirurgie«, sagte er, »muß man sich mit der Tatsache abfinden, daß man zwar den Körper, aber nicht die Person verändern kann. Und nach und nach – dies mag mystisch klingen, entspricht aber unseren Erfahrungswerten – passt sich der Körper wieder der Persönlichkeit an. Und die Persönlichkeit derjenigen, die den Mut und den Willen haben, sich der kosmetischen Chirurgie zu unterwerfen, mag einwandfrei sein, aber sie ist nicht hübsch. Sie verlangen, daß ich Sie hübsch mache – trivial, wenn Sie mir den Ausdruck verzeihen.«

Er war zu weit gegangen. Er schwieg.

»Ich besitze eine außerordentlich anpassungsfähige Persönlichkeit«, bemerkte Ruth. »Ich habe vieles versucht, um mich meinem ursprünglichen Körper und der Welt, in die ich hineingeboren wurde, anzupassen, und habe nichts als Fehlschläge erlitten. Ich bin keine Revolutionärin. Da ich die Umstände nicht ändern kann, werde ich mich ändern. Ich bin ziemlich sicher, daß ich mich in meinem neuen Körper sehr wohl fühlen werde.«

»Das wird Sie Millionen von Dollars kosten. Ist es das wert?«

»Ich habe das Geld. Ja.«

»Es wird Jahre dauern.«

»Ich habe die Zeit.«

»Ich kann dafür sorgen, daß Sie nicht mehr alt aussehen. Aber sie werden alt *sein*.«

»Nein. Alter ist, was der Beobachter sieht, nicht was der Beobachtete fühlt.«

Er gab auf. Er erklärte sich einverstanden, sie zum Zwecke einer vollständigen Renovierung, wie er es formulierte, in seine Klinik aufzunehmen. Sein Assistent würde ein gewisser Dr. Black sein. Falls nötig, würde er andere Spezialisten hinzuziehen. Er würde ihr schreiben. Inzwischen sollte Ruth ihr normales Leben weiterleben.

Ruth kehrte in die Kommune zurück und grub einen halben Morgen Land um. Sie spürte, wie die Muskeln ihrer starken Beine arbeiteten; sie spürte, wie unter dem baumwollenen Männerhemd der Schweiß über ihre mächtigen Schultern rann. Sie sah eine Lerche, die sich höher und höher schraubte, ein dünnes zartes Ding mit zwitscherndem Lied, hinein in ein Stück blauen Himmels, durch das die Mittagssonne schien. Doch dann wirbelten tieffliegende schwarze Wolken heran und schlossen die Lücke, und der Tag wurde plötzlich dunkel und düster; ein Lichtstrahl bohrte sich durch den Himmel, wo eben noch die Lerche gewesen war.

Ruth hielt ihr Gesicht den großen niederprasselnden Tropfen entgegen; unter ihren Gummistiefeln wurde die Erde schlammig, und sie zerrte das schwere Ackergerät zurück zum Schuppen.

Im Haus versammelten sich die anderen Frauen, nahmen ihre Mützen ab und zogen lachend und beschwingt ihre Stiefel aus. Sie berührten sich sehr oft – die Umarmung gehörte zu ihrer Lebensauffassung. Beinahe wäre Ruth schwach geworden, wünschte sich fast, zu ihnen zu gehören, allein um ihrer guten Laune willen, doch sie konnte nicht. Sie gehörte einer anderen Spezies an. Und sie wußte, daß schon bei Anbruch der Nacht jemand in Tränen ausbrechen würde; die eine würde sich verlieben, die andere ihre Liebe verlieren, und die Schönste würde hier wie anderswo am wenigsten und die Häßlichste am meisten leiden.

Ungefähr zehn Tage später erhielt Ruth einen Brief von Mr. Ghengis' Klinik, mit Operationsplänen und Kostenvoranschlägen. Genauere Daten waren nicht möglich, da die Heilungsprozesse von Individuum zu Individuum unterschiedlich waren und ein Chirurg außerdem nie genau wußte, was er in einem menschlichen Körper vorfinden würde, bevor er nicht drinnen war. »Hermione Clinic« stand in goldener Gravur auf dem Schreibpapier. Ruth würde extra zu Mr. Roche fliegen müssen, um ihre Nase trimmen zu lassen, da er der »beste Nasenchirurg der Welt« war. (Ihre Nase, so vermutete Ruth, war seine Provision.)

Was ihren Körper anbelangte, so würde die lose Haut unter ihren Armen abgenäht und Fett von Schultern, Rükken, Pobacken, Hüften und Bauch entfernt werden. Wenn sie auf Beinkürzung bestand, so müßten die Schultern zurückgezogen werden, um eine bessere Proportionierung der Arme zum restlichen Körper zu gewährleisten. Ruth runzelte die Stirn, als sie das las.

Für all diese Vorgänge mußte sie mit mindestens zwei Jahren rechnen, sogar mit vier, falls sie ihre Größe vermindern lassen wollte. Die angeführten Veränderungen seien radikaler Natur, und sowohl Körper als auch Geist benötigten Zeit zur Heilung. Sie würde einige Beschwerden haben. (Ruth wußte gut genug, daß, was Patienten vor einer Operation fühlten, von Chirurgen Schmerz genannt wurde und, was sie danach fühlten, Beschwerden.)

Sie konnte die Klinik besuchen und wieder verlassen, wie sie wünschte, doch vor und nach Operationen gab es viele Perioden notwendiger Bettruhe. Kurz nach ihrer Ankunft, nach weiteren Untersuchungen, würden detailliertere Programme aufgestellt werden.

Dem Brief der Klinik lag ein grober Überblick der ungefähren Honorare bei. Für das Gesicht waren annähernd 110 000 Dollar veranschlagt, für den Körper 300 000 und für die Beine 1 000 000 Dollar. Spezialisten, so machte man ihr klar, müßten aus vielen Ländern eingeflogen werden. Es bestand jedoch die Möglichkeit, daß Forschungsstiftungen einen Zuschuß zu der letzten Summe gaben.

Es ist nicht billig (so schrieb Mr. Ghengis ganz unten auf der dritten Seite), wenn man Medizingeschichte machen will. Wir werden die Beine zuletzt in Angriff nehmen, um der Medizin eine bescheidene Chance einzuräumen, mit dem menschlichen Trachten gleichzuziehen. Doch Sie werden sich freuen zu hören, daß eine neue Technik zur Verkürzung von Adern entwickelt wurde, wobei die Schnittstellen hitzeversiegelt werden. Dies wurde mit ausgezeichneten Ergebnissen bei Katzen probiert, allerdings noch nicht bei Menschen.

Ruth las diesen Brief beim Frühstück; sie saß allein am fleckigen Tisch des Speiseraums, die Beine am Feuer. Sie mampfte eine Schale Müsli, das heute morgen von der kleinen rothaarigen Sue zusammengemischt worden war.

»Müsli in Ordnung?« erkundigte sich Sue. Sie hatte ein hübsches, widersprüchliches Gesicht mit hellen, geraden Augenbrauen, die sich in der Mitte trafen, als ob eine Linie nicht nur ihr Gesicht, sondern auch ihr Naturell in zwei Teile teilte.

»Wunderbar«, sagte Ruth.

»Das ist gut«, sagte Sue. »Diese Woche versuch ich, uns nicht nur vom Zucker, sondern auch von den Trockenfrüchten abzubringen. Was du da ißt, besteht fast nur aus reinem Hafer. Verstehst du, *es geht*. Wir können lernen, das zu genießen, was gut für uns ist. Das ist alles nur eine Frage der Erziehung!«

»Das sehe ich ein«, sagte Ruth. »Und wer will schon Milch, wenn das Quellwasser so gut ist!«

»Steht was Interessantes in dem Brief?« fragte Sue, die hinter dem verführerischen mauvefarbenen Papier Aufwiegelung und Umsturzgefahr witterte.

»Er ist von meiner Mutter«, sagte Ruth. Es war die erstbeste Lüge, die ihr eingefallen war. Und tatsächlich erinnerte sie sich jetzt daran, daß ihre Mutter zu Neujahr lange, mauvefarbene, veilchenduftende Dankesbriefe geschrieben hatte.

Ruth rief die Vesta-Rose-Agentur an und wurde mit Schwester Hopkins verbunden.

»Meine Liebe, wie geht es dir?«

»Ich habe dich furchtbar vermißt, aber gleichzeitig war ich auch wieder so beschäftigt, daß ich es gar nicht bemerkt hab'.«

»Du sprichst wie ein Mann«, bemerkte Ruth. »Wie geht's dem kleinen Jungen?« Womit Olgas autistischer Sohn gemeint war.

»So klein ist er gar nicht mehr und furchtbar stark«, klagte Schwester Hopkins glücklich.

»Aber das bist du ja auch!« sagte Ruth bewundernd.

»Ich weiß, und ich glaube, ich habe das Problem endlich gelöst. In Lucas Hill probieren sie ein neues Beruhigungsmittel aus; jemand von unserem Personal kann mir was davon besorgen. Dem Kind wird das sehr viel bringen, davon bin ich überzeugt.«

»Haben wir jemanden in Greenways?« Das war der Name von Bobbos Gefängnis.

»Eine Kunsttherapeutin und die Sekretärin des Direktors. Warum?«

»Ich würd liebend gern eine von beiden kennenlernen.«

»Ich würde es mit der Kunsttherapeutin probieren«, sagte Schwester Hopkins. »Sie hat ein Kind im Hort. Sie bringt ihn immer besonders früh. Sie ist eine gute Malerin und bemüht sich um eine Ausstellung. Sie heißt Sarah.«

Ruth traf sich mit Sarah in einem abgelegenen Kaffeehaus. Sie erkundigte sich nach Bobbo.

»Langsam findet er sich ab«, sagte Sarah. »Endlich.«

»Endlich?«

»Nach der Urteilsverkündung war er eine Weile recht gewalttätig. Natürlich ist er paranoid. Ständig behauptete er, jemand hätte den Richter bestochen. Ich bin wirklich der Meinung, er gehört nach Lucas Hill. Die Grenze zwischen Geistesgestörtheit und Verbrechen verschwimmt oft genug.«

»Sie kommen wenigstens aus Greenways raus«, sagte Ruth.

»Ja«, gab Sarah zu. Sie war dunkel, mit einem vollen, schönen Gesicht. Sarah bemerkte, daß Bobbo nun ein bißchen deprimiert sei. Das konnte sie aus den Farben schließen, die er im Kunstraum für seine Bastkörbe wählte. Und Besuche regten ihn auf.

»Bekommt er viele Besuche?«

»Eine kleine blonde Frau besucht ihn gelegentlich.«

»Keine Kinder?«

»Nein. Ist vielleicht ganz gut so. Schon schlimm genug, wenn die Frau kommt. Danach starrt er tagelang ins Leere.«

»Dann sollte sie vielleicht besser nicht mehr kommen! Warum schreibt er ihr nicht, sie soll nicht mehr kommen. Das ist wie mit Kindern im Krankenhaus. Sie gewöhnen sich viel schneller ein, wenn ihre Eltern nicht zu Besuch kommen.«

Sarah sagte, sie hielte das für eine gute Idee. Sie würde es Bobbo vorschlagen. Sie standen sich wirklich recht nahe. Sie würden zusammen bei der Moralische-Erneuerungsitzung am Donnerstag etwas ausarbeiten.

»Klingt so, als wäre es ein nettes Gefängnis«, sagte Ruth.

»Ein sehr nettes sogar«, sagte Sarah. »Ich versteh' nicht, weshalb die Selbstmordquote so hoch ist.«

Ruth teilte der Hermione Clinic brieflich mit, daß sie mit den Bedingungen einverstanden war, und bat um Beantragung des möglichen Zuschusses. Es hatte sich noch nie gelohnt, wenn man sich anmerken ließ, daß Geld keine Rolle spielte.

Sie nahm Abschied von ihrem Körper: Sie zog sich in dem kleinen Raum aus, in dem Schuhe und Stiefel aufbewahrt wurden, und studierte sich im Spiegel – der einzige, den sie in der Kommune hatte entdecken können.

Sie betrachtete ihren Körper, der so wenig ihrer Natur entsprach, und wußte, daß sie sich freute, ihn loszuwerden.

»So ist es richtig!« sagte die kleine Sue, die Müslimacherin; sie kam herein, um die Bohnensprößlinge zu ernten, die auf einem dunklen Bord wuchsen. »Manchmal ist es einfach herrlich, alle Kleidung abzulegen. Du hast solch einen wunderbaren starken Frauenkörper!«

»Ich glaube, ich werde von hier weggehen«, sagte Ruth.

»Aber warum?«

»Ich brauche Abgeschiedenheit, ich will auch mal ungestört sein.«

»Warum? Hast du etwas zu verbergen? Du fühlst dich wohler, wenn du es erzählst! Wir sind doch alle Freundinnen. Wir helfen einander. Und du mußt nicht in den Spiegel schauen, das weißt du. In den Augen anderer Frauen sieht man das wahre Spiegelbild. Spiegel reflektieren lediglich den Körper, nicht die Seele, nicht den Frauengeist. Ich hab' schon oft genug gesagt, wir müssen diesen dreckigen alten Spiegel rauswerfen, er stellt eine derartige Versuchung dar, aber nie kommt jemand dazu.«

»Der ist eine ganze Menge wert. Eine Antiquität«, bemerkte Ruth.

Sue packte einen Spaten und warf ihn gegen den Spiegel, der zerbrach. Die Scherben fielen klirrend zu Boden.

»Dann wollen wir ihn ganz gewiß nicht hier haben«, sagte Sue. »Viel zu lange wurden Frauen durch materiellen Besitz, durch männliche Wertskalen versklavt.«

Eine Horde Frauen tauchte auf, um zu sehen, was es mit dem Geklirr auf sich hatte – in der Kommune gab es kein Fernsehen, deshalb hatte jedes unerwartete Ereignis ein großes Publikum –, und Sue teilte ihnen die Neuigkeit von Ruths Abreise mit. Alle machten sich um Ruth Sorgen.

»Wie kannst du nur«, riefen sie, »Liebe und Frieden und der kreativen Freude des reinen Frauentums den Rücken zukehren?«

Doch Ruth dachte, sie könnte das durchaus, und zwar mit Leichtigkeit. Sie nahmen ihr 27 Dollar für Wäsche ab, beschlagnahmten ihre wenigen Habseligkeiten, einschließlich Wecker und lederner Gärtnerhandschuhe, und lehnten es ab, sie zum Bahnhof zu fahren. Ruth mußte die drei Meilen laufen. Feindselige Blicke verfolgten sie.

Ruth kaufte ein Ticket erster Klasse nach Los Angeles zur Hermione Clinic und nahm die nächste Maschine. Sie besaß kein Gepäck, bis auf die paar Bücher, die sie am Flughafen gekauft hatte. In ihrer Vergangenheit existierte nichts, was sie gern mitgenommen hätte. Die wenigen Telefonnummern, die sie benötigte, hatte sie im Kopf.

30

Mary Fisher lebt in ihrem Turm und wünscht sich, es wäre nicht so. Genaugenommen möchte sie nirgendwo leben. Ganz deutlich gesagt: Am liebsten wäre sie tot. Sie möchte eins sein mit den Sternen und dem schäumenden Meer, sie wünscht, die Flamme ihres Lebens möge erlöschen und alles wäre für immer vorbei. Sie ist romantisch, selbst wenn sie Selbstmordgedanken hegt.

Pater Ferguson sagt: »So kann das nicht weitergehen, das ist eine Sünde.«

»Ich weiß«, sagt Mary Fisher. Sie glaubt nun an die Hölle. Sie steckt bereits drin und weiß, daß sie es verdient hat. Sie hat fleischliche Erfahrungen mit einem Priester!

»Du hast mich in Versuchung geführt«, sagt er.

»Ich weiß.« Mehr sagt sie nicht darauf. Er packt seine Segeltuchtasche und geht Alice Appleby besuchen, deren Romane sehr erfolgreich sind und deren weises, liebliches Gesicht einen aus sämtlichen Bücherregalen anschaut. Er ist kein guter Liebhaber. Er hat zu wenig Praxis in seinem Leben gehabt. Vielleicht kann ihm Alice Appleby einiges beibringen.

Mary Fisher erhält einen Brief von Bobbo, in dem er sie bittet, ihn nicht mehr zu besuchen. »Deine Besuche hindern mich daran, mich hier einzugewöhnen –« Mary Fisher glaubt, daß er irgendwie hinter die Sache mit Harness gekommen ist. Der Gedanke geht ihr nicht mehr aus dem Kopf. Also auch daran trägt sie die Schuld. Sie stellt ihre Besuche ein.

Sie steht am Fenster des Turms und ist nahe daran hinunterzuspringen. Doch wie könnte sie? Sie ist gefangen von ihrem eigenen Bewusstsein, ihrem neuen Verständnis und – jawohl! – ihrer neuen Güte. Wie sollte ihre Mutter die letzten Jahre ihres Lebens überstehen, und was ist mit Andy und Nicola, deren Leben gerade erst beginnt? Mary Fisher muß für sie da sein, muß sie lieben, weil niemand sonst sie liebt und vielleicht – wer weiß – je lieben wird.

Und was wäre das für ein Beispiel, wenn sie das Geschenk des Lebens zurückgeben würde? Es ist wie mit dem Stab in einem Staffellauf: Er muß sorgfältig übergeben werden, sonst stoppt der ganze Lauf. Liebe wird tatsächlich ihr Ende sein, aber auf ihre Weise und zu ihrer Zeit.

Mary Fisher fühlt sich nicht wohl. Sie schaut in den Spiegel und sieht, daß ihr Haar dünn und ihre Hautfarbe stumpf ist. Sie hat Gewicht verloren. Geht sie ins Dorf hinunter, so ist sie bloß eine alternde Frau, die sich an das klammert, was ihr vom Leben noch geblieben ist. Die Blicke gleiten an ihr vorbei.

Die Bank schreibt ihr, daß ihr Konto total überzogen ist. Sie muß den Leuchtturm verkaufen. Es tut ihr nicht leid. Sie teilt Garcia und Joan mit – das einzige Personal, das ihr geblieben ist –, daß sie keinen Lohn mehr bekommen.

»Das können Sie nicht tun«, sagt Garcia.

»Ich kann«, sagt sie und schaut Garcia fest in die Augen. Er senkt den Blick. Sie fragt sich, warum sie das nicht schon vor langer Zeit getan hat. Was hatte sie zu fürchten, außer ihrer eigenen Schuld ins Gesicht sehen zu müssen?

»Aber wo sollen wir leben?« fragen die Kinder und die alte Mrs. Fisher. Ausnahmsweise einmal sind sie gebändigt, erscheinen nett und liebenswert. »Wie sollen wir leben?«

»Wie andere Leute auch«, sagt sie. »Irgendwo in einem kleinen, vernünftigen Haus. Soviel Geld wird noch übrig sein.«

Aber es ist zu spät. Sie ist müde, so müde. Der Erfolg zieht den Fehlschlag nach sich. Ihrem Körper war ihre frühere Verzweiflung nicht entgangen, er hatte die Gelegenheit beim Schopf gepackt und sich aufgelehnt. Das gleichmäßig fließende Muster hat seine Führung verloren und wirbelt nun ins Chaos hinein. Jetzt wuchern die Zellen ohne Sinn und Ziel, losgelassen wie Kinder nach der Schule.

Mary Fisher leidet unter einem scheußlichen, wiederkehrenden Schmerz im Rücken. Sie geht zum Arzt. Er schickt sie zur genaueren Untersuchung ins Krankenhaus. Nach seiner Diagnose sieht es nicht gut aus.

Sie protestiert, bevor sie sich ins Krankenhaus begibt, sagt wie jede andere auch: »Aber ich kann doch nicht ins Krankenhaus. Es gibt viel zuviel zu tun. Wie sollen sie ohne mich zurechtkommen?«

Ohne es zu wissen, ist Mary Fisher beinahe glücklich. Falls Glück sich irgendwie definieren läßt, dann als das Gefühl, gebraucht zu werden.

Möchtegernkäufer besichtigen den Turm. Die Immobilienpreise sind gefallen, die Ölkosten gestiegen. Niemand will wirklich so weit weg von allem anderen leben. Und die Klippe bröckelt allmählich ab, vielleicht wird bald schon das ganze Gebäude ins Meer stürzen?! Die Kosten, um das zu verhindern, sind schwindelerregend hoch; es ist so, als müßte die Natur selbst umarmt, gestützt und gestärkt werden, um das Leben erträglich zu machen.

31

Mr. Ghengis hatte Freude an seiner Arbeit. Ihm schien sie eine der wenigen Beschäftigungen in der Welt zu sein, die sich nicht beschmutzen ließ. Sozialarbeit konnte man als Stützung des Systems auslegen; als gewöhnlicher Arzt förderte man die Interessen der pharmazeutischen Industrie; Lehren bedeutete die Versklavung des jugendlichen Geistes; Kunst war müßiggängerisches Elitedenken; mit Geschäften jeglicher Art konnte man die Armen dieser Welt unter den kapitalistischen Stiefel nehmen und so fort. Doch die kosmetische Chirurgie war rein: Sie machte die Häßlichen schön. Den menschlichen Körper, die Hülle der Seele, zu transformieren, noch weiter konnte sich ein Mann nach Mr. Ghengis' Gefühl der Mutterschaft nicht nähern: knetend, formend, unter Schmerzen und Leiden etwas erschaffen und zur Welt bringen. Zwar waren es nicht direkt seine Schmerzen und Leiden, sondern die seiner Patienten, aber nichtsdestoweniger spürte er sie. Nichts war umsonst.

Er freute sich auf die Arbeit mit Marlene Hunter. Er sah sie als gigantisches Paket, das darauf wartete, ausgepackt zu werden. Schicht um Schicht, bis schließlich das Geschenk zum Vorschein kam.

Er führte Miss Hunter persönlich in ihr Zimmer. Es war in einem zarten Lila gehalten und mit einem feinen Duft versehen. Die weißen Apparate der modernen Medizin standen diskret verhüllt in einer Ecke. Aus großen Fenstern blickte man hinaus auf eine rote Wüste; in der Ferne stieg eine Klippe empor. Im Vordergrund drängte sich die reiche, üppige Flora, die man mit viel Wasser in einem derartigen Klima wachsen lassen kann.

»Gefällt es Ihnen?« fragte er.

»Meiner Mutter hätte es gefallen«, erwiderte sie.

Er dachte daran, ihre Stimmbänder möglicherweise nicht zu straffen. Eine Stimme, die aus einem massiven Rumpf heraus rauh und hart klang, mochte aus einem zierlichen Körper heiser und damit sexy klingen. Er hatte beobachtet, daß die Balance zwischen männlichen und weiblichen Elementen im Körper die Anziehungskraft bewirkte.

Miss Hunter zog es vor, sich nicht unter die anderen Patienten zu mischen. Meist hielt sie sich in ihrem Zimmer auf, schaute Fernsehen oder blätterte Magazine durch.

»Sie könnten eine Fremdsprache lernen«, schlug er vor, weil er sich um sie Sorgen machte.

»Weshalb sollte ich?«

»Sie möchten vielleicht reisen«, sagte er überrascht. »Später. Das machen die Leute oft. Sie möchten ihr neues Ich vorführen.«

»Sollen sie meine Sprache lernen«, sagte sie.

»Nun ja, dann hätten Sie wenigstens was zu tun«, wiederholte er. Sie brachte es fertig, daß er sich hilflos fühlte, so als wäre er der Diener und nicht der Meister ihrer Wünsche. »Bei dieser Sache muß man viel warten. Und nebenbei gesagt ist es sicherlich um seiner selbst willen gut, wenn man den Verstand erweitert und verbessert.«

»Ich bin hier, damit mein Körper verbessert wird«, entgegnete sie. »Mit meinem Verstand war immer alles in bester Ordnung.«

Er war ihr Pygmalion, aber sie wollte sich nicht von ihm abhängig machen, noch ihn bewundern oder ihm dankbar sein. Er war es gewohnt, daß ihn die von ihm neu konstruierten Frauen liebten. Ein sanftes Seufzen der Bewunderung umwehte ihn, während er durch die Gänge schritt, hier einen Besuch abstattete, dort seinen Segen erteilte, eine Zukunft versprach und die Vergangenheit bedauerte. Doch von Miss Hunter kam kein sanftes Hauchen. Nun, er würde sie schon noch so weit bringen.

Ihr Gesicht nahm er zuerst in Angriff. Er polsterte das Gewebe unter den Augen ein klein bißchen aus und hob die Lidfalte darüber an; von dem Weißen unter der Iris war nun weniger zu sehen und mehr davon darüber, so daß ihre Augen jetzt plötzlich groß, offen und unschuldig wirkten.

Mr. Ghengis' Assistent, der junge Dr. Joseph Black, der auf dem Baseballfeld so tollkühn und am Operationstisch so feinfühlig und pedantisch war, bewunderte das Gesicht, das Miss Hunter anstrebte. An die Wand des Operationssaales wurde eine Vergrößerung des Fotos, das Ruth zur Verfügung gestellt hatte, projiziert.

»Das Gesicht kommt mir bekannt vor«, sagte Dr. Black. Er erinnerte sich, wo er es schon gesehen hatte – auf zahlreichen Buchumschlägen in der Klinikbibliothek. Nicht etwa, daß es unter den Patienten eifrige Leser gegeben hätte: Sie blätterten die Magazine durch und beschwerten sich, wenn sie nicht auf dem neuesten Stand waren. Nur gelegentlich griff mal jemand nach einem Liebesroman oder einem Thriller.

Als Miss Hunters Augen verheilt waren, brachen sie ihr die Backenknochen und glätteten sie; als die Schwellungen abgeklungen waren, trimmten und veränderten sie die Linie der Kieferknochen. Sie nahmen haarlose Haut aus dem Rumpf und pflanzten sie entlang des Haaransatzes ein, drängten ihn so zurück, um ihr eine glatte, klare Stirn zu geben. Sie lifteten die Haut unter den Kinnbacken, spannten sie über die Backenknochen und nähten sie ab. Feine Fältchen um Mund und Nase füllten sie mit Silikon, geplatzte Äderchen behandelten sie mit dem Laser. Sie entfernten Muttermale, Haare und was sonst noch störte und zogen bei dieser Gelegenheit auch gleich noch ihre Mundwinkel leicht nach oben, so daß sie nun einen freundlichen, erwartungsvollen Ausdruck zeigte.

In den von Mr. Firth präparierten Kiefer wurden neue Zähne eingepflanzt, nach einer äußerst selten angewandten, sehr langwierigen und schmerzhaften Methode. Der Dentalmechaniker, der nach einem Foto von Mary Fisher arbeitete, stellte fest, daß die Zähne nicht vollkommen gleichmäßig waren, doch gerade diese Unvollkommenheit bezauberte.

Jetzt ragte die Nase groß, krumm und erschreckend aus Miss Hunters lieblichem Gesicht. Der Kopf schien im Vergleich zum Körper sehr klein. Das war zu erwarten gewesen.

Miss Hunter schrieb jeden Monat prompt ihre Schecks aus, ohne je zusammenzuzucken, obwohl ihr manchmal die geringste Bewegung außerordentliche Schmerzen bereitete. Es war, als beharre sie darauf, daß Geld die Basis der zwischen ihnen ablaufenden Transaktion sei und nicht das beiderseitige Vergnügen eines gemeinsamen Wagnisses. Das verletzte ihn.

Sie erklärte sich einverstanden, wegen ihrer Nase nach Hause zu fliegen. Mr. Roche hatte angeboten, zu ihr zu kommen, aber sie lehnte das ab, da sie zu Hause geschäftlich zu tun hatte. Sie wurde, von Pflegern begleitet, auf einer Tragbahre transportiert.

Später berichteten die Pfleger Mr. Ghengis, sie hätte, wenn auch unter großen Schmerzen, Agenten damit beauftragt, eine Immobilie für sie zu erwerben: einen abgelegenen, heruntergekommenen Leuchtturm am Rand einer Klippe.

»Ich hoffe«, bemerkte Dr. Black, »daß sie nach all dem ihr Licht nicht unter den Scheffel stellt und sich irgendwo versteckt.«

»Sie wird tun, was sie will«, sagte Mr. Ghengis. »Sie wird bekommen, was sie will. Sie ist bemerkenswert.«

Beide waren sie, wie sie sich gegenseitig eingestanden, halb und halb in sie verliebt. Sie sehnten ihre Rückkehr herbei.

Mr. Ghengis war selbstverständlich nicht verheiratet. Der Grund dafür war, so vertraute er Dr. Black an, daß er früher oder später dem Drang nicht würde widerstehen können, seine Frau physisch vollkommener zu machen, und wenn er erst einmal Vollkommenheit erreicht hatte, dann würde er das Interesse an ihr verlieren. Wenn es um Frauen ging, so war es die Reise, die befriedigte. Die Ankunft war das Gegenteil des Höhepunkts.

Während sie sich unterhielten, hatten sie ein Modell von Miss Hunter vor sich, hergestellt aus einer neuen transparenten Substanz namens Flexi-Wachs, durch die sich Plastiksehnen und Adern und Knochen zogen. Sie spielten damit, zupften hier Fleisch heraus, fügten es dort hinzu, arbeiteten sich der Vollkommenheit entgegen. Möglicherweise würden sie die Position der Nieren verändern müssen, so daß sie übereinander und nicht mehr nebeneinander lagen. Das ließ sich einfach bewerkstelligen. Die funktionierenden Teile des Körpers mußten ordnungsgemäß miteinander verbunden sein; ihre tatsächliche Position spielte keine Rolle.

Marlene Hunter kehrte auf ihrer Bahre in die Wüste zurück, allerdings mit einer kleinen Stupsnase und zierlich geformten Nasenlöchern. Das Gesicht war verschwollen und zerschlagen, und die Augen lagen tief in ihren schwarzen Höhlen, aber man konnte jetzt schon erkennen, daß sie umwerfend hübsch sein würde.

»Ist sie nicht ziemlich *durchschnittlich*?« sorgte sich Dr. Black.

»Wenn man sein Leben lang weitab vom Durchschnitt war«, sinnierte Mr. Ghengis, »dann muß es wunderbar sein, einfach nur durchschnittlich zu sein.«

»Aber wir wollen sie doch nicht genau wie die anderen machen, die hierherkommen.«

»Warum denn nicht?« fragte Mr. Ghengis, der auf sein Einfühlungsvermögen sehr stolz war. »Das ist es doch, was sie will. Sie hatte immer nur den Wunsch, so zu sein wie andere Frauen auch.«

Im Juni machten sie sich über ihren Rumpf her. Sie schälten die Schulterblätter aus und kürzten sie. Sie verkleinerten die Brüste. Sie entfernten Fleisch von den Oberarmen und zogen die lose Haut in den Achselhöhlen zusammen. Sie saugten das Fett aus der Speckrolle, die sich in ihrem Nacken entwickelt hatte. Sie arbeiteten sich nach unten vor. Sie spannten und lifteten ihren Bauch und zogen die Pobacken straffer. Schließlich beließen sie die Nieren an Ort und Stelle; je weniger innere Operationen ihr Körper durchmachen mußte, desto besser. Das überwog die mögliche Gefahr eines Schlags gegen ihre nun unzureichend geschützten Nieren. Wenn sie ganz zum Schluß immer noch wild auf eine Operation war, dann konnte sie sich in ihrer Freizeit die Nieren umpflanzen lassen.

Mr. Ghengis straffte Miss Hunters Vagina und zog die Klitoris zurück, um die sexuelle Reaktionsfähigkeit der Patientin zu erhöhen. Dr. Black hatte dabei ein unbehagliches Gefühl.

»Das grenzt an Manipulation des eigentlichen Ichs«, klagte er.

»So was wie das eigentliche Ich gibt es nicht«, sagte Mr. Ghengis. »Im Grunde ist alles unwesentlich und Änderungen und Strömungen unterworfen, für gewöhnlich zum Besseren hin.«

Miss Hunter benötigte zunehmend stärkere Morphiumdosierungen, um die Schmerzen zu dämpfen. Ihr Körper war süchtig nach dem Stoff, doch ihr Geist blieb beschwingt und sorgte für die Produktion der Hormone, die ihrem allgemeinen Gesundheitszustand am dienlichsten waren. Sie würden die Sucht kurieren, wenn es an der Zeit war, nicht eher. In der Zwischenzeit war ihr Wille, wieder auf die Beine zu kommen, geradezu phänomenal.

Nur einmal sank ihr Mut; sie erhielt einen Brief von zu Hause, ein ungewöhnliches Ereignis. Sie weinte. Sie lag im Bett, mit stumpfen Augen und schlaffen Händen – so weit sich das durch die Bandagen erkennen ließ. Vor kurzem hatte Mr. Ghengis haarfeine Einschnitte zwischen den Fingern gemacht und die Haut über den Handrücken gezogen.

»Was ist passiert?« fragte er.

»Jemand, den ich kenne, hat Krebs«, sagte sie. »Sie liegt in einem Krankenhaus im Sterben.«

»Eine gute Bekannte?«

»Ich traf sie auf einer Party. Wir fuhren im Wagen gemeinsam zurück. Und einmal war ich bei ihr zum Abendessen eingeladen. Das ist alles.«

»Sie muß einen gewaltigen Eindruck auf Sie gemacht haben, um jetzt derartige Emotionen bei Ihnen auslösen zu können.«

»O ja, das hat sie.«

Er sagte, Miss Hunter könne ruhig nach Hause fahren, wenn sie ihre Freundin noch einmal sehen wolle, bevor sie starb. Es sei nur angebracht, ihrem Körper soviel Pause wie nur möglich zu lassen, bevor sie mit den Beinen begannen. Falls nicht inzwischen Klugheit und Einsicht die Oberhand gewonnen hatten und Miss Hunter sich mit ihren Beinen, so wie sie waren, abfinden und sich damit zufriedengeben, wollte, eine stattliche Schönheit zu sein.

Doch Miss Hunter sagte, sie könnte ihre Zeit oder ihr Leben nicht mit Krankenhausbesuchen verplempern. Die Beine sollten sofort in Angriff genommen werden, da ihr weniger Zeit blieb, als sie angenommen hatte. Außerdem sollten nicht nur die Beine, sondern auch ihre Arme gekürzt werden; sie wollte nicht wie ein Gorilla aussehen.

Das Kürzen der Arme war die einfachste Sache der Welt, verglichen mit den Beinen. Die Arme mußten nicht das Gewicht des Körpers tragen. Es war nur einfach nie zuvor gemacht worden.

»Erzählen Sie ihr von den Kosten!« schlug Dr. Black vor. »Sagen Sie ihr, es lohnt sich einfach nicht.«

Aber Geld war Miss Hunter egal. Sie benutzte es als Mittel zum Zweck; sie verachtete es. Sie hatte es gut investiert und spekulierte damit. Regelmäßig telefonierte sie mit einem Broker in New York; sie erzielte gewaltige Gewinne auf dem Devisenmarkt.

Wie viele, die es zu Reichtum gebracht hatten, aber arm geboren waren, glaubte auch Miss Hunter, daß man um so mehr bekam, je mehr man dafür ausgab. Mr. Ghengis und Dr. Black holten sich ihr medizinisches Team aus allen Winkeln der Welt zusammen, und Miss Hunter zahlte, ohne mit der Wimper zu zucken. Und je mehr sie zahlte, desto glücklicher schien sie zu sein.

Bei den Krankenschwestern und dem Klinikpersonal wurde sie zunehmend beliebter. Sie bewunderten ihren Mut und ihr Aussehen. Sie war bezaubernd, sie konnte gar nicht anders. Das Gesicht, das aus den Schwellungen und Abschürfungen auftauchte, war von erlesener Lieblichkeit. Ihre Augen blitzten; ihre langen Wimpern (transplantiert) verschleierten jeden scharfen Blick; ihre Stimme war heiser und ausdrucksvoll. Männer und Frauen, vor allem aber Männer lasen ihr jeden Wunsch von den Augen ab.

Dr. Black lud Miss Hunter am Vorabend ihrer Armoperation hinterlistigerweise zu einer Party in sein Haus ein, bei der zu irgendeinem wohltätigen Zweck gespendet und gesammelt wurde. Dr. Black und Mr. Ghengis hofften, daß man ihr auf dieser Party so begegnen würde, daß sie mit ihrem neuen Ich zufrieden wäre und auf die restlichen Operationen verzichten würde.

»Aber ich bin nicht der Partytyp«, protestierte sie anfangs. »Ich weiß nie, was ich sagen soll.«

»Gütiger Himmel«, sagte Dr. Black. »Jemand wie Sie muß nichts *sagen*. Sie müssen lediglich *präsent* sein.«

Doch sie zierte sich immer noch. Mrs. Black rief an.

»Sie müssen einfach kommen«, sagte sie. »Eine Party ist genau das richtige für die Stimmung. Und es dient einem guten Zweck. Polarbären. Die Leute glauben, große Tiere brauchen keinen Schutz, aber genau das Gegenteil trifft zu. Nun, gerade Sie müßten das ja am besten wissen. Mein Mann hat mit sehr viel von Ihnen erzählt.«

Es entstand ein kurzes Schweigen. Schließlich entgegnete Miss Hunter: »Ich werde liebend gern kommen, Mrs. Black.«

Der Friseur beschäftigte sich einige Stunden lang mit Miss Hunters modisch goldener Pracht und verbarg so unschickliche Narben. Im Grunde jedoch waren von den Narben überall an ihrem Körper nur noch Spuren feiner weißer Linien zu sehen. Bei ihr war alles wunderbar verheilt, als könnte das geteilte Fleisch gar nicht erwarten, in seiner neuen Form wieder zusammenzukommen. Sonst schienen kosmetische Wunden eher entschlossen, wieder in das alte Muster zurückzuverfallen, nicht in das neue, und bauten bei dem Versuch, die Dinge wieder so zu machen, wie sie gewesen waren, Narbengewebe auf.

»Sie ist wie Venus«, sagte Dr. Black zu seiner Frau. »Frisch ihrer Muschelschale entstiegen. Bezaubernd!«

Mrs. Black stellte bewundernd fest, wie leicht Männer, selbst Ärzte, doch zu beeindrucken waren. Wie Showbusinessproduzenten hielten sie inne, um die Stars anzustarren, die sie selbst erst gemacht hatten. Ansonsten war Mrs. Black gerade damit beschäftigt, den Transport eines großen Käfigs in ihren Garten zu überwachen, in dem ein massiver, zahmer, unter starken Beruhigungsmitteln stehender Polarbär lag, das Maskottchen der Rettet-den-Bär-Gesellschaft.

Miss Hunter erschien spät auf der Party. Der junge kalifornische Chauffeur, der sie in der Klinik-Limousine abgeholt hatte, fuhr mit ihr den langen Weg, um ihr die Schönheiten der Landschaft zu zeigen. Mr. Ghengis, vage eifersüchtig und nicht recht davon überzeugt, daß die intimen Organe seiner Patientin vollkommen ausgeheilt waren, trank zuviel Champagner und brachte die anderen Gäste, meist aus dem medizinischen Establishment, in peinliche Verlegenheit. Hier in dieser Gegend des Landes gab es sehr viele Privatkliniken. Das Land war billig und die Aussicht überwältigend.

»Ich bin ihr Pygmalion«, schrie er. »Ich habe sie geschaffen, aber sie ist kalt, kalt! Wo ist Aphrodite, um ihr Leben einzuhauchen?« Er suchte die Party nach jemandem ab, der schöner war als seine Schöpfung, konnte aber nur einen großen, zusammengesunkenen Polarbären in der Küche finden. Er machte Mrs. Black Vorwürfe, weil sie das Tier aus dem Käfig gelassen hatte, doch Mrs. Black war überzeugt davon, daß das Tier nichts Böses im Schilde führte.

»Nur der Mensch ist böse«, sagte Mrs. Black leidenschaftlich. »Wenn wir das Tier in Ruhe lassen, dann läßt es auch uns in Ruhe.«

Miss Hunter und der Bär sollten die Stars der Party sein, doch Miss Hunter war immer noch nicht da. Aus Berichten über die Ereignisse in der Klinik war Mrs. Black beinahe zu dem Schluß gelangt, daß sie mit einer weiblichen Version von Frankensteins Monster rechnen mußte. Mrs. Black nannte ihren Mann häufig Frankenstein, am Frühstückstisch oder abends, kurz vor dem Einschlafen. »Gute Nacht, Frankenstein.« Beide waren voller Idealismus gewesen, als sie geheiratet hatten: Sie wollte die wilden Tiere der Welt retten, er die menschlichen Leiden ausradieren. Jetzt lebten sie in einem Haus mit lila Vorhängen und großen Panoramafenstern mit Wüstenblick. Er verbrachte sein Leben damit, der Natur zu trotzen, anstatt mit ihr in Einklang zu leben; ihre Kinder aßen Fleisch wie alle anderen auch, und Menschen und Tiere gingen zum Teufel.

Miss Hunter trat ein. Die Köpfe drehten sich ihr zu. Mrs. Black ging ihr entgegen und begrüßte sie. Ihr Gast war in Goldlamé gekleidet, in einer Art und Weise, die Mrs. Black – die für Parties Designerjeans und weiße Voilehemden bevorzugte – geschmacklos fand; das Kleid umschmeichelte ihre Figur bis zu den Hüften und fiel dann weit und überraschend tief hinunter bis auf ihre ziemlich großen Füße. Ein kleines Pelzbolerojäckchen und einige Goldbänder um Schultern und Arme dienten dazu, die Narben zu verdecken, aber das hätten nur die Eingeweihten erkannt, vermutete Mrs. Black. Miss Hunter erinnerte Mrs. Black an eine lebendig gewordene Illustration aus einem alten

»Esquire«-Magazin ihrer Jugendzeit: eine unmögliche, Fleisch gewordene männliche Phantasie.

Miss Hunter sagte, ihr wäre kalt; sie würde ihren kleinen Pelz anbehalten. Ihre Stimme klang angenehm heiser. Für die Kleineren befand sich der Einschnitt zwischen ihren Brüsten in Augenhöhe. Die Männer starrten, drängten sich um sie, starrten wieder, und die Kühneren unter ihnen suchten sie beiseite zu ziehen und sich mit ihr zu verabreden, was sie ablehnte. Sie sagte, sie wäre vorübergehend aus dem Verkehr gezogen, und sie sollten nicht böse oder eifersüchtig sein. Doch sie waren beides.

Mrs. Black sagte zu Dr. Black: »Sie ist eine Beleidigung für alle Frauen. Mehr noch, sie sieht genauso aus wie alle anderen, nur größer, und selbst das wird ja wohl nicht mehr lange der Fall sein. Du und dein Freund, ihr seid keine Ärzte. Ihr seid Verkleinerer.«

»Genau das wollte sie«, sagte Dr. Black.

»Ich vermute«, bemerkte Mrs. Black, »sie dachte sich, wenn du sie nicht schlagen kannst, dann schließ dich ihnen an.«

»Ich möchte lieber nicht darüber sprechen«, sagte Dr. Black steif. »Du bist Augenzeuge, wie hier Medizingeschichte geschrieben wird, aber das läßt dich natürlich kalt. Ich wünschte wirklich, du würdest diesen Bären in seinen Käfig sperren.«

»Wenn du den Bären in Ruhe läßt«, sagte Mrs. Black, »dann läßt er auch dich in Ruhe.«

Mr. Ghengis umkreiste Miss Hunter, wie ein Bildhauer sein fertiges Werk umkreisen mochte. Alles funktionierte. Ihre Augen leuchteten und glitzerten; ihre Lippen waren feucht. Sie hob ein Glas Champagner, sie nippte. Er wußte, daß ihr Kiefer noch bei jeder Bewegung schmerzte, aber sie war zu stolz, zu hartnäckig, um sich den Schmerz anmerken zu lassen. Nur manchmal stieß sie einen kleinen Laut aus, halb Stöhnen, halb Seufzen, Einatmen und Ausatmen zugleich, wie von einer trauernden Frau, die sich gerade dem Liebesakt hingibt, Schmerz und Erleichterung in einem.

Die Panoramafenster standen offen; die Vorhänge blähten sich leicht in der heißen Nachtluft. Er liebte sie. Nie würde sie dankbar sein. Er erwartete auch keine Dankbarkeit mehr von ihr. Er hatte sie zur Welt gebracht, wie eine Mutter ihr Kind zur Welt bringt: um ein eigenes Geschöpf zu sein, nicht ihr Geschöpf. Und jedes erfolgreich aufgezogene Kind steht den Eltern gleichgültig gegenüber.

»Sie werden mich heiraten müssen«, sagte er zu ihr. »Wir müssen Kinder zeugen.«

»Aber ich will keine Kinder«, sagte sie. »Ich habe genug mit der Gegenwart zu tun, da kann ich mich nicht auch noch um die Zukunft kümmern.«

Dr. Black, der den Antrag mitbekommen hatte und der Meinung war, daß sich sein Kollege hier einen unfairen Vorteil zu verschaffen suchte, indem er seinen unverheirateten Status ins Spiel brachte, wertete das als persönliche Beleidigung. Er holte aus und versetzte Mr. Ghengis einen Boxhieb, schaffte es aber lediglich, Mr. Ghengis die Brille von der Nase zu schlagen und selbst zwischen das vegetarische Curry und den Kichererbsensalat zu fallen. Ein Gast, der zurückzuckte, als Flaschen und Gläser klirrend zerbrachen, trampelte auf Mr. Ghengis' Brille.

Die feindseligen Geräusche weckten den Bären aus seiner Benommenheit. Er schwankte in den Vorratsraum und kippte Großpackungen Vollweizenmehl und braunes Eis zu Boden. Er schnüffelte ein bißchen herum, bevor er sich gegen die Hintertür lehnte. Unter seinem Gewicht sprang sie auf, und er trabte in die Nacht hinaus. Er ignorierte die offene Tür seines Käfigs, den er normalerweise eigentlich mit liebevoller Zuneigung als vertrautes Heim hätte betrachten müssen.

Gäste gerieten in Panik und kreischten auf. »Er ist vollkommen harmlos!« rief Mrs. Black, doch irgend jemand bestand darauf, die Polizei zu rufen. Die Polizei erschien und machte sich auf die Suche nach der Bestie, die sie, wie sie verkündeten, sofort erschießen würde. Auf seiner Tour durch die Staaten, so wurden Mrs. Black und ihre Gäste aufgeklärt, hätte der Bär vier Hunde getötet, zwei Kinder schlimm, aber nicht tödlich verletzt und Eigentum im Werte von annähernd einer Viertelmillion Dollar zerstört.

Mrs. Black, die gehofft hatte, etwas später am Abend mit ihrer Spendensammlung zu beginnen, begriff nun, daß weitere Bemühungen in dieser Richtung pure Zeitverschwendung gewesen wären; die Party, die sie im Grunde ohnehin nicht hatte veranstalten wollen, war eine einzige Katastrophe. Die Gäste brachen bereits mit jener gewissen Höflichkeit und Freundlichkeit auf, die nur zu deutlich besagte, daß es am nächsten Tag viel Klatsch und Gekicher geben würde. Lediglich Miss Hunter blieb natürlich noch.

»Sie müssen jetzt zufrieden sein«, sagte Dr. Black gerade zu dieser blonden albernen Puppe auf Stelzen, »wenn sogar erwachsene Männer sich wegen Ihnen prügeln. Sie sind wunderschön, Sie sind beliebt. Sie können auf jeder Party sehr viel Unruhe stiften; Sie sind jetzt der Typ des Showgirls. Der Traum eines jeden Geschäftsmannes mit beginnender Glatze. Selbstverständlich kürzen wir noch die Oberschenkel und machen die Waden schlanker, aber haben Sie Erbarmen mit uns. Zwingen Sie uns nicht, den Knochen anzugreifen. Noch ist es nicht zu spät. Es reicht, wenn wir dem Team die Unkosten erstatten. Sie müssen verstehen, die Sache ist riskant. Sie könnten möglicherweise dabei sogar sterben.«

Miss Hunter sah Dr. Black an und schüttelte den Kopf. »Sie sind ein ganz, ganz böser Junge«, sagte sie, und ihre Stimme klang wie die von Mary Fisher vor langer, langer Zeit. »Einfach so Mr. Ghengis' Brille zu zerbrechen!«

»Er besitzt noch eine«, sagte Dr. Black, fast in Tränen ausbrechend, und Miss Hunter zog ihn direkt unter Mrs. Blacks Nase hinaus auf den Balkon, wo sie sich eng umschlungen hinsetzten, als würde Mrs. Black überhaupt nicht existieren. Genauso hätte sich einst auch Mary Fisher benommen.

Mrs. Black spülte die Gläser ab und beschloß, nie wieder eine Party zu geben, nie wieder, und sich von ihrem Mann scheiden zu lassen und das nächste Mal jemanden zu heiraten, der nicht so scheinheilig und heuchlerisch war, vielleicht jemanden aus der Armee, der verstand, um wie vieles befriedigender es doch war, für eine Sache zu töten und zu sterben, anstatt für immer im Rahmen des Persönlichen und Trivialen zu leben. Bald darauf fuhr Dr. Black Miss Hunter zurück zur Klinik, nicht ohne vorher Mrs. Black zu beschuldigen, sich seinem Gast gegenüber unverzeihlich unhöflich benommen zu haben.

32

Der Leuchtturm steht leer und schweigend da; nur der Wind rauscht durch, wo einst das große Eingangstor stand, wo Ruth klopfte und die Dobermänner bellten und der Verräter Garcia öffnete und das Ende seinen Anfang nahm. Auf der anderen Seite faucht der Wind durch ein paar zerbrochene Fenster wieder hinaus. Die Tür hat man gestohlen, herumstrolchende Jungs haben die Fenster mit Steinen eingeworfen. Niemand mag ein leerstehendes Gebäude. Warum auch? Zerfall fordert Vernachlässigung heraus und umgekehrt. Niemand glaubt dem »Verkauft«-Schildchen, das über das »Zu verkaufen«-Brett geklebt ist. Der Turm drängt sich zu nahe an den Rand der Klippe, und die Klippe bröckelt ab. Entweder die Klippe weicht vor dem Meer zurück oder der Turm drängt nach vorn. Es genügt, um jedermann nervös zu machen.

Mäuse tummeln sich in den Räumen, Schnecken kriechen zufrieden über den Steinboden der Küche.

Vielleicht war es zuvor besser. Vielleicht ist alles besser als Frieden.

Mary Fisher dämmert im Krankenhaus dahin. Als Folge der Behandlung ist ihr das Haar ausgefallen. Garcia und Joan sind mit ihrem Baby verschwunden, dessen Herzfehler mit Mary Fishers letztem Geld behoben wurde. Sie sind nach Spanien zu Garcias Mutter gefahren, um sie im Alter mit dem Geld zu pflegen, das ihr Sohn während all der guten Jahre gestohlen und in Sicherheit gebracht hat. Nicola lebt im Dorf mit einer Lehrerin aus ihrer Schule zusammen, einer gewissen Lucy Barker. Nicola liebt nur Frauen. Andy arbeitet in einer Werkstatt als Mechaniker. Sein Chef hat ihn aus purer Nächstenliebe bei sich aufgenommen. Andy unterscheidet sich in nichts von den Dorfjungen; er drückt sich auf der Straße herum und sehnt sich vage nach einem Leben, das er nie haben wird.

Ich besuchte den Leuchtturm, nachdem meine Nase gerichtet worden war. In meinem Rolls-Royce fuhr ich durch das Dorf und sah zufällig Andy, der ölverschmiert unter einem Wagen auftauchte. Ich wußte, das war mein Sohn, aber ich empfand nichts. Er hat nichts mit mir zu tun. Ich wartete draußen vor dem Haus, in dem Nicola wohnt, bis sie herauskam; sie besitzt Bobbos stirnrunzelnden Gesichtsausdruck und meine Statur. Sie stampfte daher, um Unauffälligkeit bemüht; eine mürrische Zufriedenheit lag auf ihrem Gesicht. Sie hat nicht das Zeug zur Teufelin. Meine Kinder sind in das Meer der gewöhnlichen Menschheit zurückgewirbelt worden, haben sich vermischt und sind wieder dort, wo sie hingehören. Sie sind völlig unspektakulär und, wie ich mir vorstellen kann, einigermaßen zufrieden.

Der alten Mrs. Fisher, die sich nun um sich selbst kümmern muß, geht es sehr gut, besser als ihrer Tochter, was schon immer ihr ganzer Ehrgeiz war. Sie lebt allein in dem Bezirk, in dem sie geboren wurde, und kommt gut zurecht. Einmal die Woche besucht sie ihre Tochter. Eine übelriechende, watschelnde Besucherin, die von allen Krankenschwestern gefürchtet wird, die über ihre Tochter den Kopf schüttelt und Andeutungen fallen läßt, daß deren Krankheit der Lohn der Sünde sei. Mary Fisher lächelt und tätschelt die alte Hand, die sie einst gefüttert hat. Die Stationsschwester ist eine reife Frau, die nach Beendigung ihres Lebens als Hausfrau und Mutter ihre ersten Schritte zurück in die Welt durch die Vesta-Rose-Agentur machte. Sie mag Mary Fisher und kümmert sich sehr um sie.

Bobbo besucht Mary Fisher nicht, obwohl sie ihn sicher aus gefühlsträchtigen Gründen (denn sie liegt im Sterben) hinauslassen würden, wenn er darum bäte. Er will nichts mehr mit ihr zu tun haben. Er liebte sie, und die Liebe hat versagt. Doch er gibt Mary Fisher und nicht, wie er sollte, der Liebe die Schuld.

Ich stehe am Fuße des Leuchtturms und blicke hinaus aufs Meer, unempfindlich gegenüber menschlichen Einflüssen, und schaue dann ins Landesinnere über die Felder und Wiesen, die es nicht sind, die die Schönheit in sich tragen, die das menschliche Auge ihnen zugesteht. Mary Fisher hat, indem sie diese Landschaft verlor, ihre Schönheit noch verstärkt. Ich weiß das, habe es immer gewusst. Wie hätten mir Mr. Ghengis und Dr. Black Schönheit schenken können, außer durch die Liebe?

Ich werde den Leuchtturm wieder aufbauen. Ich werde die Grasbüschel ausreißen, die jetzt zwischen den Pflastersteinen wuchern. Ich werde die Klippe befestigen und sichern, aber ich werde meistens ins Landesinnere und nicht hinaus aufs Meer blicken. Ich werde hinausschauen, wo Mary Fisher aus ihrem Schlafzimmerfenster schaute, nach einer Nacht der Liebe mit ihrem Bobbo – meinem Bobbo –, dorthin, wo die frische Morgensonne ihre Strahlen über Hügel und Täler und Bäume schickt; und ich werde wissen, so wie sie es wußte, daß es wunderschön ist. Mag darin meine Anerkennung für sie liegen, meine Trauer um sie, all das, was ich ihr zu geben habe. Sie ist eine Frau: Sie machte die Landschaft zu einer besseren Landschaft. Teufelinnen können nichts besser machen, bis auf sich selbst. Zum Schluß gewinnt sie.

33

Am Abend der Party, bei der dem Bären die Flucht gelang, kehrte Ruth in ihr keusches Zimmer in der Klinik zurück und verwehrte Dr. Black den Zutritt. Mrs. Black, sagte Ruth mit einem gehörigen Schuß Selbstzufriedenheit, könnte sich aufregen, wenn ihr Gatte nicht innerhalb einer vernünftigen Zeitspanne zurückkehren würde.

Ruth schloß die Augen in dem angenehmen Gedanken, daß für eine hübsche Frau die Zukunft darin lag, Männer zurückzuweisen, anstatt sich ihnen hinzugeben. Daraus folgte, so sinnierte sie, daß vielleicht nur eine unscheinbare Frau in der Lage war, sexuellen Sachverstand und Geschmack an sexuellen Vergnügungen zu entwickeln; doch Ruth hatte schließlich genügend Jahre zur Verfügung gehabt, um sich beides anzueignen. Ihr stand das Beste aus allen Welten, aus Himmel und Hölle, zur Verfügung. Sie schlief tief und fest. Sie hörte weder die Rufe noch die Schüsse, als die Polizei den Bären aufspürte, in die Enge trieb und auf dem Klinikgelände niedermetzelte.

Es war das letzte Mal für viele Monate, daß Ruth gut schlief. Die Beschwerden, von denen die Ärzte gesprochen hatten, steigerten sich zu akuten Schmerzen. Morphium in hoher Dosierung und starke Beruhigungsmittel vernebelten ihr den Kopf, konnten aber die Verbindung zwischen Empfindung und der Reaktion darauf nicht trennen. Im Grunde wollte sie gar nicht schmerzfrei sein; sie wußte, daß Schmerz das Heilmittel war.

Er markierte den Übergang von ihrem alten zu ihrem neuen Leben. Jetzt mußte sie ihn ertragen, um hinterher von ihm befreit zu sein. Die meisten Leben sind von Schmerzen durchzogen, ein Zwicken hier, ein Wehwehchen da, verstreut über ein ganzes Leben. Ruth würde jetzt alles auf einmal erdulden und dann damit fertig sein; wobei ihr durchaus bewußt war, daß dieser Übergang sie töten konnte, so konzentriert waren seine Wucht und Kraft.

Manchmal schrie sie nachts. Sie hielten die Tabletten sicher unter Verschluß; elegante Stahlgitter zierten die Fenster. Ihre verbundenen Beine hätten sie ohnehin nirgendwohin tragen können, aber man konnte ja nie wissen. Nach und nach war klar geworden, daß sie kein gewöhnlicher Mensch war. Vielleicht spazierte sie auf Händen, wenn sie ihre Beine nicht benutzen konnte?

Es gab ein Erdbeben; mit häßlichem Grollen versuchte sich die Erde entlang ihrer Schwachstelle, des San-Andreas-Grabens, aufzureißen. Das geschah am Tag nach der Hauptoperation an ihrem Oberschenkelknochen. Die ganzen medizinischen Geräte mußten auf Notstrom umgestellt werden. Während dieser Sekunden waren sie überzeugt davon, sie zu verlieren. Ruth bemerkte ihre Blässe, ihre Bestürzung. Als sie wieder sprechen konnte, sagte sie: »Sie hätten sich nicht sorgen müssen. Ein Akt Gottes wird mich nicht umbringen.«

»Warum nicht?« fragte Mr. Ghengis. »Ich kann mir nicht vorstellen, daß Er auf Ihrer Seite ist.«

»Er hat genug mit dem Teufel zu tun«, sagte Ruth, bevor sie wieder bewußtlos wurde.

Mr. Ghengis bat sie, mit siebeneinhalb Zentimetern, aus ihrem Oberschenkel entfernt, zufrieden zu sein, aber sie wollte davon nichts hören.

Ein heftiger magnetischer Sturm am Vorabend der zweiten großen Operation führte erneut zu einem Kurzschluß in der Hauptstromversorgung. In dieser Gegend waren solche Stürme nicht selten. Ganz plötzlich verdunkelte sich der Tag, gewaltige Wolken türmten sich in der unnatürlichen Finsternis, blendendes Licht zerriß den Himmel, doch diesmal handelte es sich ungewöhnlicherweise um einen trockenen Sturm. Kein Regen fiel, um das Herz zu erfreuen und um mit plötzlich sprießendem Grün den vorangegangenen Terror wiedergutzumachen.

»Gott ist wütend«, sagte Mr. Ghengis in plötzlicher Furcht und sehnte sich zur Geburtshilfe zurück. »Sie fordern ihn heraus. Ich wünschte, wir könnten all das beenden.«

»Natürlich ist Er wütend«, sagte Ruth. »Ich erschaffe mich selbst noch einmal.«

»Wir erschaffen Sie«, sagte er mürrisch. »Schlimmer noch, wir verwandeln Sie in eines seiner schwächeren, alberneren Geschöpfe.« Er war mittlerweile so weit, daß er das Foto von Mary Fisher haßte.

»Das einzige, was wir nicht kontrollieren können«, sagte Mr. Ghengis, »ist der Funke, der kleine Lebensfunke. Aber wir arbeiten daran. Und natürlich das Wetter.«

»Für den Rest Ihres Lebens werden Sie Probleme mit Ihren Beinen haben«, warnte Mr. Ghengis sie zum letzten Mal. »Sie müssen blutverdünnende Medikamente nehmen. Die Gefahr der Bildung von Blutgerinnseln besteht ständig. Und Gott allein weiß, ob die verkürzten Arterien halten werden – die Muskeln werden wahrscheinlich Krämpfe bekommen. Sie sind wahnsinnig.«

Am Morgen erhielt sie einen Finanzreport von ihren Beratern. »Dann bin ich eben eine wahnsinnige Multimillionärin«, sagte sie. »Und Sie werden das tun, was ich sage.«

Medizinjournalisten, die die Kliniken der Welt nach immer bizarreren Transplantationen durchstreifen und die Laboratorien nach zweiköpfigen Hunden und gigantischen Mäusen absuchen, drängten zu der Klinik. Doch Ruth hatte ihre Spuren gut verwischt; sie konnten nichts über sie herausfinden, weder ihre Nationalität, noch ob sie verheiratet war, noch ihr Alter. Sie war eine Frau, die kleiner sein wollte; das war alles, was sie von ihr wußten. Sie stahlen die Aufzeichnungen der Klinik, konnten aber nichts über Marlene Hunters Vergangenheit in Erfahrung bringen. Eine Flut von Artikeln und Berichten erschien, daß die Größe Charakter und Persönlichkeit formte; über kleine Männer, die Generäle wurden, und große Frauen, die ein Niemand blieben, und was wichtiger wäre, Aussehen oder Persönlichkeit. Wie Hunde im Laufe der Zeit ihren Herren ähnelten, wie Mann und Frau einander ähnlich wurden und adoptierte Kinder ihren Adoptiveltern. Diese Fakten wurden diskutiert und wieder beiseitegeschoben, da sich daran ohnehin nichts ändern ließ. Die Welt verlor das Interesse.

Ruth trieb stöhnend, taumelnd den schmalen Grat zwischen Leben und Tod entlang. Ein weiterer magnetischer Sturm, der das TV-System der Klinik für sechs Stunden lahmlegte, schien sie zu stimulieren. Beim ersten Knall schlug Ruth die Augen auf; während der nächsten paar Stunden sank ihre Temperatur auf normal, ihr Blutdruck stieg, ihr Herzschlag stabilisierte sich, und sie richtete sich auf und verlangte etwas zu essen. Dr. Black, der das Bildnis einer aus ihrer Muschel steigenden Venus hatte fallenlassen, seit er von Ruth zurückgewiesen worden war, sprach von ihr nur noch als Frankensteins Monster, ein Ding, das den Blitz benötigte, um zum Leben zu erwachen und sich in Bewegung zu setzen. Wobei natürlich Mr. Ghengis der Frankenstein war, nicht er selbst; das Verhältnis der beiden Männer war in letzter Zeit völlig in die Brüche gegangen.

Es dauerte neun Monate, bis Ruth wenigstens einen kleinen Schritt machen konnte. Mr. Ghengis wollte weitere drei Monate warten, bevor er mit den Armen begann, aber sie bestand darauf, daß sie sofort in Angriff genommen wurden. Sie meinte, sie begänne sich zu langweilen.

Sie hatte nachgegeben und während ihrer Rekonvaleszenz Französisch, Latein und Indonesisch gelernt. Sie hatte sich selbst in Weltliteratur und Kunst unterwiesen. Sie hatte all die vernünftigen Dinge getan, die seine ans Bett gefesselten Patienten stets planten, aber nur ganz selten auch durchführten. Eine junge Lernschwester hatte ihretwegen einen Selbstmordversuch unternommen, weil ihr Freund, ein Arzt, sich zu lange in Ruths Zimmer herumzudrücken pflegte.

Ruth erhielt einen schwarzgeränderten Brief von zu Hause. Er kam von Garcia. Diesmal weinte sie nicht, sie lächelte. »Meine Freundin ist tot«, sagte sie. »Lang lebe meine Freundin.«

Zur Beerdigung flog sie nach Hause. Meist saß sie im Rollstuhl, doch jeden Tag konnte sie einen Schritt mehr machen und ihre Hände besser gebrauchen. In zwei Fingern hatte sie kein Gefühl mehr, und die Narben an Beinen und Oberarmen waren noch sichtbar. Sie war nun einssechsundsechzig groß, bei einer Oberweite von sechsundneunzig Zentimetern, Taillenweite einundsechzig und Hüfte vierundneunzig. In Abständen verabreichte Cortisonspritzen verliehen ihrem hübschen Gesicht eine kindliche Unschuld.

Ruth ging in schwarze Seide gekleidet und mit Diamanten behängt zu Mary Fishers Beerdigung. Sie fuhr im Rolls-

Royce und stieg nicht aus, sondern beobachtete das Begräbnis aus einiger Entfernung. Der Friedhof lag am Meer. Der Wind sprühte Gischtspritzer gegen die Scheiben und drückte dem Prediger die eigenen Worte wieder in den Mund. Eine Handvoll Leute, einige wenige alte Freunde und frühere Kollegen, versuchten zu lauschen. Die alte Mrs. Fisher, neugierig wie eh und je, kam auf Ruths Wagen zu, starrte mit rheumatischen Augen durch das Glas und bedeutete Ruth mit einer Geste, sie solle das Fenster runterkurbeln. Ruth tat ihr den Gefallen, wenn auch lediglich durch einen Druck auf den Knopf.

»Einen Moment lang dachte ich, sie wäre es«, sagte die alte Mrs. Fisher. »Würde ihr ähnlich sehen, ihren eigenen Geist auf ihre Beerdigung zu schicken! Arme kleine Schlampe. Na ja, raus aus dem Dreck und wieder hinein. Aber ich hab' sie überlebt! Das wußt ich schon immer.« Zusammengekrümmt stemmte sie sich gegen den Wind, humpelte ans Grab ihrer Tochter zurück. Ruth glaubte, sie weinen zu sehen.

Nicola und Andy waren nicht da. Sie waren schließlich keine Blutsverwandten. Und hatte Mary Fisher nicht ihr Zuhause, ihre Mutter und ihren Vater vernichtet? Ganz gleich, was Mary Fisher sonst Gutes getan hatte, diese Dinge konnten nicht ungeschehen gemacht werden.

Bobbo war da, zwischen zwei Wärtern. Man hatte ihm keine Handschellen angelegt; offensichtlich war das gar nicht notwendig. Seine Augenlider waren verquollen, sein Haar war graumeliert. Er machte den Eindruck eines Schlafwandlers, der nicht in der Lage war, die Bedeutung eines offenen Grabes zu erfassen; auch sonst schien er nicht viel aufzunehmen. Er sah Ruth entgegen, die sich am Arm ihres Chauffeurs näherte.

»Wer sind Sie?« fragte er.

»Ich bin deine Frau«, sagte sie und bannte ihn mit ihren jungen, bezaubernden Augen und lächelte ihr süßes neues Lächeln.

»Meine Frau ist vor langer Zeit gestorben«, sagte er.

Er schien sich entfernen zu wollen und wandte sich ab, doch die Wärter, durch sein Verhalten alarmiert, packten ihn an den Armen und hielten ihn fest, so daß ihm keine andere Wahl blieb, als sie wieder anzusehen.

»Du bist meine Frau«, sagte er. »Es tut mir leid. Ich habe anscheinend Probleme mit meinem Erinnerungsvermögen. Aber da war doch jemand namens Mary Fisher. Bist du das?«

»Dies hier ist Mary Fishers Beerdigung«, sagte einer der Wärter wie zu einem Kind. »Wie kann sie dann Mary Fisher sein?«

Sie entschuldigten sich bei Ruth und führten ihren Gefangenen weg, der mittlerweile völlig durcheinander war. Ihrer Meinung nach brauchte er stärkere Beruhigungsmittel. Momentan wurden seine Depressionen mit Elektroschocktherapie behandelt.

Bobbo war froh, daß er gehen konnte. Die Außenwelt steckte immer voller Träume – die aus seinem Blickfeld herausflackerten, sich in Alpträume verwandelten und zurückgezuckt kamen. Das Gefängnis war wenigstens real und sicher.

Ruth beauftragte gute Anwälte, sich um Bobbos Entlassung zu kümmern. Sie erwog, die ursprünglich entwendete Summe zurückzuerstatten, entschied sich dann aber dagegen. Ruhige, gelassene Männer mit besten Absichten leiteten die Kommission für Haftentlassung auf Bewährung; sie kümmerten sich nicht mehr um Geld als Ruth um abstrakte Tugendhaftigkeit. Bobbo würde sehr bald schon freigelassen werden.

Sie beauftragte Architekten und Baufachleute mit der Instandsetzung des Leuchtturms. Konstruktionsingenieure hatten es geschafft, die Struktur des gesamten Hafens minimal zu verändern, so daß die Wucht der Wellen sich nicht mehr direkt gegen den Turm richtete. Die Teezeit würde jetzt weniger dramatisch, dafür aber in völliger Sicherheit verlaufen. Sie stellte einen Landschaftsdesigner und einige Gärtner an, um die Schönheit des Anwesens wiederherzustellen. Die Eingangstür wurde ersetzt – der Architekt fand eine wuchtige Kapellentür, die paßte und gut aussah. Sie spürte die Dobermänner auf, holte sie zurück und ließ sie kastrieren. Sie schrieb Garcia und erkundigte sich, ob er eventuell wieder hier im Turm arbeiten würde.

Garcias Antwortbrief, in dem er Miss Hunters Angebot akzeptierte, ließ nicht lange auf sich warten. Allerdings würde er ohne Frau und Kind kommen, die in Spanien blieben, um seiner alten Mutter Gesellschaft zu leisten.

Ruth kehrte zur Hermione Clinic zwecks weiterer physiotherapeutischer Behandlung und einiger geringfügiger physischer Anpassungen zurück. Ein eingewachsener Zehennagel mußte gerichtet werden; geplatzte Äderchen an den Wangen benötigten den Laser; im Gesicht tauchten wieder Muttermale auf.

»Als erste da«, bemerkte Mr. Ghengis dazu. »Als letzte weg.«

Dr. Black reichte seine Kündigung ein. Er und Mrs. Black gingen in die dritte Welt; er, um für die Ausgebeuteten und Entrechteten zu arbeiten, sie, um das gleiche für die Krokodile zu tun.

»Wenn er seine gottgegebenen Talente damit verschwenden will, das zu tun, was jede halbwegs ausgebildete Krankenschwester tun kann«, bemerkte Mr. Ghengis, »dann ist das seine Sache.«

Ruth hatte das Gefühl, daß endlich die Zeit gekommen war, in den Leuchtturm zurückzukehren. Sie konnte nun problemlos laufen, sogar ein klein wenig rennen. Mit jeder Hand konnte sie ein Zwei-Pfund-Gewicht stemmen. Die Probleme mit Kreislauf und Blutgefäßen waren behoben. Sie brauchte die Hermione Clinic nicht mehr. Sie brauchte jetzt überhaupt niemanden mehr. Sie tanzte mit Mr. Ghengis im Tau des neuen Morgens, während die Sonne rot und voll am Horizont aufging, und mit jedem Schritt war ihr, als würde sie auf Messer treten; doch sie dankte ihm, daß er ihr das Leben geschenkt hatte, und verabschiedete sich für immer von ihm.

34

Jetzt lebe ich in dem Leuchtturm, und unten brandet die See, während der Mond seine Bahn zieht und die Erde sich dreht, doch es ist nicht mehr ganz so wie früher. Garcia muß nun andere Fenster putzen; der Schaum der Wogen fällt anders; er bewundert es. Selbst die Natur passt sich meinen Wünschen an. Ich zahle ihm den gleichen Lohn wie seine vorherige Arbeitgeberin. Was einst zuviel war, ist nun zuwenig: Die Inflation hat den Wert aufgefressen, doch er merkt es nicht, und ich habe ihm nichts gesagt. Weshalb sollte ich? Wenn du deine Diener behalten willst, dann mußt du sie schlecht behandeln. Das gilt, finde ich, übrigens auch für Liebhaber.

Garcia kommt nachts oft an mein Schlafzimmer, klopft und flüstert von Liebe. Ich lasse ihn nur gelegentlich ein. Ich sorge dafür, daß Bobbo Bescheid weiß und leidet; das ist das einzige Vergnügen, das ich aus Garcias Körper heraushole. Die Vereinigung mit ihm ist ein politischer, kein sexueller Akt, jedenfalls für mich, nicht für ihn. Wie emotional doch Männer sind!

Bobbo liebt mich, diese arme, verwirrte Kreatur, zu der er sich entwickelt hat; er brüht mir den Tee, mixt meine Drinks, holt meine Tasche. Er hat uns beide in einem Körper: die eine, die er weggeworfen hat, die andere, die er trotz allem nie gebraucht hat. Zwei Mary Fishers. Seine Augen werden stumpf, als wäre er bereits ein alter Mann. Das kann einem Demütigung und Erniedrigung antun. Natürlich hätte er etwas gegen seine Tränensäcke unternehmen können. Er könnte sich plastischer Chirurgie unterziehen und dadurch wieder jung werden, aber er müßte mich zuvor um das Geld bitten! Ich warte darauf, doch er tut es nicht. Wie schwach doch die Menschen sind! Wie sie einfach das hinnehmen, was geschieht, als gäbe es so etwas wie Schicksal und nicht nur ein Leben, das man in den Griff kriegen muß.

Manchmal darf Bobbo mit mir schlafen. Oder ich gebe mich vor seinen Augen meinen Liebhabern hin. Das verursacht einen hübschen Aufruhr im Haushalt! Selbst die Hunde schmollen. Ich füge Bobbo soviel Schmerz und Elend zu, wie er mir zugefügt hat und noch mehr. Ich will es gar nicht, aber irgendwie ist es schließlich gar nicht mehr eine Sache von männlich oder weiblich; das war es nie. Es ging immer nur um Macht. Ich habe alle Macht, und er hat keine. Er ist jetzt das, was ich früher war.

Gut. Das Leben ist sehr angenehm. Morgens richte ich mich im Bett auf und blicke hinaus auf die Landschaft. Einige Leute sagen, ich hätte sie mit künstlich angelegten Büschen und Fischteichen und Springbrunnen und ähnlichem zerstört, aber mir gefällt es. Man läßt der Natur viel zuviel durchgehen. Sie braucht ein bißchen Kontrolle. Ich habe viele Freunde. Ich bin sehr gastfreundlich und charmant, und auf meinen Parties herrscht stets hektische Erregung. Das Essen ist vorzüglich. Es gibt Räucherlachs und Champagner für jene, die für derartige Dinge was übrig haben – ich selbst habe mehr einen orientalischen, exotischen Geschmack.

Ich habe mich an einem Roman versucht und ihn nach Beendigung Mary Fishers Verlegern geschickt. Sie wollten ihn kaufen und veröffentlichen, aber ich untersagte es ihnen. Es genügt mir, zu wissen, daß ich es kann, wenn ich es will. Eigentlich war es gar nicht so schwierig, noch war sie etwas so Besonderes.

Ich bin eine Lady von einsachtundachtzig, die sich Abnäher in die Beine machen ließ. Eine Comicwitzfigur, aus der Ernst geworden ist.

In der Reihe **Süddeutsche Zeitung Bibliothek des Humors** sind außerdem erschienen:

Heinrich Böll: Doktor Murkes gesammeltes Schweigen und andere Satiren
Heinrich Bölls abgründig komische Kurzgeschichten entlarven und belehren. „Doktor Murkes Schweigen" gehört zu den Klassikern der deutschsprachigen Literatur. Neben der Titelerzählung enthält der Band noch vier andere Satiren: „Nicht nur zur Weihnachtszeit", „Es wird etwas geschehen", „Hauptstädtisches Journal" und „Der Wegwerfer".

P. G. Wodehouse: Der unvergleichliche Jeeves
Bertie Wooster hat als begehrter Junggeselle der Londoner feinen Gesellschaft mit allerhand Problemen zu kämpfen. Ob es um die nervtötenden Verkupplungsversuche der Erbtante oder Beziehungstipps für einen alten Schulfreund geht – ohne die Hilfe seines findigen Butlers Jeeves würde sich Bertie wohl heillos verstricken. Denn Jeeves, dieser lebenskluge Philosoph im Gewand eines Butlers, hat zum Glück stets einen rettenden Einfall.

V. S. Naipaul: Wahlkampf auf karibisch
Mr. Harbans will gewählt werden, genauso wie der Schneider Baksh und viele andere. Doch die Bewohner der kleinen Stadt Elvira im erst seit kurzem demokratischen Trinidad sind mit ihren neuen Pflichten noch nicht recht vertraut, und dementsprechend chaotisch verläuft der Wahlkampf. Er gerät zu einem absurden Rennen um die Gunst der 8.000 Wähler – mit Rum und Voodoo, mit großen Reden und albernen Streichen.

Tom Robbins: Salomes siebter Schleier
Ellen Cherry zieht mit ihrem wuchtigen Ehemann Boomer nach New York, um dort als Künstlerin zu leben. Doch die Dinge entwickeln sich anders als gedacht. Während Boomer mit seinem seltsam umgestalteten Wohnmobil bald als origineller Künstler gefeiert wird, arbeitet Ellen Cherry als Kellnerin im Isaac & Ishmael's. Das Restaurant liegt gegenüber dem New Yorker UNO-Gebäude und wird von einem Juden und einem Araber geführt. Kein Wunder, dass es rasch Komplikationen und Brandanschläge gibt.

T. C. Boyle: Willkommen in Wellville
Will Lightbody leidet unter Gastritis, hat Alkohol- und Opiumprobleme. Nur im luxuriösen Sanatorium von Dr. John Harvey Kellogg, dem Gesundheitsmessias der amerikanischen Oberschicht, kann ihm geholfen werden – zumindest ist Wills Frau Eleanor dieser Meinung. Und so muss er sich in der Gesellschaft von Gesundheitsaposteln, Magermilchpropheten und Scharlatanen aller Art einer qualvollen Behandlung unterziehen.

Ernst Augustin: Gutes Geld
Als der kauzige Sonderling Augustin Fajngold stirbt, hinterlässt er seinem Neffen Karl eine rätselhafte Erbschaft: ein mit allerhand Schlössern und Fallen ausgestattetes Haus und ein Riesenvermögen, das jedoch gut versteckt zu sein scheint. Bald stellt sich heraus, dass sein Onkel ein raffinierter Geldfälscher war und Karl sucht das ganze Haus nach den perfekt gemachten Blüten ab. Doch es erwartet ihn eine faustdicke Überraschung.

Thomas Berger: Abenteuer einer künstlichen Frau
Nach zahlreichen unbefriedigenden Beziehungen beschließt Ellery Pierce, sich seine Traumfrau einfach selbst zu konstruieren. Und tatsächlich gelingt ihm das Wunderwerk: Phyllis! Die Roboterdame ist zunächst die perfekte Ehefrau, intelligent und wunderschön. Zum Unmut ihres Schöpfers entwickelt sie jedoch schnell eigene Pläne und verlässt ihn, um in Hollywood Karriere zu machen. Sogar eine politische Laufbahn traut sie sich zu…

Ror Wolf: Fortsetzung des Berichts
Ror Wolfs Debütroman aus dem Jahr 1964 ist ein groteskes Meisterwerk mit einzigartiger Erzählweise. Zwei Handlungsstränge lösen die logische Zeitfolge auf, umkreisen und verzahnen sich, sind gleichzeitig surreal und doch rational: In einem beschreibt der Autor minutiös den Ablauf einer gigantischen Fressorgie, im anderen eine bizarre Wanderung.

Die komplette Bibliothek mit allen 20 Bänden ist für nur 138,– Euro erhältlich unter Telefon 089 – 21 83 18 10, im Internet unter www.sz-shop.de oder im Buchhandel.

In der Reihe **Süddeutsche Zeitung Bibliothek des Humors** sind außerdem erschienen:

Roald Dahl: Onkel Oswald und der Sudankäfer
Roald Dahl berichtet in diesem Buch einmal mehr aus den reichlich indiskreten Tagebüchern seines Onkels Oswald Hendryks Cornelius. Diesmal begibt sich der Lebemann Oswald auf die Suche nach dem sagenumwobenen Sudankäfer, aus dem sich ein außergewöhnlich wirksames Aphrodisiakum gewinnen lässt – welch gewinnversprechende Geschäftsidee!

Paul Murray: An Evening of Long Goodbyes
Lange Spaziergänge, Gene-Tierney-Filme und der ein oder andere Cocktail – Charles Hythloday ist mit seinem dandyhaften Lebensstil keineswegs unzufrieden. Im Herrenhaus seiner Eltern kann der 24-Jährige sorgenfrei in den Tag hineinleben. Doch als überraschend das Geld knapp wird, sieht er sich plötzlich mit äußerst realen Problemen konfrontiert.

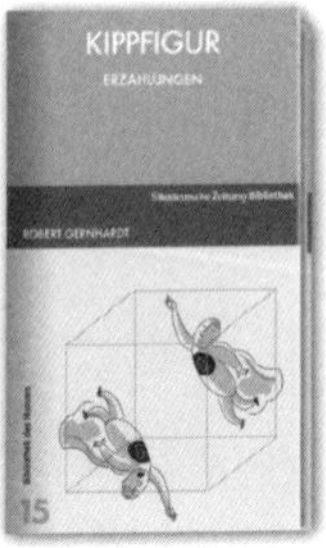

Robert Gernhardt: Kippfigur
„Kippfigur" vereint 13 satirische Erzählungen, die sich vornehmlich mit den komplizierten Beziehungen der Geschlechter beschäftigen. Ob ein Toskana-Urlaub für einen Mann und seine deutlich jüngere Freundin zu einer peinlichen Tragödie wird oder Gott und der Teufel bei Kaffee und Kuchen das Geschehen auf Erden beobachten – diese Geschichten sind beispiellos komisch.

Tom Sharpe: FamilienBande
Sein neues Leben als Ehemann der naiven Jessica in einem Vorort von London passt so gar nicht zum unangepassten und einfallsreichen Lockhart Flawse. Als er auch noch seinen Job verliert, beginnt er einen äußerst ungewöhnlichen Rachefeldzug gegen die Gesellschaft.

Die komplette Bibliothek mit allen 20 Bänden ist für nur 138,– Euro erhältlich unter Telefon 089 – 21 83 18 10, im Internet unter www.sz-shop.de oder im Buchhandel.